O MOVIMENTO de JESUS

Copyright © 2025 por Maquinaria Sankto.
Copyright © 2018 por Greg Laurie e Ellen Vaughn.
Publicado originalmente em inglês com o título *Jesus Revolution* por Baker Books, uma divisão da Baker Publishing Group, Grand Rapids, Michigan, 49516, E.U.A. Todos os direitos reservados.

Todos os direitos desta publicação reservados à Maquinaria Sankto Editora e Distribuidora LTDA. Este livro segue o Novo Acordo Ortográfico de 1990.

É vedada a reprodução total ou parcial desta obra sem a prévia autorização, salvo como referência de pesquisa ou citação acompanhada da respectiva indicação. A violação dos direitos autorais é crime estabelecido na Lei n.9.610/98 e punido pelo artigo 194 do Código Penal.

Este texto é de responsabilidade do autor e não reflete necessariamente a opinião da Maquinaria Sankto Editora e Distribuidora LTDA.

Diretora-executiva
Renata Sturm

Diretor Financeiro
Guther Faggion

Diretor Comercial
Nilson Roberto da Silva

Administração
Alberto Balbino

Editor
Pedro Aranha

Tradução
Amanda do Valle

Preparação
Alysson Huf

Revisão
Pedro Marchi

Marketing e Comunicação
Matheus da Costa, Bianca Oliveira

Direção de Arte e diagramação
Rafael Bersi

DADOS INTERNACIONAIS DE CATALOGAÇÃO NA PUBLICAÇÃO (CIP)
ANGÉLICA ILACQUA – CRB-8/7057

Laurie, Greg
 O movimento de Jesus : como Deus transformou uma geração de hippies no maior avivamento do século 20 / Greg Laurie ; tradução de Amanda do Valle. -- São Paulo : Maquinaria Sankto Editora e Distribuidora Ltda, 2025.
 256 p.
 ISBN 978-85-94484-70-3

 1. Reavivamentos 2. Jesus Cristo 3. Cristianismo I. Título II. Valle, Amanda do

25-0860   CDD 269.24

Índice Para Catálogo Sistemático:
1. Reavivamentos

---

sanktō

Rua Pedro de Toledo, 129 – Sala 104
Vila Clementino – São Paulo – SP, CEP: 04039-030
www.sankto.com.br

GREG LAURIE • ELLEN VAUGHN

O MOVIMENTO de JESUS

Como Deus transformou uma geração de hippies no maior avivamento do século 20

sanktō

SUMÁRIO

8 • Prefácio à edição brasileira

10 • Prólogo: mergulhando

12 • O impacto do Movimento de Jesus na igreja hoje

25 • Os anos 1950 e as sementes da revolução

36 • Um mundo mais colorido

48 • O pastor que fez a diferença

58 • Drogas, sexo e o Verão do Amor

67 • Milagre no Oriente Médio

73 • 1968: O ano em que o caldo entornou

87 • Uma mistura explosiva

94 • Enquanto isso, na Malásia

100 • Magnífica desolação

108 • A longa e sinuosa estrada

114 • Choque cultural

121 • A nova música cristã

136 • A vida dentro da Revolução

147 • Proibido entrar descalço!

151 • "Sim, *esse* Jesus!"

156 • Uma história de amor

165 • O importante apoio de Billy Graham

171 • A igreja de pedra

177 • Se tem explicação, não foi Deus que fez

185 • Evangelistas hippies

192 • A cultura do narcisismo e a década do Eu

201 • Chá ou revolução?

211 • Revirando tudo

218 • Um novo começo

229 • Desesperados o suficiente?

239 • O cristianismo cultural está morto

244 • Reavivamento puro e simples

251 • Epílogo: mergulhando (de novo)

Aos netos de Greg — Stella, Rylie, Lucy, Alexandra e Christopher — e aos netos de Ellen — Brielle e Daniel: que todos possam viver sua própria e pessoal revolução de Jesus.

Lavrem o campo não cultivado, porque é tempo de buscar o Senhor, até que ele venha, e chova a justiça sobre vocês. — Oseias 10:12 (NAA)

PREFÁCIO À EDIÇÃO BRASILEIRA

Sempre me fascinou a maneira como Deus se move na história. Ele não se limita a um tempo, um lugar ou um povo. O avivamento — o tipo que transforma vidas, famílias e até nações inteiras — pode acontecer em qualquer lugar. Aconteceu nos Estados Unidos no final dos anos 60 e início dos anos 70, quando uma geração apanhada numa contracultura de rebelião, drogas e desespero encontrou subitamente esperança em Jesus Cristo. Eu sei porque fui um deles.

Eu era apenas um adolescente perdido quando encontrei o poder transformador do evangelho durante o que ficou conhecido como *O movimento de Jesus*. Milhares de jovens como eu, que tinham procurado sentido em todos os lugares errados, foram arrastados por um despertar espiritual que ninguém previu. As igrejas encheram-se, os batismos transbordaram e uma nova onda de crentes apaixonados espalhou-se pelo mundo.

Um homem que tomou conhecimento deste movimento foi Billy Graham. Ele viu-o pelo que era — um autêntico reavivamento. Tive o incrível privilégio de conhecer Billy Graham e, ao longo dos anos, ele tornou-se um mentor e amigo. Ele acreditava que Deus pode trazer um reavivamento em qualquer lugar, em qualquer altura, quando as pessoas se humilham, oram e procuram a Sua face. Essa crença moldou meu ministério e minha paixão pelo evangelismo.

Quando penso no Brasil, não posso deixar de ver o potencial para um novo *movimento de Jesus*. Seu país é um lugar de incrível fome espiritual, onde milhões já vieram a Cristo nas últimas duas décadas. Como seria se outro grande despertar acontecesse aqui — um que sacudisse comunidades, transformasse vidas e apontasse uma geração inteira para Jesus? Acredito que isso pode acontecer. Na verdade, oro para que isso aconteça.

Billy Graham disse uma vez: "A maior necessidade que temos neste momento é um despertar espiritual que restaure a moral e a integridade individual e coletiva em toda a nação". As suas palavras são tão relevantes agora como sempre.

O mesmo Deus que trouxe o reavivamento na minha geração é o mesmo Deus que pode fazê-lo nesta. A minha esperança é que este livro não só o inspire com o que Deus fez no passado, mas que desperte uma paixão pelo que Ele pode fazer no futuro. Porque o Movimento de Jesus ainda não acabou. Está apenas à espera de corações dispostos — talvez até o seu. Vamos orar para que Deus se mova mais uma vez.

Greg Laurie (@greglaurie)
Pastor Sênior, Harvest Christian Fellowship

PRÓLOGO: MERGULHANDO

Estamos em 1970.

O Google Earth ainda não existe, mas imagine que exista. Você olha do espaço sideral. A Terra é uma bola azul e redonda. Então você dá zoom em tempo real no mapa dos Estados Unidos, na costa oeste, no sul da Califórnia. Vê as águas azul-escuras do Oceano Pacífico e, à medida que se aproxima, consegue enxergar a longa faixa da Pacific Coast Highway[1], as cidades de praia ao sul de Los Angeles, a espuma das ondas. Observa a estreita faixa de terra chamada Península de Balboa e aproxima-se de Corona del Mar. Ali está a praia, pontilhada de fogueiras. Há um afloramento de falésias que formam um anfiteatro natural perto da boca do porto. As rochas parecem enrugadas a esta altura. O sol está se pondo.

À medida que se aproxima, vê que há uma enorme multidão aglomerando-se na área. Do alto, as pessoas parecem formigas. Estão empoleiradas nas rochas, sentadas na areia, de pé na água rasa que corre. Estendem os braços uma ao redor da outra. Parecem cantar.

Para além da cena na praia, o mundo é um lugar caótico e confuso em 1970. A guerra do Vietnã está devastadora. Richard Nixon é o presidente dos Estados Unidos. A nação convulsiona com divisões entre jovens e velhos, negros e brancos, hippies e "certinhos", ou seja, conservadores. As mulheres queimam os seus sutiãs nas ruas; os homens jovens queimam os seus cartões de alistamento militar. Janis Joplin, Jimi Hendrix e Jim Morrison dominam as ondas de rádio, embora as drogas

---

1 A Pacific Coast Highway é uma estrada litorânea que acompanha a maior parte da costa californiana. Ficou famosa pelas belas paisagens que proporciona aos viajantes que passam por ela.

lhes tirem a vida no espaço de um ano. O movimento hippie — nascido das drogas, do sexo e do rock-and-roll — foi virado do avesso por desilusões, experiências negativas, cinismo e dor. Para muitos dos filhos das flores[2], as cores do caleidoscópio se acinzentaram.

Agora, de volta à praia, você está suficientemente perto para ouvir a música. Há refrões simples e harmonias melódicas: algo sobre "um no Espírito, um no Senhor". O cenário parece uma cena de batismo do Novo Testamento, exceto pelos shorts curtos das adolescentes esbeltas. A maioria tem o cabelo comprido repartido ao meio; alguns estão tremendo, compartilhando uma toalha listrada e chorando lágrimas de alegria, com sorrisos enormes e iluminados.

Há um rapaz adolescente de cabelo comprido. Parece ter cerca de dezessete anos. É mais calmo e reservado do que as meninas, como se ainda carregasse o fardo dos becos sem saída do passado, da bebida, do consumo de drogas e do desespero cético. Um pastor barbudo com uma túnica esvoaçante, encharcado, mergulha o jovem na água fria por um longo momento. É como se ele tivesse sido enterrado.

Depois, o pastor hippie levanta o garoto, que irrompe do mar com água escorrendo pelo rosto, pelo cabelo e pelos ombros. Ele não consegue esconder a emoção e chora. Alegria. Libertação. Liberdade. Contudo, a primeira coisa que ele sussurra é estranha:

"Estou vivo!"

---

2   Expressão que surgiu nos anos 1960 para se referir aos jovens do movimento hippie, marcado por ideais de paz, amor e conexão com a natureza. Esses jovens frequentemente se opunham aos valores conservadores da sociedade, defendiam a não violência e a liberdade individual, e adotavam um estilo de vida alternativo, que incluía manifestações culturais e estéticas peculiares, além do uso simbólico de flores como representação de paz e harmonia.

O IMPACTO DO MOVIMENTO DE JESUS NA IGREJA HOJE

> Não pode haver nenhuma revolução em grande escala enquanto não houver uma revolução pessoal, a nível individual. Tem que acontecer primeiro no interior.
>
> Jim Morrison

> Um verdadeiro reavivamento significa nada menos do que uma revolução: expulsar o espírito do mundanismo e do egoísmo, permitindo que Deus e seu amor triunfem no coração e na vida.
>
> Andrew Murray

Os hippies que mergulharam no Oceano Pacífico durante aquele pôr do sol de verão em 1970 não sabiam que estavam num reavivamento. Nem sequer sabiam o que era isso. Não conheciam o vocabulário cristão, com palavras como *avivamento*, *salvação* ou *santificação*. Mas graças aos Beatles, Jim Morrison e outros ícones da contracultura da época, os hippies conheciam palavras como *revolução*.

  Eles faziam parte de uma cultura jovem que se revoltava contra o que eles chamavam de *establishment*: os valores dominantes de conformidade e a corrida pelo sucesso material e realizações. Estavam mais interessados em atingir níveis mais elevados de consciência através das drogas, em curtir a música do momento e em desfrutar aventuras sexuais livres da convenção do casamento. Eram a favor do planeta, das flores e de que todos se dessem bem.

Essa revolução juvenil estava em pleno andamento quando uma maré mais profunda, mais forte e mais radical começou a surgir. Chamava-se *Jesus Revolution* — a revolução de Jesus —, ou Movimento de Jesus. A maré cresceu entre os jovens — da geração *baby boomer* — nos Estados Unidos desde o final da década de 1960 até ao início da década de 1970. Foi o maior movimento público do Espírito Santo nos Estados Unidos desde os célebres reavivamentos do século XIX. As revistas nacionais escreveram matérias especiais sobre esse fenômeno espiritual em massa, inclusive jornais como o *The New York Times*.

Mais pessoas foram batizadas durante o Movimento de Jesus do que em qualquer outro período desde que há registros. Eram filhos das flores, hippies, *yippies*[3], drogados e jovens "certinhos" da igreja. Adolescentes que tinham fugido de casa foram salvos nas ruas. Os drogados ficaram limpos. As igrejas — as que aceitavam jovens descalços sentando nos tapetes e enroscando os dedos descalços nos suportes dos copos da Ceia — transbordavam de novos crentes. Os estudos bíblicos se espalharam rapidamente em cafés de Haight-Ashbury, em comunidades de Greenwich Village, numa casa de striptease convertida em "clube noturno cristão" de San Antonio e em escolas de ensino médio públicas, onde hippies convertidos davam estudos bíblicos e estudantes drogados decidiam seguir Jesus, bem ali no campus. O movimento espalhou-se para dramáticas renovações carismáticas, em várias tradições da igreja, e deu origem ao *Jews for Jesus*[4]. Só Deus sabe quantas vidas o Espírito Santo tocou e transformou durante aquele tempo.

---

3   Grupo radical surgido nos anos 1960, relacionado à contracultura hippie. Conhecidos por protestos satíricos e táticas de guerrilha de teatro, os Yippies desafiavam a autoridade e as normas sociais da época, com destaque para sua atuação durante a convenção nacional do Partido Democrata em 1968.

4   Organização cristã fundada nos anos 1970 com o objetivo de promover a fé em Jesus Cristo entre judeus, defendendo que aceitar Jesus como o Messias é compatível com a

Na primeira onda do Movimento de Jesus, os convertidos eram, na sua maioria, hippies que procuravam o amor, a iluminação espiritual e a liberdade e não os tinham encontrado no sexo, nas drogas e no *rock-and-roll*. Quando essas pessoas — chamadas de "fanáticas por Jesus" por outros hippies — começaram a entrar nas igrejas, houve um pouco de dissonância cognitiva, aquele desconforto psicológico que todos sentimos quando temos simultaneamente duas crenças contraditórias. Dito de forma simples, as pessoas da igreja sabiam que *deveriam* amar pessoas diferentes, mas achavam isso muito mais fácil na teoria do que na prática.

Talvez isso se deva ao fato de algumas das pessoas da igreja terem misturado valores culturais com a sua perspectiva "cristã". Ser cristão tinha de alguma forma a ver com a conformidade, com as normas culturais relativas ao comprimento do cabelo, ao vestuário conservador ou ao calçado robusto. Por isso, embora como conceito fosse ótimo amar os hippies, a prática tornou-se um desafio para alguns cristãos quando os encontraram com missangas e sinos, passeando descalços pelos corredores dos santuários e sentando-se ao lado deles nos bancos.

As igrejas que acolheram os hippies cresceram em graça e vigor; as que não o fizeram perderam a chance e a bênção. Em pouco tempo, o movimento se espalhou para além dos jovens de cabelos compridos. Logo, jovens cristãos conservadores faziam o sinal da paz com as mãos e escutavam a Palavra de Deus, entusiasmados com Jesus de uma nova forma.

O Espírito Santo acendeu as chamas do despertar e do reavivamento por todo o país. Despertar: pessoas que estavam espiritualmente mortas passaram a conhecer Jesus e a viver nele. Reavivamento: cristãos que

---

identidade judaica, embora seja controversa entre as comunidades do judaísmo.

tinham perdido o seu "primeiro amor" por Cristo receberam um novo sopro do Espírito e foram renovados e revigorados na fé.

Alguns líderes religiosos, como Billy Graham e o fundador da Campus Crusade, Bill Bright, abraçaram o Movimento de Jesus. O seu Explo '72 atraiu oitenta mil jovens ao Cotton Bowl, no Texas, para um festival de cinco dias de estudo da Bíblia, adoração, falar aos outros sobre a sua fé e servir a pessoas carentes nas áreas próximas.

O Movimento de Jesus trouxe novas formas de adoração para a experiência tradiconal. Antes dele, os jovens nas igrejas tinham duas opções musicais: hinos antigos ou canções alegres de acampamento. Depois, quando os músicos hippies que se converteram a Jesus e usaram seus talentos para escrever músicas de louvor a ele, os adolescentes cristãos passaram a ter uma nova música para chamar de sua. A explosão criativa que isso causou — e que hoje é conhecida como música cristã contemporânea — mudou o rosto do culto em muitas igrejas durante décadas.

Muitos dos que se converteram à fé em Cristo naqueles dias tornaram-se missionários, pastores e líderes. Tiveram famílias. Começaram todo o tipo de novas igrejas e ministérios paraeclesiásticos e de justiça social. Muitos dos convertidos nos anos 1970 que se tornaram pastores fundaram igrejas que se tornaram enormes. Uma vez que já haviam sido os "estranhos", a geração de hippies convertidos queria certificar-se de que suas igrejas não eram simplesmente abrigos de cristãos acomodados que falavam aquilo que só os fiéis podiam entender. Deram as boas-vindas aos de fora, a quem chamavam "sedentos", e numa década ou duas, as megaigrejas começaram a aparecer, como cogumelos gigantes, por todos os Estados Unidos.

E sim, como tudo o que envolve seres humanos, o Movimento de Jesus também teve a sua parcela de personagens falhos. Alguns eram como Sansão — poderosamente abençoados por Deus, mas que depois abandonaram o barco. Se nem sempre vale a pena seguir seus caminhos, suas histórias especiais merecem ser conhecidas. Porque mesmo quando o reavivamento diminui e os despertamentos abrandam, Deus continua a trabalhar.

NOVA REVOLUÇÃO À VISTA?

Hoje em dia há uma sensação crescente de que a história encerrou um ciclo e que voltamos a um mundo dos anos 1960. À primeira vista, os jovens parecem mais ligados em seus iPhones e cafés com leite vegano do que em renunciar às coisas materiais, viver em comunidade ou marchar nas ruas como os antigos filhos das flores.

Mas, tal como os hippies, os *millennials* — pessoas nascidas entre o início da década de 1980 e o início da década de 2000 — afirmam ter fome de autenticidade, de um sentido de comunidade e de uma verdadeira preocupação com as pessoas necessitadas e marginalizadas. Tal como os hippies, são um pouco céticos em relação às grandes empresas, às grandes instituições ou à religião organizada. Bombardeados por conteúdos online durante a maior parte de sua vida, evitam publicidade, causas ou técnicas que lhes pareçam superficialmente direcionadas a eles. Preferem o "conteúdo gerado pelo usuário", que parece ter vindo de uma pessoa real, não de uma marca.

Entretanto, os seus celulares estão sempre recebendo notificações, alimentando uma ansiedade generalizada sobre tensões raciais, sustentabilidade ambiental, questões de gênero, mísseis de longo alcance, terrorismo e um processo político polarizado cheio de *haters*. Questões como tráfico sexual, genocídio, fome e catástrofes naturais estão nas suas telas e nas suas caras a todo momento.

Os *baby boomers* foram a primeira geração a ver sacos de cadáveres voltando do Vietnã no noticiário noturno e os primeiros assassinatos ao vivo e em cores na TV — pense no registro do assassinato do presidente norte-americano John F. Kennedy e na morte do alegado assassino Lee Harvey Oswald, alvejado ao vivo no noticiário quarenta e oito horas depois.

Hoje em dia, a violência é constante, gritante e imediata. Assistimos a assassinatos em massa em shows, clubes, escritórios, centros comerciais, cafés, igrejas e em todo o lado, em tempo real. O Estado Islâmico do Iraque e do Levante (EIIL, ou ISIS, na sigla em inglês) assassina vítimas inocentes. Homens-bomba se explodem em multidões; assassinos em caminhões atropelam pedestres e ciclistas. Terremotos, furacões, inundações e incêndios varrem as cidades. As pessoas já não dançam nas ruas com flores no cabelo, sentindo-se bem e felizes. A inocência se foi. Examinamos as multidões, atentos a pessoas suspeitas. Se virmos algo, notificamos algo. Estamos todos em alerta. Estudos mostram que os americanos são as pessoas mais estressadas do planeta. Entretanto, as guerras em lugares distantes continuam. Afeganistão. Iraque. O Irã e a Coreia do Norte ameaçam. A Rússia ameaça, sonhando em recuperar a sua glória da Guerra Fria.[5]

Há um outro paralelo com os anos 1960. Depois das esperançosas e pacíficas marchas pelos direitos civis, veio o assassinato de Martin

---

5 Desde 2018, ano da publicação deste livro nos Estados Unidos, o ISIS perdeu grande parte de seu território e influência, embora ainda haja células em operação. O Afeganistão não tem mais presença militar americana desde 2021, com a volta do Talibã ao poder. Já a Rússia invadiu a Ucrânia em 2022, e a Coreia do Norte intensificou seus testes militares e enviou tropas para ajudar a Rússia no conflito no leste europeu. Tudo isso alterou o cenário global de ameaças e reforça o ponto do autor de que a violência é constante e o mundo está sempre em estado de alerta.

Luther King Jr. Houve tumultos nas ruas. Atualmente, assistimos a uma divisão racial contínua e angustiante. A revista *Time* comparou as ruas de Baltimore, Ferguson e de outras cidades com problemas raciais a uma cena de 1968. Quando o primeiro presidente afro-americano dos Estados Unidos foi eleito em 2008, as pesquisas mostravam que os americanos estavam otimistas quanto aos níveis de unidade racial. No final dos dois mandatos de Obama, essas expectativas animadoras desapareceram.

Na frente política, é seguro dizer que perdemos a capacidade de ter um discurso civilizado entre aqueles que têm pontos de vista diferentes. A "discussão" nacional, se é que ainda pode ser chamada assim, nunca foi tão feia, mesmo quando as muitas questões com que nossos políticos se confrontam — como a dívida contínua, o desemprego, os cuidados de saúde, os impostos, a segurança nacional, a imigração e as políticas de refugiados — são absolutamente assustadoras.

Espiritualmente, muitos jovens estão fartos da igreja convencional, do cristianismo politizado que tem raiva de todo mundo e do "evangelho do sucesso", a versão atual do evangelho da prosperidade. Estudos do Pew Research Center descobriram que quase 25% dos adultos norte-americanos se identificam como ateus, agnósticos ou sem religião — há também muitos cristãos, jovens e idosos que não querem mais saber de igreja, embora continuem a gostar de Jesus, mas isso é outra história.

Atualmente, 75% dos jovens que crescem em lares e igrejas cristãs abandonam a fé quando se tornam jovens adultos. Mais de um terço dos *millennials* diz não ter uma religião formal, o que representa um aumento de 10% desde 2007.

As pessoas dizem que são "espirituais" mas não "religiosas". Muitos sentem que ir à igreja é irrelevante. Estão impacientes com as grandes congregações que mostram mais preocupação com grupos de comunhão do que com a ajuda aos pobres. As megaigrejas da geração dos seus pais são muito sofisticadas e programadas; querem algo mais autêntico, mais radical e mais robusto.

Como um jornalista cristão resumiu:

> Os millennials têm uma visão negativa da igreja. São muito céticos em relação à religião. No entanto, continuam sedentos de transcendência. Quando retratamos Deus como um amigo cósmico, os perdemos (pois eles já têm amigos suficientes). Quando dizemos que Deus vai dar a eles um casamento e uma família melhores, é ruído branco (estão adiando o casamento e os filhos ou mesmo renunciando a eles). Quando dizemos que são especiais, estamos apenas repetindo o que os educadores e os pais lhes disseram durante toda a vida. Mas quando apresentamos uma visão arrebatadora de um Deus amoroso e santo, isso pode chamar a atenção deles e conquistar também seus corações.[6]

É *disto* que todos nós precisamos hoje, jovens ou idosos. Numa cultura cansada, caótica e saturada de selfies, precisamos de uma visão grande, arrebatadora, transcendente e transformadora de quem Deus realmente é. Foi isso que aconteceu há cinquenta anos. Pode voltar a acontecer hoje.

---

6 DYCK, D. Millennials need a bigger God, not a hipper pastor. *The Aquila Report*, Waco, Texas, jul. 2014.

APENAS UM ADOLESCENTE DA CALIFÓRNIA

Este livro conta a história do Movimento de Jesus através das experiências de uma pessoa que Deus transformou nos anos 1970, uma pessoa cuja história é única, mas representativa de centenas de milhares de outras. O seu nome é Greg Laurie.

Atualmente, Greg é mais conhecido como pastor de uma megaigreja da costa Oeste e como evangelista de cruzadas em grandes palcos. É um dos "suspeitos de sempre" mencionados quando a mídia retrata pastores ou líderes cristãos conhecidos. Fez parte do conselho de administração de Billy Graham durante anos. Escreveu muitos livros e pode ser ouvido no rádio. Talvez ele seja mais conhecido na costa Oeste do que em outras partes do país, mas muitos na costa Leste também gostam dele. É engraçado, intenso e criativo. Seus joelhos nunca param de se mexer; é cheio de uma energia peculiar e contida. Adora tomar café da manhã, almoçar, jantar e tudo o que estiver pelo meio. Faz exercícios físicos. Rabisca nas toalhas de mesa dos restaurantes e tem mais ideias antes do café do que a maioria de nós tem durante todo o dia. Ele estuda a Bíblia e prega o evangelho por quase toda a vida.

Se eu não conhecesse Greg Laurie, poderia supor que ele nasceu num lar cristão devoto e que se parecia com um seminário, que foi educado em casa por uma mãe carinhosa e apoiado por um pai piedoso que provavelmente também era pastor. Greg seria o primeiro a dizer que esse cenário seria absolutamente maravilhoso. Mas ele veio de um lar muito menos funcional.

Em 1970, Greg era apenas mais um adolescente da Califórnia, à deriva, consumindo drogas e odiando intensamente qualquer tipo de autoridade, conformidade ou convenção. O seu pai não era pastor; na verdade, Greg não soube quem era eu pai biológico até os quarenta anos.

A mãe de Greg foi casada e divorciada sete vezes. Seu lar de origem era um antro de álcool, sexo casual, disfunção e desconfiança. Greg era cético desde os cinco anos de idade, tinha pouca esperança de alguma vez ter relações saudáveis, quanto mais de encontrar a vida de amor, estabilidade e significado que secretamente desejava.

Por isso, foi um choque — na verdade, uma surpresa divina — quando Greg Laurie conheceu Jesus em 1970 e foi arrastado pela onda do Movimento de Jesus. Ele não sabia que estava prestes a viver numa torrente incomum do Espírito de Deus. Não sabia que a forma como ele e os seus amigos falavam de Jesus às pessoas todos os dias — e como essas pessoas chegavam com entusiasmo à fé em Cristo — era incomum. Nem tinha ideia de quão incomum era fazer parte de uma igreja que recebia dezenas de novos crentes todas as semanas e batizava milhares de novos crentes em Jesus a cada ano. Ele pensava que a fé, o fervor e os frutos do Movimento de Jesus eram apenas o cristianismo normal. Ele e seus amigos estavam espantados por fazerem parte desse movimento. Na verdade, sentiam-se perpetuamente impressionados com o fato de a história de amor de Deus ter incluído *eles*.

MENSAGEM ATRAVÉS DO TEMPO

Portanto, este é um relato — visto através de uma lente particular — de parte do que Deus fez durante o Movimento de Jesus, no final dos anos 1960 e início dos anos 1970. Tal como acontece com outros movimentos, teremos de esperar até chegarmos ao Céu para ouvir a enorme e completa narrativa. Ela nos revelará as histórias de *todas* as pessoas que Deus salvou e transformou de maneira maravilhosa durante esse período e como essas vidas, por sua vez, tocaram outros.[7]

Nossa história aqui é mais do que um relato nostálgico do que Deus fez numa geração passada. É uma espécie de viagem no tempo, ou uma mensagem numa garrafa vinda de uma época fascinante e longínqua. E a mensagem é esta: *Deus pode fazer isso de novo*. Ele pode nos surpreender com um novo tempo de esperança extraordinária, radical e arrepiante, além de um novo derramamento do seu Espírito Santo sobre uma nova geração.

Um novo Movimento de Jesus não teria o mesmo aspecto que tinha há cinquenta anos. Mas em nossos tempos de desordem, Deus pode certamente trazer um poderoso reavivamento a sua igreja e um despertar entre as pessoas que ainda não o conhecem. Isso, porém, é algo que ele costuma fazer somente se as pessoas admitirem que precisam dele.

Os hippies, os filhos das flores e outros que vieram a Jesus nos anos 1960 estavam *desesperados*. Estavam dispostos a fazer qualquer coisa ou embarcar em qualquer viagem para encontrar o que procuravam. Largavam suas roupas ou suas convenções, desejosos de se libertarem do pecado e da vergonha. E quando ouviam o evangelho — as boas novas sobre Jesus Cristo, que ele era real, estava vivo e amava o mundo inteiro — isso "expandiu a consciência" deles, conforme o linguajar dos anos 1960. A procura desesperada deles foi satisfeita.

Esta é a questão central para todos nós hoje. Jovens ou velhos, será que estamos agindo de forma confortável e complacente, consumindo uma espécie de "igrejismo" cultural que pouco tem a ver com o evangelho

---

[7] Se você quiser um panorama acadêmico mais abrangente de todo o Movimento Jesus nos Estados Unidos, recomendamos *God's Forever Family* (*A família eterna de Deus*, em tradução livre), de Larry Eskridge (Nova York: Oxford University Press, 2013).

eletrizante de Jesus Cristo? Estaremos realmente desesperados por conhecer Deus, por abraçar o vento fresco, misterioso e poderoso do seu Espírito Santo? O reavivamento, afinal, não tem a ver com planos humanos, programas, campanhas ou movimentos denominacionais específicos. Ele vem da verdadeira revolução que só Deus pode trazer.

Essa palavra, *revolução*, tem dois sentidos. É um paradoxo.

Primeiro, revolução significa uma mudança repentina, radical e completa numa estrutura em favor de um novo sistema. Pense nisso num sentido pessoal. A revolução espiritual significa que Jesus toca a nossa vida e a transforma radicalmente de dentro para fora. As velhas lealdades desaparecem, as estruturas antigas são derrubadas e substituídas pela presença renovadora do seu Espírito e por novos caminhos de obediência. Mesmo que não tenhamos uma experiência dramática, quando somos salvos pela graça, a realidade sob a ótica da nossa posição eterna é que se trata de um novo começo. O passado ficou para trás, o novo chegou. Pertencemos a Jesus e o veremos no céu quando morrermos. Bum.

Mas a revolução que Jesus traz é mais do que apenas este novo começo súbito e radical. Revolução também significa o ato de girar em círculo, em volta de um ponto fixo. É como o rolar de uma roda, girando, voltando ao mesmo lugar, mas avançando. Assim, o Movimento de Jesus, na verdade, não é apenas uma reviravolta única e dramática. É também o processo de uma relação contínua com Deus. Uma longa obediência na mesma direção.

Nesse caminho contínuo, podemos nos tornar frios, distantes e apáticos. Podemos perder o brilho. Quer seja um pastor, quer seja uma pessoa na rua, esse é o desafio. Todos nós conhecemos muitas pessoas, sejam célebres líderes religiosos ou nossos amigos ou nós mesmos, que perderam o primeiro amor por Cristo e se afastaram.

Mas como é que o mantemos pulsante? Igrejas de todo o país, grandes e pequenas, estão realizando sessões de oração, ansiando por um avivamento, com as pessoas de joelhos a clamar: "Oh Senhor, por favor, faça isso outra vez!" Movimentos evangelísticos, orientados para o reavivamento, apresentam aos jovens de hoje o Movimento de Jesus do final dos anos 1960, organizando seminários de um dia inteiro sobre o que Deus fez naquele tempo e como o reavivamento pode acontecer novamente.

Revistas contemporâneas publicam artigos com títulos como "O que podemos aprender com o Movimento de Jesus?". Faculdades e universidades cristãs convidam professores para ensinar sobre a música de adoração da "galera de Jesus". Os *millennials* organizam grandes conferências que focam em despertares e reavivamentos em massa, procurando uma nova revolução de Jesus para o século XXI.

Mais uma vez, isto não é apenas um festival de nostalgia de sinais de paz e amor para os *baby boomers*. Contar histórias de antigos renascimentos pode ajudar a despertar corações arrependidos e ansiosos em todos os que buscam por uma nova revolução de Jesus hoje. Como é dito em Isaías 64:5, Deus vai ao encontro daqueles que se lembram dos caminhos divinos.

Talvez alguns leiam este livro, a princípio, pelas histórias exóticas dos anos 1960. Esperamos que essas histórias despertem ou reforcem um desejo desesperado nas pessoas que têm fome do mesmo tipo de manifestação do Espírito de Deus. Isso seria ótimo. Mas este livro é também sobre a revolução em curso a longo prazo, sobre a forma como a roda da fé gira em nossa vida e os modos surpreendentes de Deus renová-la. Por isso, se veio pela história, fique pela história mais importante: a da revolução pessoal que Deus pode fazer em você — hoje.

OS ANOS 1950 E AS SEMENTES DA REVOLUÇÃO

> O ritmo dos anos 1950 parecia mais lento, quase lânguido. A fermentação social, no entanto, estava começando por baixo dessa superfície plácida.
>
> David Halberstam, *The Fifties*.

> **Eles dançavam pelas ruas como *dingledodies*, e eu cambaleava atrás, como tenho feito toda a minha vida atrás de pessoas que me interessam, porque as únicas pessoas para mim são os loucos, os que são loucos para viver, loucos para falar, loucos para serem salvos, desejosos de tudo ao mesmo tempo, aqueles que nunca bocejam ou dizem uma coisa corriqueira, mas queimam, queimam, queimam como fabulosas velas romanas amarelas explodindo como aranhas através das estrelas e no meio você vê o estalo azul e todos fazem "Aaaaah!".**
>
> Jack Kerouac, *On the road: Pé na estrada*.

Para compreender a liberdade extravagante do final da década de 1960, é preciso começar pela década de 1950. Foi uma época sobre a qual até os *baby boomers* como Greg Laurie sabem pouco, apesar de a termos vivido. Aqueles anos, porém, prepararam o palco para moldar o mundo de hoje; é importante conhecer essa história.

É complicado, mas, para quem era branco e de classe média nos Estados Unidos, o período entre 1950 e 1960 é frequentemente apresentado como a década alegre em que a família americana e outras instituições proporcionaram normalidade após a agitação da Segunda Guerra Mundial. Os americanos tinham ultrapassado os tempos difíceis da Grande Depressão dos anos 1930 e o horror dos anos de conflito. Agora havia a sensação de um novo vento soprando: a prosperidade americana. Muitos homens da Grande Geração terminaram a faculdade com o G.I. Bill, uma série de benefícios concedidos aos veteranos do exército, e foram trabalhar com o seu conservador terno de flanela cinzento, ganhando uma média de 4.100 dólares por ano. Às 17h01, regressavam à sua arrumada casa suburbana, que lhes custara 22 mil dólares, localizada num quarteirão cheio de crianças que andavam de bicicleta sem capacete e cães que corriam livres.

O nosso homem engomadinho padrão dos anos 1950 era recebido à porta por sua bela mulher[8], que provavelmente usava pérolas, um vestido e um avental. A esposa tinha um jantar quente no forno, cortesia de seus novos eletrodomésticos e do forno elétrico. Depois do rocambole de carne, do purê de batata com molho, da caçarola de feijão e da gelatina de morango, todos se juntavam em volta da televisão em preto e branco com antenas. Não tinha uma tela grande, mas pesava uma tonelada e demorava cerca de uma semana para aquecer. A família assistia avidamente a

---

[8] Em 1890, apenas 4% das mulheres casadas do país estavam no mercado de trabalho; em 1940, ainda eram somente 15%; mas em abril de 1956, 30% das mulheres casadas tinham emprego. Em 1940, apenas 7% das mães com filhos menores de cinco anos tinham emprego; em 1955, esse número havia aumentado para 18,2%. Confira BELL, D. The Great Back-to-Work Movement. *Fortune*, jul. 1956. Disponível em: <http://fortune.com/2012/09/16/the-great-back-to-work-movement-fortune-1956/>. Acesso em: 29 jan. 2025.

programas como *Leave It to Beaver, Father Knows Best* ou *The Adventures of Ozzie and Harriet*, que eram curtos em aventura, mas longos em lições de vida saudáveis. Depois, todos vestiam os seus pijamas de riscas com debrum nas lapelas, bebiam um copo de leite integral e saltavam para a cama. A própria televisão descansava à meia-noite, com o hino nacional tocando enquanto exibia cenas de soldados saudando e uma bandeira americana tremulando. Depois, a tela passava a um padrão de teste do arco-íris até acordar na manhã seguinte.

O efeito da televisão na experiência dos *baby boomers* foi enorme. Os críticos sociais dizem que a televisão homogeneizou a América, tal como um grande pacote de leite branco e espumoso de vacas com esteroides. Pela primeira vez, as imagens persuasivas e as "normas" culturais estavam ali para todos consumirem, na sua própria sala de estar, independentemente do local em que se vivia. Enquanto os livros, os jornais e a rádio se dirigiam a públicos regional ou educacionalmente diversos, as histórias da televisão e os anunciantes procuravam o menor denominador comum, num esforço para atingir todo mundo. As pessoas da Califórnia, do Iowa e da costa Leste viam todos os mesmos programas e os mesmos anúncios. A televisão teve uma influência nacionalizante, criando ou revelando realidades que se sobrepunham aos laços locais e tradicionais de bairros, igrejas ou grupos étnicos.[9]

Nesse sentido, a televisão tem sido chamada de grande equalizadora, embora fosse muito seletiva quanto a quem equalizava. Na Terra da TV — com algumas raras excepções — todos eram brancos.

---

9   Confira ROTHMAN, S. *The end of the experiment*: the rise of cultural elites and the decline of America's civic culture. Piscataway, NJ: Transaction Publishers, 2015.

E na televisão dos anos 1950, o sexo não existia. Lucille Ball e Desi Arnaz, de *I Love Lucy*, casados na vida real, deitavam-se em camas de solteiro separadas por uma casta mesinha de cabeceira. Era um mistério o fato de o pequeno Ricky ter sido concebido. Outra mensagem dominante era a de que era normal, saudável e desejável fumar cigarros. Por exemplo, os noticiários noturnos da NBC vendiam Camels sem parar. Todos sabiam que as estrelas de Hollywood e todos os outros famosos fumavam como chaminés durante o dia inteiro.

A vida não era só televisão alegre e vida familiar de status quo nos subúrbios, claro. Havia rebeldes rabugentos como Jack Kerouac, cujos discursos sobre a vida na América, induzidos por drogas e álcool, emergiam das páginas frenéticas de *On the road [Pé na estrada]*, o clássico contracultural da época. Kerouac e outros escritores *Beat*[10], juntamente com expressionistas abstratos como Jackson Pollock, questionaram os valores da cultura dominante. Outros espíritos parecidos, embora menos conhecidos, usavam barbicha e boinas francesas, tocavam bongô, fumavam erva e frequentavam Greenwich Village e outras cenas culturais que não se importavam com a conformidade, o consumismo e a previsibilidade dos anos 1950.

Entretanto, apesar das grandes vitórias da Segunda Guerra Mundial, o mundo continuava a ser um lugar assustador. Ao conflito mundial seguiu-se a Guerra da Coreia, no início dos anos 1950, que matou 37 mil americanos e terminou com uma zona desmilitarizada que separava a

---

[10] A Beat Generation foi um movimento cultural e literário surgido nos Estados Unidos na década de 1950. Seus integrantes, conhecidos como "Beats," rejeitavam os valores tradicionais, vivendo de forma boêmia e explorando temas como liberdade, espiritualidade, contracultura e improvisação musical. Eles tiveram grande influência na música, na literatura e no surgimento do movimento hippie.

Coreia do Norte comunista da Coreia do Sul democrática. Nunca chegou a ser assinado um acordo de paz; as tensões sombrias e voláteis perduram até os dias de hoje.

Em 1949, o ditador soviético Joseph Stalin explodiu a primeira bomba atômica soviética. Isso deu início à corrida para desenvolver uma bomba de hidrogênio mais mortífera, o que os EUA fizeram em 1952. Testada num atol remoto no Oceano Pacífico, criou uma nuvem com 160 quilómetros de largura e 25 quilómetros de altura, matando toda a vida nas ilhas circundantes.

Os soviéticos surpreenderam o mundo ao explodirem a sua própria bomba de hidrogénio em 1953 e, depois, uma maior e pior em 1955. Estas armas mortíferas exigiam sistemas de lançamento com um alcance muito superior ao dos aviões convencionais. Em 1957, a União Soviética lançou o Sputnik, o primeiro satélite a orbitar a Terra; a mensagem era clara de que agora podiam atacar em qualquer lugar e em qualquer altura. Os EUA lançaram o seu primeiro satélite em 1958.

Começava a corrida espacial e a Guerra Fria. No final da década de 1950, tanto os Estados Unidos como a União Soviética tinham armas nucleares em quantidade suficiente para que, mesmo que um dos lados lançasse um ataque aniquilador, o outro pudesse retaliar com uma resposta semelhante e obliteradora. O termo criado para isso é familiar ainda hoje: destruição mútua assegurada.

Essa competição sombria afetou a experiência cotidiana. Qualquer idoso que tenha frequentado uma escola primária dos EUA nos anos 1950 pode contar sobre os "exercícios de bomba", uma parte da rotina escolar da época. Estes exercícios de "abaixar e cobrir" foram concebidos pela Administração Federal de Defesa Civil para "gerir as emoções". No meio das aulas, uma sirene soava e as crianças pequenas, todas gerindo corretamente as suas emoções, mergulhavam para debaixo das suas pequenas carteiras de madeira, que, segundo lhes diziam, as protegeriam em caso de ataque nuclear. Pois é.

O medo do fim do mundo pelas mãos de comunistas ímpios foi exacerbado pela caça às bruxas em casa. O senador Joseph McCarthy embarcou numa missão para expulsar os comunistas do governo e da vida americana. O seu Comitê de Atividades Antiamericanas refletia uma atmosfera de ameaças evidentes no mundo em geral e fomentava receios ocultos dentro do próprio território americano. O diretor do FBI, J. Edgar Hoover, mantinha ficheiros secretos sobre todos, desde o Dr. Martin Luther King Jr. às estrelas políticas da família Kennedy, passando por jornalistas e celebridades suspeitas de Hollywood. A chantagem, o medo e a intimidação eram armas políticas.

No entanto, o maior flagelo dos "inocentes" anos 1950 foi o estado das relações raciais na América. As injustiças são numerosas demais para serem contadas. A guerra civil tinha sido travada menos de um século antes — e é chocante perceber que a segregação racial era a lei da terra nos EUA, com muitos abraçando o fanatismo mais pesado. O casamento inter-racial era ilegal, demonstrando mais uma vez que a ideia de que os afro-americanos eram "separados, mas iguais" era apenas uma meia-verdade.

Embora a segregação legal das escolas tenha sido abolida pela Suprema Corte em 1954, toda a segregação pública só seria proibida em 1964. Os afro-americanos eram conhecidos como negros (*negroes*), pessoas de cor[11] ou outros termos depreciativos. Eram obrigados a usar

---

11 Os termos "negro" e "pessoa de cor" foram amplamente utilizados nos Estados Unidos durante os séculos XIX e XX para se referir a afro-americanos. Embora tenham sido comuns, hoje são considerados arcaicos e, em muitos contextos, pejorativos, devido à

banheiros, cabines telefônicas, ônibus e entradas nos cinemas separadas. Um eloquente pregador sulista chamado Dr. Martin Luther King tornou-se cada vez mais conhecido, despertando a esperança de milhões de pessoas com sua visão de resistência não violenta e igualdade racial. As igrejas negras forneceram a linguagem bíblica que serviu de base ao movimento.

Em 1955, uma mulher negra corajosa e cheia de fé chamada Rosa Parks recusou-se a ir para a parte de trás de um ônibus urbano em Montgomery, Alabama, quando um homem branco "precisava" do seu lugar. A desobediência civil de Rosa Parks abriu caminho para muitos outros nos anos 1960 e seguintes. Mas, naquela década, qualquer fruto do movimento dos direitos civis era ainda um sonho, e muito sangue seria derramado nos decênios seguintes.

De volta aos subúrbios, a cultura pop americana dominante continuava a girar. O herói de guerra Dwight Eisenhower, um avô sorridente, era mostrado na televisão a brincar com os netos na Casa Branca. As pessoas dirigiam carros gigantes com antenas coloridas e descoladas, desfrutando de mais dinheiro disponível do que nas décadas anteriores, e comiam hambúrgueres de quinze centavos num novo restaurante chamado McDonald's. Elvis ainda estava na moda; de fato, tinha acabado de lançar o seu primeiro hit, *Heartbreak Hotel*. Estrelas glamorosas como Marilyn Monroe, Clark Gable, John Wayne, Rita Hayworth e Gary Cooper encheram a telona. Dava para assisti-los num cinema drive-in por vinte e cinco centavos.

....

sua associação com o período de segregação racial. O termo "negro" é especialmente evitado, sendo substituído por *Black* (preto) ou *African American* (afro-americano). De forma semelhante, no Brasil, a expressão "pessoa de cor" caiu em desuso, enquanto os termos "negro" e "preto" foram ressignificados e adotados como afirmações identitárias positivas.

Deus também era popular. Em 1957, o Departamento do Tesouro começou a emitir notas com o lema *in God we trust* (Em Deus confiamos). A adesão a igrejas em todo o país cresceu em um ritmo mais rápido do que a população geral.[12] Quando a CBS News realizou recentemente uma sondagem em que pedia às pessoas para escolherem uma década à qual gostariam de viajar no tempo, a maioria nostálgica escolheu os anos 1950 — uma época em que os casamentos, os filhos, as igrejas e as famílias prosperavam.

UMA VIDA FORA DO PADRÃO

Se essas instituições eram as normas mais apreciadas da década, Greg Laurie, nascido em 1952, não viveu nenhuma delas. Ao contrário dos programas de televisão que glorificavam a infância americana ideal, a sua mãe não era nenhuma June Cleaver[13], e o seu pai não sabia o que fazer.

Greg nunca conheceu o pai, e a sua mãe, Charlene, se parecia muito mais com Marilyn Monroe do que com a Sra. Cleaver. Ela tinha fugido da sua casa cristã rigorosa e fundamentalista quando tinha dezessete anos, procurando as luzes brilhantes de Hollywood. Não teve sucesso, mas nos pequenos bares era uma estrela. Os homens a consideravam irresistível, como o marinheiro com cabelo louro morango que ela conheceu na pista de dança numa noite de 1952 em Long Beach, Califórnia. Talvez tenha sido um caso de uma noite; talvez tenha durado uma ou duas semanas. Mas o marinheiro logo foi embora e, quando Charlene descobriu que estava grávida, casou rapidamente com um homem chamado Kim.

---

12 ELLWOOD, R. *The Fifties Spiritual Marketplace*: American Religion in a Decade of Conflict. New Brunswick, NJ: Rutgers University Press, 1997. p. 5

13 June Cleaver era uma das personagens principais do seriado *Leave it to beaver* e considerada o padrão da mãe suburbana americana dos anos 1950.

Greg nasceu em dezembro de 1952. Quando era pequeno, pensava que Kim era o seu pai. Nunca percebeu por que seu "pai", muitas vezes bêbado, batia nele e o ignorava, com raiva, preferindo seus dois irmãos mais velhos. Só quando Greg tinha cerca de quarenta anos é que descobriu que Kim não era o seu pai biológico, que os seus "irmãos" não eram de fato irmãos e que a sua paternidade era uma mentira.

Entre maridos, Charlene e Greg mudaram-se muito. Viviam em hotéis de beira de estrada. Greg era uma criança criativa e observadora, artisticamente dotado e muito bom em perceber se os adultos eram sinceros ou não. À noite, Charlene ia para as discotecas enquanto Greg comia um hambúrguer e desenhava. Como ainda estava na escola primária, tecnicamente não era permitido que se sentasse no bar, mas a maioria dos empregados de bar gostava tanto do pequeno artista loiro que fazia vista grossa para essas proibições.

Os filmes clássicos de *Guerra das Estrelas* ainda não tinham sido feitos — ainda estavam numa galáxia futura muito, muito distante — mas muitas das recordações de infância de Greg contêm personagens que se pareciam muito com os extraterrestres da famosa cena do bar de *Guerra das Estrelas*. Havia o Fuzzy, um adulto que era ainda mais baixo do que o Greg. Fuzzy não tinha cabelo, mas tinha opiniões fortes. Depois de algumas rodadas, normalmente falava com Greg sobre a forma correta de fazer um sanduíche de atum. Sem picles. O bar estava mal iluminado por baiacus, cujas entranhas haviam sido retiradas e substituídas por lâmpadas. Redes de pesca pendiam do teto. Um capacete de mergulho antigo estava em cima do balcão como uma cabeça humana decapitada.

No final das longas noites no bar, Charlene nem sempre estava firme nos seus pés. Por vezes, havia um homem que a ajudava a andar direito, e iam todos para casa, onde quer que fosse a casa nesse mês.

Ocasionalmente, quando se tornava inconveniente para Charlene, Greg ia viver com os avós. A vovó Stella e o vovô Charles iam muito à igreja e tinham muitas regras rígidas, razão pela qual a sua filha Charlene tinha fugido. Mas Greg adorava os avós. Quando criança, sua única exposição à religião foi através deles. Tinham um retrato de um Jesus pálido na parede da sala de estar. Seu cabelo comprido e loiro estava repartido ao meio e ele não estabelecia contato visual. Só olhava para cima, para cima e para longe, para um lugar distante como o céu.

Os avós de Greg adoravam as cruzadas de Billy Graham. Ao contrário daquele Jesus pálido, Billy Graham, através da magia da televisão, olhava diretamente para as pessoas quando pregava. Naquela época, era uma celebridade, quase como uma estrela de cinema. Era jovem, bonito e amigo do presidente. Greg o achava muito legal, sobretudo no fim das cruzadas. O pregador sempre dizia: "Escrevam para mim: Billy Graham, em Minneapolis, Minnesota. É o único endereço que precisam."

"A quem mais no mundo se poderia escrever apenas com o nome e a cidade no envelope?", pensou Greg. "Ele é como o Papai Noel, morador do Polo Norte!"

O que crianças como Greg não imaginavam era que Billy Graham se tornaria a principal figura religiosa da América nas seis décadas seguintes. Ele seria um dos dez homens mais admirados dos EUA todos os anos durante sessenta anos.

As suas cruzadas evangelísticas — reuniões em estádios com cantores, testemunhos e a pregação enérgica de Graham — tinham tido imenso sucesso em Los Angeles, Boston, Washington, Londres e Nova York. O seu programa de rádio *Hour of Decision* era extremamente popular. Estavam sempre escrevendo sobre ele na *Christianity Today*, a nova revista que ajudou a fundar em 1957. Ele era o porta-estandarte do movimento evangélico na América naquela época.

E, embora Graham fosse o queridinho da igreja branca, ele não ignorou a situação dos negros americanos. Ele estendeu a mão para o Dr. Martin Luther King e outros pastores afro-americanos. Em 1957, convidou o Dr. King para ir a Nova York para discutir a situação racial com ele e seus colegas e para liderar a enorme cruzada de Graham no Madison Square Garden em oração. Nessa altura, não havia muitos pregadores evangélicos brancos fazendo isso.

Graham tinha críticos de todos os lados. Alguns não apoiavam sua posição de reconciliação racial. Alguns achavam que ele não tinha ido suficientemente longe e que deveria ter feito muito mais pelo movimento dos direitos civis. Alguns não gostavam das suas amizades com os ricos e poderosos. Mas, na maioria, tanto os cristãos como os não cristãos *gostavam* de Billy Graham. Respeitavam a coragem das suas convicções, o seu jeito natural e caraterístico de pregar a Bíblia de forma clara e como se comportou com uma integridade moral revigorante ao longo do seu longo ministério.

Naquele momento, Greg Laurie não sabia que Billy Graham se tornaria seu mentor e amigo. Nada vindo das cruzadas televisivas do grande pregador tocou de verdade sua mente ou coração. Ele não sabia nada sobre aquela vida clássica e saudável das casas suburbanas com cerca de madeira dos anos 1950. Greg, porém, sabia muito sobre como limpar a mãe depois de ela desmaiar novamente. Sabia bastante sobre como se virar sozinho. E, de alguma forma — talvez por causa do brilho ilusório daquela década alegre, ou talvez por ter visto muitos episódios da *Lassie* — Greg acreditava que um dia a vida seria muito, muito melhor.

UM MUNDO MAIS COLORIDO

No início de uma década em que tudo começava a parecer possível, nada parecia impossível.

Margot Lee Shetterly, *Hidden Figures*.

As pessoas que inventaram o século XXI foram hippies que fumavam maconha e usavam sandálias, como Steve, porque viam as coisas de forma diferente. (...) A década de 1960 produziu uma mentalidade anárquica que é ótima para imaginar um mundo ainda inexistente.

Bono, citado na biografia *Steve Jobs*, de Walter Isaacson.

Hoje, muitas pessoas falam quase nostalgicamente dos anos 1960. Falam dos discos de vinil, da boa música e da moda cheia de personalidade. Sim, mas para compreender as forças que deram origem à revolução cultural e moldaram os personagens descolados do Movimento de Jesus — como Greg Laurie — precisamos fazer uma viagem mística mais profunda por esse período.

Dizem que se nos lembramos dos anos 1960 é porque não estávamos lá. Mas talvez isso não seja verdade. Foi uma década simultaneamente suave e radical; os jovens da época viveram uma explosão sensual em que tudo parecia mais nítido, claro, rico e profundo.

A maioria das pessoas se lembra de tudo isso com uma visão: as cores. Uma década que havia começado em preto e branco, tão monótona e conservadora como um corte de cabelo militar, desabrochou numa abundância de arte pop florida, sinais de paz e amor em neon, céus cheios de diamantes e visões através de olhos caleidoscópicos.

E os cheiros. Havia o cheiro de maconha queimando e o suor de centenas de milhares dos seus amigos mais próximos em Woodstock e nos outros concertos e encontros românticos da época. O cheiro do sal marinho, do surf e do Coppertone na praia. Os aromas de café quente, ou jarras de vinho tinto barato em leituras de poesia, encontros amorosos e cafés urbanos.

O sabor. Enquanto as maiores tendências dos anos 1960 seguiam o novo gigante do fast-food, o McDonald's, com suas convenientes refeições congeladas industrializadas em retângulos uniformes de comida robótica, os hippies tentavam retornar à horta, antecipando as tendências orgânicas e de *slow-food* dos nossos dias. "Bem-vindo ao Nosso Espaço. A projeção de energia positiva é a viagem", informava o menu de um café hippie no norte da Califórnia. "O cuidado na preparação dos alimentos requer tempo, especialmente se estivermos ocupados! Então, por favor, respire fundo, relaxe e curta o amor e a arte que o rodeiam. Que todas as nossas ofertas lhe agradem. Paz dentro de vocês."

Toque. Para além das drogas — e com a ajuda delas — a maior agitação da década foi a revolução sexual. Rejeitando os duplos padrões e a sexualidade enclausurada dos anos 1950, os jovens sessentistas surfaram alegremente em uma onda de amor livre, experimentação sexual e o início do movimento feminista, tudo isso favorecido pela introdução da pílula anticoncepcional no mercado americano em 1961.

Por vezes, todos os sentidos pareciam se fundir, como nas viagens de LSD, quando as pessoas pensavam que podiam cheirar cores ou saborear música. Ou, por vezes, os sentidos desapareciam, como acontecia com aqueles que procuravam uma consciência mais elevada através das religiões orientais e se esvaziavam de tudo.

A única coisa com que todos concordam, no entanto, é o poder dos *sons* dos anos 1960. Mesmo os jovens de hoje, que não sabem nada sobre a década, falam com nostalgia sobre os dias da melhor música de todos os tempos: Beatles, Rolling Stones, The Doors, The Who, Jimi Hendrix, Pink Floyd, The Kinks, Creedence Clearwater Revival, Cream, Beach Boys, The Byrds, Grateful Dead, Bob Dylan... a lista, como a música, não para.

Grande parte da música refletia o que estava acontecendo na cultura popular, ao mesmo tempo que abria caminho por ela. Naquela época, se ouvíssemos o que os Beatles estavam tocando, teríamos uma boa ideia da cultura dos jovens. "I want to hold your hand" ("Eu quero segurar sua mão") tornou-se "Why don't we do it in the road?" ("Por que não fazemos 'isso' na estrada?"), "Love, love me do" ("Me ame, me ame") tornou-se "I'd love to turn you on" ("Eu amaria te deixar 'ligada'").

Se George Harrison gostava da religião oriental, do Maharishi e das cítaras, quando percebemos, todo mundo estava cantando sobre Vishnu e experimentando a meditação transcendental. Se John Lennon dizia que os Beatles eram mais populares do que Jesus — apesar do alvoroço de pastores conservadores zangados — a maioria das pessoas com menos de trinta anos encolhia os ombros e concordava com John.

Deixando os Beatles um pouco de lado, aqui vai uma cena em preto e branco do início da década que mudou o palco para o maravilhoso mundo da cor.

26 DE SETEMBRO DE 1960

O cenário é um estúdio de televisão sem graça em Chicago. A câmera está focada em dois homens de terno. Um deles está suando, esfregando a cara, com os olhos escuros vagando de um lado para o outro — está pálido, magro, e parece exausto. O outro está bronzeado, descansado e confiante, olhando diretamente para a câmera, diretamente para os olhos da América. Até as televisões em preto e branco da época transmitem a história: o senador John F. Kennedy (JFK), enfrentando o vice-presidente Richard Nixon, é o homem do momento.

Nixon esteve internado, perdeu seis quilos e estava doente na noite do primeiro debate presidencial transmitido pela televisão. Havia recusado a maquiagem, e a barba por fazer lhe conferia um ar sombrio. O seu aspecto era tão ruim que sua mãe lhe telefonou depois da transmissão para saber como estava.

Quanto ao conteúdo, cada candidato apresentou seus pontos de vista; de fato, a maioria dos ouvintes de rádio achou que Nixon tinha vencido o debate. Mas os telespectadores tiveram a reação oposta. Nixon, suado, parecia um cachorro de rua, e para milhões de recém-formados espectadores da televisão americana não havia competição. Quem é que ia querer votar num homem suado? Queremos o bonitão e elegante com um cabelo fantástico!

Embora o carisma sempre tenha desempenhado seu papel no processo político, a lente ampliada da televisão significava que, dali em diante, até o retorno de Jesus, o discurso político seria moldado pela imagem mais do que pelo conteúdo. Ainda assim, o belo e jovem senador Kennedy venceu as eleições de 1960 por uma margem estreita. E, sim, Richard Nixon regressou em 1968 e criou a sua própria história presidencial nos anos 1970. Mas em janeiro de 1961, o Presidente Kennedy e a sua sofisticada esposa, Jackie, entraram na Casa Branca numa onda glamorosa de juventude, charme, arte e cultura.

Um mês antes da posse de Kennedy, uma coligação de comunistas e insurgentes, os vietcongues, se organizou para lutar contra o regime existente no Vietnã do Sul. No início de 1961, o Presidente Kennedy enviou uma equipe de avaliação ao país, que recomendou um reforço da ajuda militar, econômica e técnica americana para fazer frente à ameaça comunista. Preocupado com um efeito dominó no Sudeste Asiático, com os países caindo um a um sob o domínio comunista, o governo Kennedy aumentou discretamente a presença dos EUA no Vietnã.

Foi então que Nikita Khrushchev, líder da União Soviética, pôs à prova o jovem Presidente Kennedy. Khrushchev era famoso por sua beligerância. Certa vez, perdeu a paciência numa sessão da Assembleia Geral das Nações Unidas em 1960, arrancou o sapato e começou a bater na mesa. E havia muito tempo que a União das Repúblicas Socialistas Soviéticas (URSS) queria ter uma base de apoio para armas nucleares capazes de atingir os Estados Unidos. Em 14 de outubro de 1962, um avião espião americano fotografou um míssil balístico soviético de médio alcance sendo montado para ser instalado na ilha de Cuba. A ilha fica a 144 km da costa da Flórida, e um lançamento sobre os EUA a partir de Cuba significaria a morte de 80 milhões de americanos em dez minutos.

A Crise dos Mísseis de Cuba, como ficou conhecido o episódio, colocou a América à beira de uma guerra nuclear com a União Soviética. Parecia que o mundo, tal como o conhecíamos, iria acabar numa nuvem em forma de cogumelo; parecia que todos aqueles exercícios de bombardeamento iriam, de fato, tornar-se uma realidade horrível. Não parecia haver saída até que, treze dias depois, o impasse entre o líder comunista e o jovem presidente americano terminou. A URSS concordou em retirar os seus mísseis se os EUA concordassem em não atacar Cuba.

Era um alívio, mas ninguém sabia por quanto tempo. Havia poucos motivos para ter confiança numa paz duradoura num mundo em guerra fria. No verão seguinte, as duas superpotências assinaram um tratado que limitava os testes nucleares e instalaram um sistema de comunicações instantâneas de última geração na Casa Branca e no Kremlin. Até os mais novos sabiam da existência da "linha direta" que protegeria o mundo da guerra nuclear: parecia um brinquedo de criança, um volumoso telefone rotativo vermelho que permitiria às superpotências falarem uma com a outra para evitar a destruição mútua assegurada.[14]

Como o Presidente Kennedy disse aos americanos num discurso sóbrio em junho de 1963, a esperada cooperação entre as superpotências reconhecia a nossa humanidade mútua. "Em última análise", disse ele de forma pungente, "o nosso elo comum mais básico é o fato de todos habitarmos este pequeno planeta. Todos respiramos o mesmo ar. Todos nós prezamos o futuro dos nossos filhos. E somos todos mortais."

Cinco meses depois, a vida mortal do presidente Kennedy neste pequeno planeta terminou. Pergunte a qualquer *baby boomer* e ele dirá, num piscar de olhos, onde estava em 22 de novembro de 1963. As imagens estão gravadas nas nossas mentes. O cortejo de limusines pretas de topo aberto em Dallas, Texas. As multidões acenando, esticando-se para ver JFK e Jackie, tão elegante com o seu famoso conjunto Chanel cor-de-rosa e o seu chapéu combinando. Ela levava um ramo de rosas vermelho-sangue enquanto os dois acenavam à multidão que os adorava.

---

14 Na verdade, as mensagens entre Kennedy e Khrushchev seriam criptografadas e levariam minutos para chegar ao outro líder. Isso era considerado revolucionário em 1963, uma grande melhoria em relação às chamadas telefônicas transatlânticas regulares da Casa Branca, que precisavam ser roteadas por vários países antes de chegar ao Kremlin e, consequentemente, estavam um pouquinho suscetíveis a interceptações.

O governador do Texas, John Connally, e a sua mulher, Nellie, iam à frente do presidente e da primeira-dama na mesma limusine. Nellie virou-se. "Sr. Presidente", gritou ela por cima do barulho da multidão, com um sorriso imenso de texana que era, "não pode dizer que Dallas não te ama!"

Alguns segundos depois houve um tiro de espingarda. E depois outro. O presidente e o governador Connally foram atingidos, mas não mortalmente. Depois veio o terceiro tiro, que arrancou a parte superior do crânio do presidente e espalhou ossos e massa encefálica na parte de trás da limusine. Jackie Kennedy, naquele momento de horror, rastejou para o porta-malas para recuperar os pedaços; um agente do Serviço Secreto se jogou para dentro do carro, que partiu em direção ao hospital, enquanto Jackie embalava nos braços o seu marido estraçalhado.

Depois disso, as imagens do incidente inundaram a televisão.

O presidente dos Estados Unidos foi declarado morto em rede nacional pelo jornalista Walter Cronkite, que estava perplexo e enlutado. Choque. Descrença. Os Estados Unidos pararam. No lugar do presidente na limusine: rosas vermelhas e sangue. Surge uma nova imagem: Jackie Kennedy atordoada, com o conjunto Chanel cor-de-rosa manchado de sangue, ao lado do vice-presidente Lyndon Johnson e sua mulher no avião presidencial, enquanto Johnson presta juramento como novo presidente. O caixão de JFK está na parte de trás da aeronave.

Dois dias depois, milhões de pessoas assistiram à cobertura ao vivo da NBC enquanto o acusado do assassinato de JFK, um descontente chamado Lee Harvey Oswald, era transferido da delegacia de polícia de Dallas para a prisão. Algemado a um detetive local, Oswald foi cercado por agentes da lei enquanto era escoltado para o porão do edifício.

Às 11h21, hora local, Jack Ruby, um operador de um clube de striptease de Dallas ligado à Máfia, surgiu de repente do meio da multidão, apontou uma pistola a centímetros das entranhas de Oswald e apertou o gatilho. Uma ambulância levou Oswald para o Parkland Memorial Hospital — a mesma sala de emergência onde médicos frenéticos tinham lutado para salvar o Presidente Kennedy do seu ferimento mortal dois dias antes. Oswald foi declarado morto às 13h07.

Se a vida parecia instável antes, agora não havia mais dúvida disso. O presidente vivaz, poderoso e bronzeado tinha sido morto por um fracassado comunista sem nome, desonrosamente dispensado do serviço militar. Depois o próprio assassino foi assassinado — mesmo diante de toda a nação, ao vivo na televisão. Agora tudo podia acontecer nos Estados Unidos da América.

DUAS INVASÕES IMPORTANTES

Durante os sombrios meses que se seguiram ao assassinato do presidente Kennedy e aos duros desafios da nova presidência de Lyndon Johnson, ainda havia distrações. Talvez a maior distração nacional tenha sido a chegada, em fevereiro de 1964, daquela *boy band* original da Grã-Bretanha, cuja última canção acabara de atingir o primeiro lugar nas paradas dos EUA. As adolescentes gritaram e desmaiaram quando o grupo chegou a Nova York rodeado de repórteres. Os pais de todo o país interrogavam-se sobre o motivo de todo aquele alarde. Tudo o que a mãe e o pai sabiam era que a banda tinha o nome de insetos. Beatles[15].

Setenta e três milhões de americanos, incluindo Greg Laurie, de onze anos de idade, acamparam em frente aos seus televisores de grandes dimensões quando os Beatles cantaram ao vivo no *Ed Sullivan Show*.

---

15 O nome Beatles é um trocadilho com *beetles* (besouros) e *beat* (batida), refletindo tanto a criatividade da banda quanto sua conexão com o ritmo musical. É um jogo de palavras que pode ser entendido como "os besouros do ritmo".

Quem não é daquela época precisa entender que o *Ed Sullivan Show* era algo realmente muito importante, um *"really big shew"*, como ele costumava dizer naquele período. Sullivan foi o anfitrião do programa de variedades com maior duração na história da televisão americana. Numa época em que não havia um milhão de canais de televisão e um bilhão de outras opções de entretenimento, ele dominava as transmissões. As famílias de todo o país juntavam-se à volta da televisão nas noites de domingo, às 20h — era um ritual nacional.

Uma vez que Sullivan quase não tinha personalidade própria, tinha uma capacidade única para realçar as personalidades dos seus convidados. Encurvava os ombros e murmurava, parecendo ter um problema de fala ou, pelo menos, uma sintaxe incomum. A revista *Time* afirmou que "o seu sorriso é o de um homem chupando um limão. (...) No entanto, em vez de assustar as crianças, Ed Sullivan encanta toda a família".[16]

Sessenta por cento das televisões americanas estavam sintonizadas para ver os Beatles no programa de Ed. Os quatro fabulosos, como também eram chamados, cantaram alguns dos seus maiores singles como "She loves you" e "I want to hold your hand". John, Paul, George e Ringo vestiam ternos pretos com gravatas justas e balançavam suavemente seus cortes de cabelo estilo moptop enquanto cantavam. Tinham vinte e poucos anos na época; Ed não parava de sorrir e e os chamava "jovens talentosos".

A invasão britânica tinha começado.

Houve outra invasão, claro, muito mais significativa do que as tendências da cultura pop, embora tenha se fundido com elas para criar

---

16 RADIO: Big As All Outdoors. *Time*, 17 out. 1955. Disponível em: <https://time.com/archive/6610126/radio-big-as-all-outdoors/>. Acesso em: 29 jan. 2025.

a consciência de uma geração. O envolvimento dos EUA no Sudeste asiático começou com um quadro de conselheiros políticos e militares, como pequenas pedras deslizando por uma colina. Mas essas pedras transformaram-se numa avalanche e, por fim, dezenas de milhares de jovens americanos deslizaram para as selvas do Vietnã, sem saberem bem por que lutavam.

No começo de 1965, os EUA iniaram à Operação Rolling Thunder, um bombardeio gradual e contínuo do Vietnã do Norte. O seu objetivo era levantar a moral do sul não comunista e destruir o sistema de transportes, a base industrial e as defesas aéreas do norte, bem como interromper o fluxo constante de guerrilheiros e armas em direção ao sul. A operação continuou durante os três anos e meio seguintes, à medida que a guerra no Vietnã se tornava mais intensa e as vozes que clamavam contra ela no país se tornavam mais altas.

Em 16 de março, uma pacifista de Detroit, de 82 anos, Alice Herz, pôs fogo em si mesma para protestar contra a guerra. Morreu no dia seguinte. Em outros locais, os jovens começaram a queimar publicamente os seus cartões de alistamento. Os Estudantes para uma Sociedade Democrática, ou SDS, organizaram uma oposição à guerra, e os protestos começaram a fervilhar e a estourar nos campi universitários de todo o país.

Em abril de 1965, 25 mil soldados americanos patrulhavam os arrozais do Vietnã. No final do ano, esse número seria de 200 mil. Muitos jovens americanos — tanto no Sudeste asiático, onde as drogas eram abundantes e baratas, como em casa — estavam abraçando a crescente cultura da droga como porta de entrada para a iluminação espiritual, para os bons momentos ou apenas para uma fuga do status quo. A maconha estava por todo o lado, mas o LSD era o garoto-propaganda do movimento. Estimulava os receptores de serotonina no cérebro e nunca dava para saber aonde se iria ou como se sentiria, mas era possível tomar uma pastilha e fazer uma viagem de oito horas sem sair da cadeira. A droga não era ilegal nos EUA até meados da década de 1960.

Os Beatles, os flautistas mágicos da época, começaram a consumir LSD na primavera de 1965. John Lennon e George Harrison estavam numa festa na Inglaterra com suas esposas e o anfitrião, muito prestativo, colocou cubos de açúcar com LSD no café que tomaram depois do jantar.

"Tive uma sensação de bem-estar tão grande que pensei que existia um Deus e que o conseguia ver em cada folha de relva. Foi como ganhar centenas de anos de experiência em 12 horas", disse George à *Rolling Stone*. Depois de voltarem para casa, John disse: "Meu Deus, foi aterrorizante, mas foi fantástico. A casa do George parecia um grande submarino."[17]

Paul McCartney esperou cerca de um ano para tomar ácido. Disse que isso abriu seus olhos para "o fato de existir um Deus. (...) É óbvio que Deus não está num comprimido, mas explicou o mistério da vida". Depois, a droga "começou a fazer parte de tudo o que fazíamos, na verdade. Coloriu as percepções. Acho que começamos a perceber que não havia tantas fronteiras como pensávamos. E percebemos que podíamos quebrar barreiras".[18]

Em meados da década de 1960, havia dois Estados Unidos diferentes.

Um era o mundo convencional, orientado para a realização e para a ética do trabalho, que se seguiu aos anos 1950, povoado majoritariamente por pessoas com mais de trinta anos. O outro era uma contracultura

---

17 GILMORE, M. Beatles' Acid Test: How LSD Opened the Door to 'Revolver'. *Rolling Stone*, 25 ago. 2016. Disponível em: <http://www.rollingstone.com/music/news/beatles-revolver-how-lsd-opened-the-door-to-a-masterpiece-w436062>. Acesso em: 29 jan. 2025.
18 Idem.

juvenil em crescimento que rejeitava os valores dominantes de conformidade, convenção e ascenção corporativa. A nova cultura abraçava o planeta, a consciência superior e as realidades alternativas. As drogas eram um caminho para a iluminação, a vida consistia em fazer amor e não guerra, as posses acabavam por nos possuir, a música era a verdade e a liberdade era o máximo.

Em meados de 1965, esse movimento de jovens já tinha sido conseguido com o seu próprio substantivo, e a palavra *hippie* apareceu nos noticiários. Os pais mais informados advertiam os filhos para que não se transformassem nos temidos hippies de cabelo comprido e maus valores.

Um desses pais era um pastor californiano conservador e sem qualquer tipo de destaque chamado Charles Ward Smith. E ninguém poderia ter adivinhado, na época, que Deus usaria Chuck Smith como um revolucionário selvagem e transformador de culturas.

O PASTOR QUE FEZ A DIFERENÇA

É seguro confiar em Deus para satisfazer
os desejos que ele cria.

Amy Carmichael

Chuck Smith tinha 38 anos em meados da década de 1960. Isso fazia dele um velho. Era um homem de aparência comum, sem qualquer tipo de destaque, com um grande sorriso e sobrancelhas espessas. Quando frequentava o ensino médio, no sul da Califórnia, era um atleta promissor e um excelente aluno. Por ser um ótimo jogador de futebol americano, ofereceram-lhe uma bolsa de estudos integral para a Academia Naval. Chegou a pensar em cursar Medicina na faculdade. Era habilidoso com as mãos e sabia como consertar coisas.

Embora tivesse caminhos promissores à frente, Chuck Smith era um homem que queria, acima de tudo, fazer o que acreditava que Deus o estava chamando para fazer. Cresceu ouvindo sua mãe ler a Bíblia; sentia que deveria ser pastor. Por isso, foi para uma pequena escola bíblica e aprendeu as Escrituras por inteiro. Talvez não conseguisse realizar grandes coisas na esfera mundana, pensava, e queria apenas que Deus o usasse. Mal sabia Chuck Smith que seria usado numa pequena explosão cultural chamada o Movimento de Jesus.

No início, ele descobriu que ser pastor era frustrante. Houve anos de crescimento lento, se é que houve algum, nas pequenas igrejas do evangelho quadrangular que ele liderava em Corona, Califórnia. A sua denominação queria que ele fosse bem-sucedido. Chuck queria ser bem-sucedido. Para um superatleta dinâmico, era difícil. Apesar de todos os sermões bem construídos que pregava e de todos os concursos e campanhas de angariação de membros que organizava, suas igrejas não cresciam.

Então, um dia, enquanto pregava, Chuck olhou para a sua congregação e, de repente, percebeu que conhecia todo mundo sentado nos bancos. E não havia uma única pessoa descrente ali. Ele percebeu: a igreja não estava crescendo porque ninguém na congregação estava trazendo amigos ou vizinhos ou colegas de trabalho ou conhecidos aleatórios com eles aos domingos. Estavam todos falando somente entre eles, sozinhos.

Chuck deixou de pregar sobre temas aleatórios e cativantes e passou a ensinar sobre grandes seções da Bíblia, ensinando a Palavra de Deus do púlpito. Começou pelo evangelho de João, contando a história de Jesus tal como João a tinha contado no primeiro século. Ele e sua mulher, Kay, começaram a realizar estudos bíblicos em casa. Dezenas de pessoas apareceram, famintas por ouvir a Bíblia ser apresentada de forma clara e aplicável. As pessoas interessadas por estudos bíblicos inundaram a igreja. A congregação de Chuck logo dobrou de tamanho.

Chuck ouviu dizer que a pregação do livro de Romanos transformaria qualquer igreja. Então ele começou a pregar versículo por versículo em Romanos, a grande declaração evangélica do apóstolo Paulo. A primeira coisa que Chuck descobriu foi que o livro de Romanos havia transformado a *ele mesmo*.

"Eu realmente descobri a graça", disse ele mais tarde. "Eu estava tentado servir a Deus pelas obras. Estava me esforçando tanto para fazer tudo bem e obrigar Deus a me abençoar. Mas é claro que não se pode conquistar bênçãos. Então eu comecei a reconhecer a bondade e as bênçãos do que Deus já tinha feito."

A graça de Deus mudou Chuck Smith e sua igreja. As pessoas estavam tão entusiasmadas com o evangelho que convidavam seus amigos para virem aos cultos. Depois, enquanto a comunidade em Corona crescia e o futuro parecia brilhante, Chuck Smith sentiu Deus chamá-lo para fazer algo que era tão contraintuitivo como a sua decisão anterior de ir para o ministério pastoral em vez de se tornar médico ou estrela de futebol. Uma pequena igreja em declínio chamada Calvary Chapel, em Costa Mesa, Califórnia, convidou Chuck para entrar na comunidade. Quando Chuck disse a Kay que estava realmente considerando essa mudança de escala, ela pensou que era algum tipo de brincadeira.

Mas Deus planejava algo.

Chuck, Kay e os seus quatro filhos mudaram-se para Costa Mesa em dezembro de 1965. A tinta da igreja estava descascando, chão chiava e um mural sujo e pouco profissional poluía a parede lateral do batistério. Os seus trinta membros tinham expectativas bem baixas. Mas, ao longo dos meses, Chuck delicadamente alterou essas expectativas.[19]

Ele colocou ordem nas expressões carismáticas em reuniões públicas. A igreja tinha alguns indivíduos que costumam irromper em declarações ininteligíveis e não interpretadas no domingo de manhã, o que confundia os visitantes, pelo menos os que ainda não tinham saído assustados. Chuck estabeleceu diretrizes que limitariam essas coisas a um nível compreensível e ordenado. Ele mudou o hábito da igreja de pedir ou fazer sermões sobre a forma como os membros davam ofertas. Criou

---

19 FROMM, C. *Textual communities and new song in the Multimedia Age*: the routinization of charisma in the Jesus Movement. 390 f. 2006. Tese (Doutorado em Estudos Interculturais)—Faculdade de Estudos Interculturais, Seminário Teológico Fuller, Pasadena, 2006.

uma atmosfera mais acolhedora por meio da boa e velha simpatia do aperto de mão. Criou uma forte apreciação pelos grandes hinos da fé e da importância da música no culto.

Mas, acima de tudo, Chuck concentrou-se em pregar a Palavra de Deus de forma clara e apaixonada. Semana após semana, à medida que expunha o seu claro e completo evangelho da graça, a igreja começou a crescer. Tal como tinham feito em Corona, Chuck e Kay organizavam estudos bíblicos em sua casa. Em dezoito meses, a igreja quadruplicou de tamanho. O edifício superlotado foi pintado, limpo e decorado, refletindo a nova energia da congregação.

Ainda assim, a igreja em crescimento era bastante homogênea. Havia senhoras simpáticas com vestidos de tons pastéis, com bolsas combinando e meias de nylon em sapatos de salto baixo, homens de negócios com ternos pretos e gravatas estreitas e crianças pequenas e limpas, com o seu melhor vestido de domingo. A reunião tinha o mesmo aspecto que as igrejas dos subúrbios americanos sempre tiveram: um reflexo dos valores dominantes da cultura ainda conservadora que a rodeava.

Falando em termos gerais, talvez as boas pessoas de muitas igrejas americanas da época fossem um pouco como as pessoas que Jesus Cristo encontrou no seu próprio local de culto cerca de dois mil anos antes. Pouco depois de iniciar seu ministério público em Israel, Jesus regressou à sua cidade natal, Nazaré. No sábado judaico, entrou na sinagoga, como fazia sempre que estava em casa. Jesus parecia um hippie — bem, naquele tempo, todo mundo parecia um hippie. Como era costume, Jesus se levantou para ler. O rolo do profeta Isaías foi entregue a ele. O povo da sinagoga não estava à espera de nada novo, apenas o conforto do familiar: as antigas promessas dos profetas, a certeza de que eram o povo escolhido e a confiança de que Deus estava do seu lado.

E, então, as palavras soaram como um trovão:

> O Espírito do Senhor está sobre mim, porque ele me ungiu para levar boas-novas aos pobres. Ele me enviou para proclamar liberdade aos presos e recuperação da vista aos cegos, para libertar os oprimidos e proclamar o ano do favor do Senhor.
> (Lc 4:18-19)

Depois Jesus foi ainda mais longe. Disse que a boa-nova anunciada não era só para as pessoas de bem sentadas na sinagoga. Era para os estrangeiros, para os não judeus e para os de fora. O evangelho não era sobre a confortável vida de sempre do clube dos santos — era uma revolução. Isso não foi bem recebido pelos amigos de Jesus que moravam em Nazaré no primeiro século. Eles se levantaram furiosos, o expulsaram da sinagoga e ainda tentaram matá-lo.

Não que os cristãos americanos de meados dos anos 1960 quisessem que suas igrejas fossem clubes exclusivos. Os crentes queriam sinceramente que suas famílias, amigos e vizinhos conhecessem Jesus. Mesmo assim, muitas igrejas eram refúgios homogêneos de aparência social impecável, nem sempre concentradas em serem comunidades abertas de amor e boas-novas para os pobres, de visão para os cegos e de liberdade para os oprimidos.

Mas algo estava prestes a acontecer nos EUA dos anos 1960 e na pequena, mas crescente, igreja de Chuck Smith. Nas palavras de outro profeta do Antigo Testamento, Joel, os velhos tinham sonhos, os jovens, visões e Deus estava prestes a derramar o seu Espírito sobre seus servos, tanto homens como mulheres (cf. Joel 2:28-29; Atos 2:17). O resultado seria um terremoto espiritual.

SINAIS DO GRANDE TERREMOTO

A maioria das pessoas conhece os terremotos e seus tremores secundários. Os tremores preliminares, porém, são menos familiares. Estes são fenômenos que anunciam a chegada de um terremoto grande (que é chamado de abalo principal). Alguns cientistas acreditam que os abalos prévios fazem parte do processo terrestre anterior à nucleação[20]. Um pequeno evento desencadeia um maior, depois um maior ainda, em cascata, em direção ao maior de todos. Outros modelos mostram que os abalos prévios aliviam a tensão do abalo principal antes de sua chegada.

Talvez a metade da década de 1960 tenham sido uma época de abalos prévios. As grandes erupções na cultura norte-americana ainda não tinham atingido o pico, mas as placas tectônicas das normas sociais estavam mudando, e a fricção era cada vez mais forte. Mesmo enquanto milhares de pastores como Chuck Smith pregavam fielmente o evangelho nas suas igrejas por todo os EUA, a serena paisagem da fé e cultura americanas dos anos 1950 gemia em mudança. Algum tipo de terremoto estava chegando.

O primeiro sinal no sismômetro cultural envolveu os Beatles. Não foi uma surpresa. Em 4 de março de 1966, uma escritora britânica chamada Maureen Cleave entrevistou John Lennon na casa estilo Tudor dele, nos arredores de Londres. A propriedade estava equipada com recordações de concertos, pôsteres, um tapete de alcatifa preta e papel de parede roxo, um crucifixo em tamanho real, uma fantasia de gorila, um grande boneco do Mickey Mouse, uma armadura medieval e uma extensa biblioteca.

---

[20] Nucleação é o início de um terremoto, quando a tensão acumulada começa a ser liberada, levando ao rompimento da falha e ao tremor principal.

Lennon tinha obras de Alfred, Lord Tennyson, Jonathan Swift, Oscar Wilde, George Orwell e Aldous Huxley, bem como o Livro Tibetano dos Mortos e o best-seller de 1965 *The Passover Plot*. Este apresenta a hipótese de que Jesus planeou meticulosamente a sua vida e crucificação para refletir as profecias do Antigo Testamento. Depois, orquestrou uma conspiração para ser drogado na cruz, de modo a poder ser derrubado antes de realmente morrer e depois reanimado por seus amigos. O plano, porém, foi frustrado pela lança do soldado romano no seu lado.

Lennon estava refletindo sobre religião e, durante a entrevista à jornalista, disse de passagem:

> O cristianismo vai passar. Desaparecerá e encolherá. Não preciso discutir sobre isso; tenho razão e será provado que tenho razão. Atualmente, somos mais populares do que Jesus; não sei o que irá desaparecer primeiro: o rock-and-roll ou o cristianismo. Jesus era bom, mas os seus discípulos eram grosseiros e simplórios. É o fato de eles distorcerem isso que o estraga para mim.[21]

Quando a entrevista foi publicada na Grã-Bretanha, não houve grande impacto. Alguns meses mais tarde, porém, uma revista americana para adolescentes chamada *Datebook* citou os comentários e houve reações violentas por parte da maioria dos americanos. Protestos foram organizados, e algumas estações de rádio deixaram de tocar as canções dos Beatles. Igrejas e grupos cívicos patrocinaram a queima pública dos álbuns do grupo. Uma estação de rádio do Alabama pediu aos ouvintes

---

21 RUNTAGH, J. When John Lennon's 'More Popular Than Jesus' Controversy Turned Ugly. *Rolling Stone*, 29 jul. 2016. Disponível em: <http://www.rollingstone.com/music/features/when-john-lennons-jesus-controversy-turned-ugly-w431153>. Acesso em: 31 jan. 2025.

que enviassem os seus discos e parafernália dos Beatles para a estação para serem destruídos com uma máquina industrial de triturar árvores, que ficou temporariamente conhecida como "trituradora de Beatles".

Esses protestos ocorreram ao mesmo tempo que a turnê dos Beatles pelos Estados Unidos, em agosto de 1966. Ativistas com cartazes escritos "Jesus te ama, os Beatles amam você?" e "Beatles, vão para casa!" apareceram nas coletivas de imprensa. John Lennon comentou amargamente que teria se safado se tivesse dito apenas "a televisão é mais popular do que Jesus". Paul McCartney chamou os protestos de "pensamento americano histérico e de baixa qualidade"[22], e muitos jovens concordaram com ele.

Ainda assim, as preocupações comerciais — como a venda de shows e discos — exigiam que John Lennon pedisse desculpa, o que ele fez. Mais ou menos. Mas a histeria levou, em parte, à penosa decisão dos Beatles de encerrar a turnê. Eles poderiam buscar novos patamares criativos como uma banda exclusiva de estúdio e não ter de se preocupar com os caprichos teimosos do senso comum.

Na mesma época, os teólogos progressistas não estavam muito preocupados com o fato de Jesus ou os Beatles serem os mais populares. Eles tinham uma questão diferente para resolver, uma que foi popularizada na capa da revista *Time*. Numa dramática arte em vermelho e preto, a revista chamava a atenção das pessoas nas bancas: "Deus está morto?"

Em 1966, essa era uma pergunta pública chocante. A religião civil americana estava viva e em boa saúde há décadas, e as pessoas que não tinham uma relação pessoal com Deus o consideravam carinhosamente tão americano como a torta de maçã e o 4 de julho. No entanto, segundo a

---

22 Idem.

Time, "um pequeno grupo de teólogos radicais tem defendido seriamente que as igrejas aceitem o fato da morte de Deus e passem a viver sem ele."[23]

Um outro acontecimento de 1966 mostrou, para aqueles que repararam, mais um rasgo no tecido da religião cultural que tinha animado a América durante a década de 1950. Em São Francisco, um antigo artista de circo chamado Anton LaVey fundou a Igreja de Satanás.

LaVey podia muito bem ter vindo de uma central de atores. Raspou a cabeça — isso numa época em que ninguém raspava a cabeça e a maioria das pessoas famosas tentava deixar crescer o cabelo até os tornozelos — e usava um cavanhaque preto. Posava para fotografias com cobras, capas e pentagramas e vivia numa casa vitoriana toda preta com quartos especiais reservados para missas negras.

Um livro chamado *The Devil's Party* observou que "LaVey criou um sistema de crenças no meio do caminho entre a religião, a filosofia, a psicologia e o carnaval (ou circo), apropriando-se livremente da ciência, da mitologia, das crenças marginais e do jogo numa mistura potente".[24]

Durante os seus dias de circo, LaVey especializou-se em magia e hipnose. Era divertido; não é de admirar que um punhado de artistas de Hollywood, como Sammy Davis Jr. e Jayne Mansfield, juntamente com hippies e outros contraculturalistas curiosos, fossem às suas reuniões. Depois de Mansfield morrer ao ser quase decapitada num terrível acidente de carro em 1967, houve quem dissesse que LaVey a tinha amaldiçoado.

LaVey confidenciou a um pastor amigável da vizinhança, chamado Ed Plowman, que os praticantes do satanismo real e sobrenatural eram de fato "malucos". Ele disse a Ed que era ateu e que usava Satanás como um

---

23 ELSON, J. Is God Dead? *Time*, 8 abr. 1966.
24 FAXNELD, P. PETERSEN, J. (orgs.) *The Devil's Party:* Satanism in Modernity. Nova York: Oxford University Press, 2013. p. 79-82.

símbolo para ajudar as pessoas a lidar com as suas consciências culpadas. No entanto, LaVey sabia como tirar vantagem da situação. Escreveu uma série de livros, incluindo a sua Bíblia Satânica, foi um frequentador assíduo do circuito de *talk shows* no final dos anos 1960 e nos anos 1970, mas caiu em dificuldades financeiras à medida que a sua estrela negra perdia o brilho e acabou desaparecendo de cena.

Essas rachaduras culturais na íntegra fachada dos Estados Unidos da América de 1966 — a afirmação de Lennon, a pergunta da revista *Time* e a popularidade temporária de uma figura como Anton LaVey — apontavam para algo que era realmente positivo em essência.

Muitos americanos já não estavam dispostos a aceitar a religiosidade convencional, que era apenas parte de uma mentalidade do tipo que mistura fé e nacionalismo. As normas estabelecidas e as respostas prontas estavam ruindo, e algumas estavam caindo por terra mesmo. Algumas pessoas, como Anton LaVey, eram apenas amotinados cínicos, é claro. Mas muitos revolucionários culturais — e os milhões de jovens que os seguiram — estavam sinceramente à procura. Eles ansiavam pelo que era verdadeiro, real e transformador.

A questão era: será que a sua busca os levaria pela estrada larga e luminosa que se revela um beco sem saída ou por um caminho mais estreito que, de fato, conduzia a uma vida totalmente nova?

DROGAS, SEXO E O VERÃO DO AMOR

Uma criança perdida foi entregue ao palco e agora está sendo cuidada pelos Hells Angels.

Anúncio aleatório de serviço público feito no palco durante o *Human Be-In*

Com o LSD, experimentamos o que os monges tibetanos levaram 20 anos para ter, mas chegamos lá em 20 minutos.

Luria Castell Dickson, estudante, ativista e musicista da São Francisco dos anos 1960, citada na *Vanity Fair*

Greg Laurie não estava interessado na Igreja de Satanás ou em teólogos liberais que pregavam sobre a morte de Deus. Greg não gostava de análise cultural, tampouco tinha ouvido falar do pastor Chuck Smith. Ele não tinha o hábito de conhecer membros do clero. Pensava sobre Deus de vez em quando, mas era um adolescente, e estava mais interessado em se encaixar na escola e descobrir que tipo de vida queria. A única coisa que ele sabia é que não queria a vida que sua mãe estava vivendo.

Naquela época, ele estava numa escola de ensino médio de Corona del Mar, em Newport Beach, Califórnia. Havia *Porsches* no estacionamento, e a maioria de seus colegas tinha dois pais em casa que compravam roupas, material escolar, carros e tudo o que eles precisassem. Greg não conseguia imaginar como era isso. Ele conseguiu um emprego como ajudante de garçom e economizava o máximo para poder comprar algumas roupas de marca. Ele as alternava com cuidado para não repetir a mesma roupa durante a semana e, assim, se adequar ao padrão de vestimenta de sua escola de elite.

Por ser engraçado e sarcástico, o público descolado da classe alta acolheu Greg, mesmo ele sendo um calouro humilde. Quando se deu conta, já estava bebendo e fumando nas festas. Ele odiava o gosto do álcool, mas se forçava a beber para ficar animado. A bebida fazia com que se sentisse menos observador e mais participante.

Mas havia um problema. Certa noite, ele teve uma pequena experiência fora do corpo, por assim dizer, e se viu em meio a um grupo de pessoas chatas em uma festa, tentando fazer com que as garotas rissem e os rapazes o achassem legal, parado embaixo de uma palmeira com uma bebida em uma mão e um cigarro na outra. Ele percebeu que se parecia com alguém que já tinha visto em cenas semelhantes com muita frequência. Ele se parecia com sua mãe. Ele estava se transformando na Charlene 2.0.

Esse momento de autoconsciência repugnante fez com que Greg decidisse fazer algo diferente. Estava na hora de jogar fora o álcool, o visual engomadinho e a versão adolescente dos vícios ultrapassados dos adultos. Estava na hora de ter novos vícios. E, claro, as drogas eram a resposta.

Mais ou menos na mesma época, o norte da Califórnia recebeu um influxo de jovens com a mesma visão de Greg, embora fossem alguns anos mais velhos. Foi o Human Be-In de 1967, evento em que a nata da cultura hippie se reuniu no Golden Gate Park para, isso mesmo, celebrar o fato de ser humano. Dá para dizer que foi o maior festival de *selfies*, embora as *selfies* só fossem realmente inventadas com o advento do iPhone.

O Be-In começou como um protesto contra a proibição do LSD, que havia sido realizada tardiamente pelo governo dos EUA, no final de 1966, depois que o estrago já estava feito. O evento começou com uma chamada à ordem, embora esse seja definitivamente o termo errado, na forma de um canto hindu bastante longo do poeta Alan Ginsberg.

Ginsberg foi seguido por discursos de outros poetas, gurus da contracultura e bandas como Grateful Dead e Jefferson Airplane, entre outros. Membros da famosa gangue de motociclistas Hells Angels foram trazidos para oferecer segurança e cuidar carinhosamente das crianças perdidas. O ex-professor de Harvard e defensor do LSD Timothy Leary discursou suas ordens de marcha habituais para a geração mais jovem: "Sintonize, ligue e saia".

Trinta mil místicos, radicais políticos que odiavam a Guerra do Vietnã, marxistas, pacifistas e outros jovens absorveram tudo. Foi uma extravagância, com tambores, incenso, sinos, faixas, penas, velas, flautas, animais, címbalos e dança. As pessoas estavam vestidas com minissaias, batas, cartolas, calças à moda edwardiana, camisetas tingidas, capas de veludo, pinturas corporais ou nada. Vastas nuvens de fumaça pairavam sobre o parque. Era possível ficar chapado só de sentar perto dali. Setenta e cinco perus de nove quilos foram distribuídos, juntamente com porções generosas de LSD "White Lightning" gratuito, preparado para o evento por um químico filantrópico clandestino.

O Be-In teve grande publicidade em todo o país e logo São Francisco se tornou o lugar em que todos queriam estar. Os jovens entraram em seus fuscas com adesivos de "flower power", ou pegaram um ônibus da Greyhound, ou exibiram o polegar à beira da estrada, fazendo o sinal de pedir carona, e foram para São Francisco, o centro do movimento hippie. A primavera se transformou em verão, e John Phillips, do Mamas & the Papas, lançou "San Francisco (Be Sure to Wear Some Flowers in Your Hair)", cantada por Scott McKenzie.

Cerca de 75 mil jovens ouviram o chamado, e logo São Francisco estava transbordando de hippies.

Como *a Vanity Fair* descreveu,

O Verão do Amor (...) lançou um novo tipo de música — o rock ácido — nas ondas do rádio, quase levou os barbeiros à falência, trocou roupas por fantasias, transformou drogas psicodélicas em chaves sagradas. Transformou o sexo com estranhos em um modo de generosidade, fez de "careta" um epíteto tão ruim quanto "racista", remodelou a noção de idealismo sério do Corpo de Paz em uma rapsódia bacanal e colocou o adjetivo americano favorito, "livre", em um novo altar.[25]

Havia todos os tipos de pessoas lá, algumas que mais tarde fariam parte do Movimento de Jesus e outras que não. Um vagabundo chamado Charles Manson era mais velho do que a maioria dos garotos que compareceram ao Verão do Amor. Ele tinha 32 anos, era um criminoso de carreira que acabara de ser liberto da prisão. Manson havia se divorciado duas vezes e era pai de pelo menos dois filhos abandonados. Ele era um cafetão e ladrão de carros que se considerava um gênio musical. Filho de uma prostituta adolescente, ele cresceu nas ruas e, em algum momento, Manson começou a desenvolver uma teologia fluida que misturava seu próprio complexo messiânico com o misticismo oriental, a unicidade do universo e a cópula sem distinção com discípulos de pensamento semelhante, tanto homens quanto mulheres.

---

25 WELLER, S. Suddenly That Summer. Vanity Fair, jul. 2012. Disponível em: <https://archive.vanityfair.com/article/2012/7/suddenly-that-summer>. Acesso em: 31 jan. 2025.

Em abril de 1967, Manson foi morar com uma mulher chamada Mary Brunner. Em maio, ele pegou uma garota de 18 anos em Venice Beach e a levou para casa de Mary. Mais tarde, ele a apelidou de "Squeaky", devido aos ruídos que ela fazia quando ele a vendia para outros homens. No Verão do Amor, Charles Manson já havia acrescentado à sua "família" vários outros fugitivos e jovens carentes em busca de afeto.

Uma das pessoas mais jovens que chegaram a São Francisco naquele verão foi um estudante de arte de dezessete anos chamado Lonnie Frisbee. Lonnie era do sul da Califórnia e havia abandonado o ensino médio para se matricular na escola de arte em São Francisco.

Lonnie disse a seus amigos que teve uma infância horrível. Seu pai biológico era um adúltero em série, um bêbado que batia nele e em sua mãe e que a abandonou por outra mulher. A mãe de Lonnie procurou o marido de outra mulher e acabou se casando com ele. O novo padrasto o odiava e o rejeitava, junto com seus irmãos. Então, a partir dos oito anos de idade, Lonnie foi molestado sexualmente por um rapaz de dezessete anos da vizinhança que era babá da família. Os adultos da vida de Lonnie não acreditaram em sua história.

Havia um ponto positivo: uma avó piedosa que levava Lonnie à igreja e o incentivava a sonhar. Então, embora tivesse nascido desprivilegiado, ele sonhava em ser um *mouseketeer*[26] e dançar na televisão. Esse era um sonho de infância comum naquela época; os *mouseketeers*, mascotes do novo e brilhante império da Disney, eram as crianças mais felizes, alegres e descoladas da TV. Na adolescência, Lonnie aprimorou seus movimentos de dança e seus sonhos quase se tornaram realidade quando ele foi

---

26 Os *mouseketeers* eram os jovens performers do programa de TV "The Mickey Mouse Club", criado por Walt Disney em 1955. O programa, voltado para o público infantil, se tornou um ícone cultural e lançou as carreiras de artistas como Ryan Gosling.

recrutado para ser um dançarino regular em um programa de TV vespertino local que apresentava bandas ao vivo. O programa se chamava "Shebang" e era o mais descolado que a TV vespertina poderia ter.

Lonnie começou a usar drogas no início da adolescência, primeiro ácido e outros alucinógenos, depois drogas eufóricas, como a maconha e a cocaína. No início, ele teve medo de experimentar maconha por causa de um filme de prevenção às drogas chamado *Reefer Madness*, que era exibido rotineiramente nas escolas públicas. Qualquer pessoa que levasse a sério a mensagem do filme sabia que a droga era a porta de entrada certa para a morte, a destruição e a insanidade.

Mas, por fim, Lonnie sucumbiu à loucura dos baseados, bem como à loucura de todas as outras drogas nas ruas, o que já era dizer muito. Ele foi para o deserto, viajou e procurou OVNIS. Protestou contra a Guerra do Vietnã, pegou carona para cima e para baixo na costa da Califórnia e passou muito tempo buscando Deus em um cânion perto de Palm Springs. Certa vez, ele e cem de seus amigos mais próximos foram presos por fazer isso, só porque estavam todos nus e fumando maconha na ocasião.

Portanto, em 1967, Lonnie Frisbee era apenas mais um vegetariano nudista e drogado na cena. Mas isso estava prestes a mudar, e ele se tornaria uma figura importante no Movimento de Jesus na California.

EM BUSCA DE ALGO MAIS

Naquele mesmo verão, os Beatles lançaram seu álbum divisor de águas, *Sgt. Pepper's Lonely Hearts Club Band*. É difícil exagerar o quanto esse álbum foi significativo para os amantes da música nos anos 1960. Em seu resumo dos quinhentos maiores álbuns de todos os tempos, *a Rolling Stone* o chamou de "o mais importante álbum de rock-and-roll já feito, uma aventura insuperável em conceito, som, composição, arte da capa e tecnologia de estúdio pelo maior grupo de rock-and-roll de todos os tempos (...) o auge dos oito anos dos Beatles como artistas de gravação"[27].

O álbum também foi o fim dos Beatles como ícones culturais. "Estávamos fartos de ser Beatles", disse Paul McCartney mais tarde. Os quatro rapazes que usavam terno no *Ed Sullivan Show* — lembrados como figuras de cera rígidas na capa lotada do álbum — haviam desaparecido para sempre. A *Rolling Stone* concluiu*:* "*Sgt. Pepper* definiu o opulento otimismo revolucionário da psicodelia e espalhou instantaneamente o evangelho do amor, do ácido, da espiritualidade oriental e das guitarras elétricas por todo o mundo. Nenhum outro disco pop daquela época, ou desde então, teve um impacto tão imediato e titânico."[28]

Greg Laurie não sabia como a história ou a *Rolling Stone* julgariam o impacto do álbum, mas, como seus colegas em todos os lugares, ele se sentava em seu quarto e ouvia o disco por horas. Ele olhava para a icônica capa do álbum, repleta de recortes de todos, de Karl Marx a David Livingstone, de W. C. Fields a Shirley Temple, e se perguntava o que tudo aquilo *significava*. Foi o primeiro álbum a imprimir as letras na capa. Parecia que se você fumasse maconha suficiente e olhasse por tempo suficiente para aquelas palavras, entraria em um portal para um nível mais elevado de compreensão.

A essa altura, Greg já havia passado da cultura *preppy* — aquelas dos jovens que frequentavam escolas preparatórias de alto padrão para a universidade — para a cultura hippie. Ele foi transferido para a Harbor High School. Deixou o cabelo crescer, usava roupas hippies e propositadamente

---

27 500 GREATEST Albums of All Time. *Rolling Stone*, 31 mai. 2012. Disponível em: <http://www.rollingstone.com/music/lists/500-greatest-albums-of-all-time-20120531/the-beatles-sgt-peppers-lonely-hearts-club-band-20120531>. Acesso em: 31 jan. 2025.
28 Idem.

andava com um grupo de excluídos de baixo nível em vez de se conectar com as crianças descoladas. Isso o libertou da pressão de ter de criar uma personalidade ou seguir as regras de outras pessoas.

Como Lonnie Frisbee e todos os outros daquela época, Greg tinha visto os filmes em sua escola pública de ensino médio alertando sobre a loucura da maconha. A mensagem era que os garotos ficavam loucos e enlouqueciam com a droga. Greg tinha experimentado e não tinha enlouquecido. Portanto, como tudo o que os adultos diziam, o filme devia ser uma mentira. "Eles mentem para nós sobre a maconha", pensou ele. "Mentem sobre o Vietnã. Qual é a vantagem de ouvi-los?"

Naquela época, porém, Greg tinha um senso de certo e errado que vinha de algum lugar. Por exemplo, ele sabia que era errado mentir; por isso se incomodava tanto quando os adultos faziam isso. E ele sabia que o que via em casa não estava certo. Havia revistas pornográficas espalhadas pela casa, sua mãe dormindo de ressaca e homens aleatórios entrando e saindo. Não era preciso ser um gênio para perceber que tudo aquilo não era saudável nem correto.

Às vezes, Greg chegava em casa tarde da noite, drogado, e Charlene estava na sala de estar, bêbada, fumando um cigarro. Ele se sentava, com os olhos vermelhos e vidrados, e eles tinham uma "conversa". Parecia tão irônico para Greg. "Ela nem sabe que estou chapado", ele pensava. "Pelo menos eu sei que estou fora de mim. E ela continua fingindo que está bem".

No fundo, ele era um romântico. Ele queria o oposto do torpor de longo prazo e dos relacionamentos de curto prazo de sua mãe. Soava brega demais em sua cabeça para sequer verbalizar. O que ele queria era amor verdadeiro. Ele queria um relacionamento que fosse único, permanente e realmente satisfatório.

Enquanto isso, a maioria de seus amigos era viciada em sexo. Eles o incomodavam constantemente com relação às garotas: Será que ele estava fazendo sexo? Por que não? O que havia de errado com ele? Um rapaz em particular não o deixava em paz. "Olha", disse ele a Greg um dia, "por que você não pega minha namorada e transa com ela? Ela está disposta a isso!"

Greg odiou a ideia; parecia impessoal demais. Mas ele tinha que tirar os amigos do seu pé com essa história de sexo. Então, uma noite, depois de fumar droga suficiente para nocautear um elefante, ele se encontrou com uma garota que acabara de conhecer. Mais tarde, ele se lembraria de muito pouco daquela noite não tão especial.

Tudo o que ele sabia era que não era assim que deveria ser. Ele estava desejando algo que nunca tinha visto, mas que sabia que deveria existir — em algum lugar.

MILAGRE NO ORIENTE MÉDIO

A existência de Israel é um erro que deve ser reparado. Esta é a nossa oportunidade de acabar com a ignomínia que nos acompanha desde 1948. Nosso objetivo é claro: varrer Israel do mapa.

Abdul Rahman Arif, terceiro presidente do Iraque, em 31 de maio de 1967.

Acredito que o que estamos vendo no mundo hoje é o cumprimento dessas antigas profecias escritas entre 2 mil e 3,5 mil anos atrás. Enquanto o mundo cambaleia de uma crise para outra, acredito que estamos numa contagem regressiva para o fim da história como a conhecemos.

Hal Lindsey, em *A agonia do grande Planeta Terra*.

O verão de 1967 também foi o cenário de um dos conflitos mais dramáticos da história do século XX, a Guerra dos Seis Dias. Além de sua importância geopolítica estratégica — interpretada de várias maneiras —, a surpreendente guerra de Israel na terra de Abraão teve repercussões diretas para o Movimento de Jesus nos Estados Unidos. Chuck Smith, em particular, relacionou a guerra diretamente com as profecias do Antigo Testamento e com o fim dos tempos; isso estimulou sua urgência em anunciar o evangelho.

Desde seu estabelecimento como nação em 1948, Israel vinha sendo ameaçado por todos os lados por seus vizinhos árabes. Sua Guerra pela Independência havia terminado com um cessar-fogo que deixou

Jerusalém dividida em duas. Toda a Cidade Velha, incluindo o Monte do Templo, o Muro das Lamentações e outros locais sagrados, foi colocada sob o controle dos jordanianos. Os judeus não tinham permissão para entrar nos muros de Jerusalém ou orar dentro da cidade.

No final da década de 1940 e no início da década de 1950, o Egito bloqueou o Canal de Suez e o Estreito de Tiran para a navegação destinada a Israel. Em 1956, uma força de emergência das Nações Unidas foi enviada para a Península do Sinai, e os estreitos foram reabertos. Porém, no final da primavera de 1967, o presidente Nasser do Egito fechou novamente as vias navegáveis para as embarcações israelenses, expulsou as forças de paz da ONU e mobilizou tropas ao longo de sua fronteira com Israel.

"Nosso objetivo básico será a destruição de Israel", declarou o presidente Nasser.[29] O presidente da Organização para a Libertação da Palestina descreveu o destino iminente dos judeus em Israel: "Eu acredito que nenhum deles sobreviverá".[30]

O Egito e a Síria tinham um pacto de defesa mútua, e a Síria reuniu tropas em sua fronteira de 65 km com Israel. Os sírios ocuparam as terras altas, incluindo a área conhecida como Colinas de Golã, que vinham fortificando há dezoito anos. Enquanto isso, a nação da Jordânia havia mobilizado 10 de suas 11 brigadas para defender o território densamente povoado da Cisjordânia, bem como a Cidade Velha de Jerusalém, com seu monte do Templo e outros locais sagrados que há muito tempo eram negados aos judeus.

---

29 CAMERA — Committee for Accuracy in Middle East Reporting in America. Precursors to War: Arab Threats Against Israel. *The Six-Day War*. Disponível em: <http://www.sixdaywar.org/content/threats.asp.>. Acesso em: 01 fev. 2025.

30 Fala de Ahmed Shukairy durante entrevista em 28 de maio de 1967. Disponível em: <http://www.sixdaywar.co.uk/crucial_quotes.htm>. Acesso em: 03 jan. 2018.

A tensão aumentou. A União Soviética sabia que o aliado de Israel, os Estados Unidos, estava preocupado com o desastre em curso no Vietnã. A URSS disseminou uma quantidade considerável de desinformação, alimentando as tensões no mundo árabe. O presidente americano Lyndon Johnson pediu publicamente cautela e apelou para que o Oriente Médio encontrasse soluções que não fossem a guerra.

Com forças hostis reunidas em suas fronteiras, Meir Amit, o engenhoso chefe do Mossad, a agência de espionagem de Israel, voou para Washington, DC, disfarçado, usando um passaporte falso. Seu país precisava seguir em frente, disse ele ao secretário de Defesa dos EUA, Robert McNamara. Quase todos os homens israelenses com menos de 50 anos foram mobilizados para a guerra. As piadas de mau gosto entre eles diziam que o último a ir não deveria esquecer de apagar as luzes ou que, depois da guerra, todos os judeus que restassem em Israel caberiam em uma única cabine telefônica. Seus inimigos estavam pressionando.

"Eu entendi em alto e bom som", respondeu McNamara. Amit entendeu isso como uma aprovação implícita dos Estados Unidos. Ele e o embaixador israelense voltaram para Tel Aviv em um avião cheio de máscaras de gás.

Na manhã de 5 de junho de 1967, pequenos grupos de caças israelenses decolaram de bases em sua terra natal. A força aérea israelense havia feito um amplo reconhecimento de todas as bases aéreas do Egito, Jordânia e Síria. Os pilotos liberaram o espaço aéreo de seu país e voaram a 15 metros acima do Mar Mediterrâneo. Eles sabiam que suas contrapartes egípcias estavam em alerta ao amanhecer, mas agora, às 7h45, a maioria dos líderes militares e políticos egípcios de alto escalão estariam presos nos notórios engarrafamentos do Cairo e, portanto, estariam fora de contato — e embora as comunicações por celular tenham melhorado imensamente desde 1967, o trânsito do Cairo não melhorou.

Mesmo assim, os oficiais egípcios alocados na estação de radar no norte da Jordânia detectaram os aviões israelenses em movimento. Eles enviaram um alerta vermelho para o Cairo. O sargento na sala de decodificação do comando supremo tentou, mas não conseguiu decifrar a mensagem usando o código usual. Ele se esqueceu de observar que um novo código havia sido implementado no dia anterior.

Os pilotos israelenses bombardearam mais de trezentos aviões de combate egípcios e inutilizaram as pistas de pouso em todo o país. Em ataques separados, os pilotos derrubaram dois terços do poder aéreo sírio e a maior parte da Força Aérea Real da Jordânia. As tropas terrestres israelenses enfrentaram as forças do exército egípcio na Península do Sinai, os sírios nas Colinas de Golã e os jordanianos na Cisjordânia e em Jerusalém Oriental.

Em 11 de junho, foi assinado um cessar-fogo. Israel perdeu menos de mil combatentes, enquanto as forças árabes perderam 20 mil soldados. Pela primeira vez em quase dois milênios, os locais sagrados judaicos em Jerusalém estavam sob o controle dos judeus. Os israelenses consideraram isso um milagre de proporções bíblicas. Eles haviam esmagado seus inimigos ao norte, leste e sul e triplicado seu território.

O presidente Nasser do Egito renunciou, mas foi persuadido a permanecer no cargo depois de milhões de seus cidadãos protestarem nas ruas. Ele serviu como presidente do Egito até sua morte em 1970 e foi sucedido por Anwar Sadat, que mais tarde seria assassinado por suas próprias tropas por ter assinado um tratado de paz com Israel.

O rei Hussein da Jordânia perdeu Jerusalém Oriental por um tempo, mas manteve seu trono. Ele fez as pazes com Israel em 1994. E, na Síria, o comandante da força aérea, que fazia parte da junta governista, tomou o poder sozinho em 1970. Seu nome era Hafez al-Assad. Ele morreu em 2000, e seu filho, Bashar al-Assad, intimidou e ensanguentou a região, massacrando inocentes desde o dia em que assumiu o poder.

A Guerra dos Seis Dias não encerrou, de forma alguma, a complicada história de Israel e as questões angustiantes que envolvem suas fronteiras, tanto para israelenses quanto para palestinos. Mas, naquele momento, muitos cristãos americanos viram a conclusão da guerra como o cumprimento da profecia bíblica do fim dos tempos. Mesmo quando os acadêmicos zombavam, os pregadores contavam histórias de anjos defendendo as tropas israelenses e guiando sua artilharia. O fato de a nação de Israel enfrentar — e esmagar — exércitos muito maiores do mundo árabe foi uma história moderna de Davi e Golias e um sinal de que a história humana estava chegando ao fim. A reconquista de Jerusalém pela primeira vez em dois mil anos parecia ser o cumprimento direto de Lucas 21:24: "Jerusalém será pisada pelos gentios *até que os tempos deles se cumpram*" (grifo nosso).

Alguns comentaristas apontaram para profecias complexas em Daniel 8, que antecipavam a derrota do Império Persa por Alexandre, o Grande, em 334 a.C.[31] A visão de Daniel continuava descrevendo uma

---

[31] Daniel 8 registra uma complicada visão do profeta, por volta de 539 a.C., e sua interpretação igualmente misteriosa. Na visão, Daniel se viu na capital persa de Susã, no atual Irã, próximo à fronteira com o Iraque. "No terceiro ano do reinado do rei Belsazar, eu, Daniel, tive outra visão, a segunda. Na minha visão, eu me vi na cidadela de Susã, na província de Elão. Na visão, eu estava junto ao canal de Ulai. Olhei para cima e, diante de mim, junto ao canal, havia um carneiro com dois chifres compridos; um deles era mais comprido que o outro e cresceu depois. Observei o carneiro enquanto ele escorneava para o oeste, para o norte e para o sul. Nenhum animal conseguia resistir a ele, e ninguém podia livrar-se do seu poder. Ele fazia o que bem desejava e tornou-se grande. Enquanto eu considerava isso, de repente um bode, com um chifre enorme entre os olhos, veio do oeste, percorrendo

linha do tempo de 2.300 "tardes e manhãs" desde essa ocupação gentia até que Jerusalém fosse libertada do controle de nações estrangeiras. Muitos cristãos, aplicando a escala de tempo de que um dia equivale a um ano (ver Ez 4:6) e tendo em mente que não existe a data 0 d.C., fizeram as contas e viram o cumprimento da visão de Daniel em — você adivinhou — 1967.

Na Calvary Chapel, em Costa Mesa, Califórnia, a mais de 12 mil km de Jerusalém, a Guerra dos Seis Dias não era uma mera notícia distante para o pastor Chuck Smith. Ele iniciou uma série especial sobre Israel e profecias bíblicas. Sua igreja ainda não havia crescido, mas Chuck pregava e ensinava seu rebanho com uma nova urgência: a Bíblia era verdadeira, sua interpretação da história humana era real e relevante, Jesus voltaria em breve e o evangelismo e o discipulado eram mais vitais e imperativos do que nunca nesses "últimos dias" que agora estavam sobre os cidadãos da Terra — por volta de 1967.

---

toda a extensão da terra, sem encostar no chão. Ele veio na direção do carneiro que possuía dois chifres, que eu tinha visto ao lado do canal, e avançou contra ele com grande fúria. Eu o vi atacar furiosamente o carneiro, atingi-lo e quebrar-lhe os dois chifres. O carneiro não teve forças para resistir a ele; o bode o derrubou no chão e o pisoteou, e ninguém foi capaz de livrar o carneiro do seu poder" (Dn 8:1-7). Essa parte da estranha profecia de Daniel foi cumprida quando Alexandre, o Grande, com um exército de 35 mil gregos e macedônios, atravessou o noroeste da Turquia em direção à Ásia Menor em 334 a.C. e derrotou com força o vasto e poderoso Império Persa.

1968: O ANO EM QUE O CALDO ENTORNOU

> Mesmo durante o sono, a dor que não pode ser esquecida cai gota a gota sobre o coração até que, em nosso próprio desespero, contra nossa vontade, chega a sabedoria por meio da terrível graça de Deus.
>
> Robert F. Kennedy, citando o poeta grego Ésquilo, após o assassinato de Martin Luther King Jr.

Depois do Verão do Amor de São Francisco, em 1967, a subcultura hippie tornou-se um ponto de encontro para turistas curiosos. Pessoas de meia-idade vinham em ônibus, com câmeras Kodak no pescoço, para observar os filhos das flores e tirar fotos. A infame Psychedelic Shop[32] na Haight Street fechou em protesto; seus proprietários voltaram para o Meio-Oeste.

Muitos dos hippies do verão voltaram para a escola. Outros, que ficaram, descobriram que a "flor havia murchado". O idealismo brilhante dos primeiros dias se transformou em um cenário mais sombrio: desnutrição, overdoses, esquinas frias, viciados e agulhas sujas. O amor livre tinha sido generoso: muitos jovens estavam sofrendo de doenças sexualmente

---

32 A Psychedelic Shop, inaugurada em 1966 por Ron e Jay Thelin na Haight Street, São Francisco, foi a primeira loja de produtos alternativos dos Estados Unidos. Tornou-se um símbolo da contracultura hippie, vendendo itens psicodélicos, livros e acessórios, além de funcionar como ponto de encontro para artistas e simpatizantes do movimento.

transmissíveis. Alguns dos filhos das flores fizeram viagens de LSD das quais nunca mais voltaram. Outros passaram fome e ficaram doentes.

Um conhecido traficante de ácido do bairro, chamado Shob, foi encontrado morto a facadas, com o braço direito decepado. A polícia deteve outro traficante de drogas e encontrou o braço ensanguentado atrás do assento de sua van decorada com sinais de paz. O crime estava aumentando; talvez o sonho hippie tivesse sido confiscado. De qualquer forma, as cores brilhantes da utopia haviam se tornado cinza.

No final do verão, George Harrison visitou Haight-Ashbury com sua esposa, a modelo Pattie Boyd. Usando óculos de vovó em forma de coração, o Beatle passeou pelas ruas em busca de ação. Por fim, alguns hippies o reconheceram e uma multidão se formou, mas a experiência não foi exatamente o que George tinha em mente. Mais tarde, ele disse que achava que seria mais sofisticado. "Eu esperava que todos eles tivessem suas próprias lojinhas. Eu esperava que todos fossem bonitos, limpos, simpáticos e felizes."[33]

Infelizmente para George, os hippies de São Francisco não tinham lojas bonitinhas e, evidentemente, não tinham acesso a produtos antiacne. Ele disse que eles eram "adolescentes horríveis e cheios de manchas". Por sua vez, os hippies com espinhas que seguiam o Beatle pelas ruas mágicas e misteriosas diziam que George estava chapado demais para tocar o violão que alguém lhe entregara. Seu biógrafo escreveu que George acabou sendo perseguido de volta à sua limusine por um "bando selvagem de hippies zombeteiros".[34]

---

33 WIKIQUOTE. George Harrison. Disponível em: <https://en.wikiquote.org/wiki/George_Harrison>. Acesso em: 01 fev. 2025.
34 FONG-TORRES, B. Harrison had love-haight relationship with S.F. *SFGate*, 2 dez. 2001. Disponível em: <http://www.sfgate.com/entertainment/radiowaves/article/

Pouco tempo depois da prisão de Lonnie Frisbee, no verão de 1967, por nudez pública e posse de drogas, ele voltou ao seu cânion favorito, dessa vez sem uma centena de seus amigos mais próximos. Seu cérebro era um turbilhão intenso, cheio de beleza ao seu redor, perguntas sobre o significado da vida, fragmentos de lembranças de tudo o que ele havia vivido em seus dezoito anos e uma boa dose de LSD.

Como Lonnie explicaria mais tarde, ele tirou todas as suas roupas, virou o rosto para o céu e gritou: "Jesus, se você realmente existe, revele-se a mim!"[35] Ele sentiu que a atmosfera ao seu redor começou a formigar, cintilar e brilhar. Ele estava apavorado. Sentiu a presença de Deus. Ele teve visões. Sentiu o chamado de Deus em sua vida.

Lonnie retornou a São Francisco e, embora existam diferentes versões sobre o que aconteceu depois, ele evidentemente conheceu algumas pessoas da "galera de Jesus" na rua no outono de 1967. Eles faziam parte de uma pequena comunidade de ex-hippies e viciados que conheceram a Cristo e entregaram tudo a ele com entusiasmo. Eles viviam em comunidade, modelando uma família de crentes do Novo Testamento, e eram informalmente liderados por um casal chamado Ted e Liz Wise.

Segundo todos os relatos, os Wise foram estrategicamente usados por Deus para acender as brasas do que se tornou o Movimento de Jesus no norte e no sul da Califórnia. Eles foram entusiastas devotos das drogas, pré-hippies que emergiram do estilo de vida boêmio dos *Beat* no início dos anos 1960. Ambos conheceram a Cristo e se estabeleceram — com uma boa dose de confusão transcultural — em uma igreja local "certinha", onde ampliaram sua compreensão das Escrituras.

....

Harrison-had-love-Haight-relationship-with-S-F-2847011.php>. Acesso em: 01 fev. 2025.

35 FRISBEE, L.; SACHS, R. *Not by might nor by power*: the Jesus Revolution. 2. ed. Santa Maria, CA: Freedom Publications, 2012. p. 50.

Em meados de 1967, eles iniciaram um trabalho de divulgação em uma loja no Haight, alcançando os hippies que estavam inundando a cidade. Muitos desses jovens estavam descobrindo que a vida hippie em Haight-Ashbury não era só flores e arco-íris. As garotas eram estupradas, os garotos viravam viciados e a experiência hippie não trazia saúde real nem para o corpo nem para a alma.

Os Wise os alimentavam, falavam sobre Jesus e lhes davam cópias em brochura de uma nova tradução do Novo Testamento chamada *Good news for modern man (Boas-novas para o homem moderno)*. Muitas dessas crianças perdidas aceitaram as boas novas. E alguns não: um hippie baixinho chamado Charlie Manson entrava, comia sopa e tocava um violão emprestado. Ele não queria ouvir falar de Jesus; ele achava que *era* Jesus.

No dia em que Ted Wise encontrou Lonnie Frisbee na rua, este estava claramente pregando sobre Jesus, OVNIS e consciência de Cristo. Ele contou a Ted como havia experimentado a realidade de Deus no cânion algumas semanas antes. Ted percebeu que sua cabeça estava um pouco bagunçada por causa das drogas, e sua teologia também estava um tanto confusa. Ele o levou para casa, o alimentou e o convidou para morar com a comunidade. Lonnie estudou a Bíblia com eles e, com o tempo, adotou uma compreensão mais ortodoxa do evangelho.[36]

Em 7 de outubro de 1967, os "filhos das flores" mais radicais do Haight proclamaram o fim oficial de São Francisco como a meca hippie. Eles realizaram um funeral teatral, lamentando solenemente "a morte do hippie, filho dedicado da mídia de massa". Os organizadores queriam que

---

[36] Se você quiser um panorama acadêmico mais abrangente de todo o Movimento Jesus nos Estados Unidos e do envolvimento dos Wise em particular, recomendamos *God's Forever Family* (*A família eterna de Deus*, em tradução livre), de Larry Eskridge (Nova York: Oxford University Press, 2013).

os jovens soubessem que esse era o fim do movimento em São Francisco e que não fossem mais para lá; eles deveriam ficar em casa e levar a revolução para onde moravam. Os participantes carregaram um caixão de madeira coberto de preto. Ele estava cheio de pôsteres psicodélicos, bongôs, *kazoos*, manuais *Zen* e miçangas.

O Verão do Amor havia passado, e o inverno estava chegando.

Poucas semanas depois do simbólico funeral hippie em São Francisco, a maior manifestação contra a guerra já realizada aconteceu no outro lado do país. Cem mil manifestantes se reuniram no Lincoln Memorial, em Washington, DC. O autor Norman Mailer estava entre os que foram presos; Benjamin Spock, o pediatra mais conhecido dos Estados Unidos, denunciou o presidente Johnson em seu discurso enquanto a multidão vaiava e aplaudia. Mais tarde naquela noite, cerca de 30 mil manifestantes marcharam até o Pentágono, onde confrontos brutais com soldados resultaram em centenas de prisões.

Em novembro de 1967, meio milhão de soldados americanos estavam no Vietnã. O sistema de recrutamento estava convocando quarenta mil jovens para o serviço militar todos os meses. Foi a primeira guerra com cobertura jornalística em tempo real: reportagens de televisão mostravam, em cores vivas, jovens sob fogo em uma selva distante. Mais de cem mil soldados haviam sido feridos e mais de quinze mil haviam sido mortos até o momento. Os caixões voltavam para casa nos Estados Unidos.

No final de janeiro de 1968, foi declarado um cessar-fogo entre o Exército Popular do Vietnã do Norte e as tropas sul-vietnamitas e americanas. Foi uma calmaria temporária para que o povo vietnamita pudesse comemorar seu ano novo sagrado, que eles chamavam de *Tet*. Milhares de soldados estavam de licença. Os civis saíram às ruas em Saigon e em outras cidades, disparando bombinhas e fogos de artifício.

No entanto, em meio às festividades de uma semana, milhares de soldados vietcongues entraram nas principais cidades do Sul. Alguns usavam roupas civis e se misturavam com a população, testando suas armas enquanto os fogos de artifício explodiam. Alguns usavam uniformes roubados do exército sul-vietnamita. E, embora as autoridades não tivessem notado o número incomum de procissões fúnebres nas semanas anteriores, agora ficou claro que os vietcongues não só haviam se infiltrado no sul, mas também contrabandeado milhares de armas naqueles caixões que se moviam lentamente pelas ruas.

A Ofensiva do *Tet* — uma das campanhas mais famosas e horríveis da história militar moderna — explodiu em todo o Vietnã do Sul com massacres, emboscadas, assassinatos e milhares de baixas civis. Os correspondentes de guerra inundaram os meios de comunicação dos EUA com relatos terríveis de carnificina.

Os comunistas sofreram enormes perdas em seu ataque surpresa, mas esse foi um ponto de virada para sua causa. Pela primeira vez, muitos dos que apoiavam o envolvimento dos EUA no Vietnã confessaram que essa era uma guerra que os Estados Unidos não venceriam. Veteranos americanos feridos jogaram fora suas medalhas de guerra. Estudantes manifestantes ocuparam prédios acadêmicos em seus campi.

Em 31 de março de 1968, o discurso televisionado do presidente Lyndon Johnson para a nação terminou com uma surpresa: "Não buscarei e não aceitarei a indicação do meu partido para outro mandato como seu presidente", disse ele. Na época, as pesquisas de opinião pública mostravam que Johnson venceria qualquer rival político. As pessoas mais próximas a ele sabiam o verdadeiro motivo de sua decisão de não concorrer: o Vietnã. Já em março de 1965, o sistema de gravação da Casa Branca havia registrado a avaliação de Johnson: "O grande problema que estou enfrentando — um homem pode lutar se puder ver a luz do dia em algum lugar. Mas não há luz do dia no Vietnã".[37]

A guerra obstinada havia esgotado o duro político texano. O pai e o avô de Johnson haviam morrido aos 64 anos de idade e o presidente tinha a premonição de que o mesmo aconteceria com ele. Quatro anos após anunciar que não concorreria novamente à presidência, Johnson morreria de ataque cardíaco em seu rancho no Texas — aos 64 anos.

ESPERANÇA DESPEDAÇADA

Enquanto isso, continuavam os protestos em torno do principal assunto dentro dos EUA naquela época: os direitos civis dos afro-americanos. Já havia se passado quase cinco longos anos desde o arrepiante discurso *I Have a Dream* (*Eu tenho um sonho*) do Dr. Martin Luther King Jr. para 250 mil pessoas no Lincoln Memorial, no qual ele pediu direitos civis e econômicos para os afro-americanos e o fim absoluto do racismo.

"Eu tenho um sonho", o Dr. King havia bradado em 1963.

> Eu tenho um sonho de que um dia essa nação levantar-se-á e viverá o verdadeiro significado da sua crença: "Consideramos essas verdades como autoevidentes que todos os homens são criados iguais". (...)
> Eu tenho um sonho de que meus quatro pequenos filhos um dia viverão em uma nação onde não serão julgados pela cor da pele, mas pelo conteúdo do seu caráter. (...)
> Eu tenho um sonho de que um dia "todos os vales serão elevados, todas as montanhas e encostas serão niveladas; os lugares mais acidentados

---

[37] CBSNEWS STAFF. LBJ Knew Early Vietnam Was Quagmire. CBSNews, Nova York, 01 nov. 2001. Disponível em: <https://www.cbsnews.com/news/lbj-knew-early-vietnam-was-quagmire/>. Acesso em: 02 fev. 2025.

se tornarão planícies e os lugares tortuosos se tornarão retos e a glória do Senhor será revelada e todos os seres a verão conjuntamente".[38]

Era um sonho lindo, cheio de esperança, mesmo diante das enormes adversidades daquele ano. Agora, porém, era 3 de abril de 1968. O Dr. King estava numa igreja em Memphis, no Tennessee, apoiando uma greve de trabalhadores do setor de saneamento. Ele falou sobre as difíceis provações da batalha em curso pelos direitos civis, sobre sua decepção com o fato de que uma nação concebida com liberdade para todos ainda fosse o lar da injustiça para alguns. Mas, ainda assim, havia esperança para todos, mesmo que alguns não conseguissem chegar ao fim da jornada. Ele encerrou seu discurso com reflexões repletas de paz pessoal e imagens do Antigo Testamento — palavras prescientes que nos surpreenderiam desde então.

> Bem, não sei o que acontecerá agora. Temos alguns dias difíceis pela frente. Mas isso não importa para mim agora. (...) Como qualquer pessoa, eu gostaria de ter uma vida longa. A longevidade é importante. Mas não isso não me preocupa agora. Só quero fazer a vontade de Deus. E ele permitiu que eu subisse a montanha. E eu olhei ao redor. E eu vi a Terra Prometida. Pode ser que eu não chegue lá com vocês. Mas quero que saibam nesta noite que nós, como um povo, chegaremos à Terra Prometida!

---

[38] REDAÇÃO. "Eu tenho um sonho": há 55 anos, Martin Luther King proferia discurso histórico. Brasil de Fato, São Paulo, 28 ago. 2018. Disponível em: <https://www.brasildefato.com.br/2018/08/28/eu-tenho-um-sonho-ha-55-anos-martin-luther-king-proferia-discurso-historico/>. Acesso em: 02 fev. 2025.

Por isso, estou feliz esta noite. Não estou preocupado com nada. Não temo nenhum homem. Meus olhos veem a glória da vinda do Senhor![39]

Às seis horas da noite seguinte, Martin Luther King e vários de seus colegas saíram para a varanda de seu hotel em Memphis. Enquanto conversavam sobre o comício planejado para aquela noite, o Dr. King pediu ao músico que tocasse o velho negro spiritual "Take My Hand, Precious Lord".

"Toque bem bonito", disse ele com um sorriso.

Houve um único tiro. Uma explosão de 156 decibéis. Mais alto do que um motor a jato. Uma bala de calibre 30 atravessou a bochecha direita de King. Ela quebrou sua mandíbula e várias vértebras, rompeu sua jugular e arrebentou a gravata. Ele caiu no chão em uma poça de sangue. Seus amigos o levaram às pressas para o hospital. Uma hora depois, King entrou na Terra Prometida que ele havia visto tão claramente na noite anterior.

Tumultos, incêndios e saques eclodiram em mais de cem cidades dos Estados Unidos. Partes de Washington se transformaram em chamas. Os radicais pediram vingança e resistência armada, alimentando o crescimento do movimento Black Power e do Partido dos Panteras Negras. Centenas de milhares de pessoas, negras e brancas, lamentaram o "apóstolo da não violência", como o Presidente Johnson chamou o líder dos direitos civis assassinado.

O senador Robert Kennedy, em campanha pela indicação democrata para concorrer à presidência dos Estados Unidos, estava em Indianápolis

---

[39] KING JR., M. L. *I've Been to the Mountaintop*. American Rhetoric. Disponível em: <http://www.americanrhetoric.com/speeches/mlkivebeentothemountaintop.htm>. Acesso em: 02 fev. 2025.

quando soube da morte do Dr. King. "Oh, Deus", ele gemeu. "Quando essa violência vai parar?"⁴⁰

Coube a Kennedy dar a notícia à enorme multidão que havia comparecido para ouvi-lo naquela noite. Ele falou por menos de cinco minutos de um pódio montado em um caminhão-plataforma. As pessoas gritaram, choraram e lamentaram quando ele falou sobre o líder dos direitos civis que havia caído. Em seguida, ele fez o que nunca havia feito antes e falou publicamente sobre o assassinato de seu próprio irmão.

> Para aqueles de vocês que são negros e se sentem tentados a se encher de ódio e desconfiança diante da injustiça de tal ato, contra todos os brancos, só posso dizer que sinto em meu coração esse mesmo tipo de sentimento. Um membro de minha família foi morto, mas ele foi morto por um homem branco. Mas temos que nos esforçar (...) para ir além desses tempos bastante difíceis. (...)
>
> A grande maioria dos brancos e a grande maioria dos negros deste país querem viver juntos, querem melhorar a qualidade de nossa vida e querem justiça para todos os seres humanos que vivem em nossa terra. Vamos nos dedicar ao que os gregos escreveram há tantos anos: domar a selvageria do homem e tornar suave a vida deste mundo.⁴¹

---

40 ROBERT F. KENNEDY'S speech on the assassination of Martin Luther King Jr. *Wikipédia*. Disponível em: <https://en.wikipedia.org/wiki/Robert_F._Kennedy%27s_speech_on_the_assassination_of_Martin_Luther_King_Jr>. Acesso em: 02 fev. 2025.

41 KENNEDY, R. F. *Statement on Assassination of Martin Luther King, Jr., Indianapolis, Indiana, April 4, 1968*. Biblioteca e Museu Presidencial John F. Kennedy. Disponível em: <https://www.jfklibrary.org/Research/Research-Aids/Ready-Reference/RFK-Speeches/Statement-on-the-Assassination-of-Martin-Luther-King.aspx>. Acesso em: 02 fev. 2025.

A multidão chorou, mas não explodiu em violência. As pessoas seguiram seu caminho em silêncio. Apesar dos tumultos em cidades como Chicago, Nova York, Detroit, Oakland e Pittsburgh — com 35 mortos e 2.500 feridos —, Indianápolis estava calma naquela noite.

Dois meses após o assassinato do Dr. King, na noite de 4 de junho de 1968, Robert Kennedy venceu as primárias presidenciais democratas da Califórnia. Na madrugada do dia seguinte, 5 de junho, ele discursou para seus apoiadores no Ambassador Hotel, em Los Angeles. Ele planejava ir a uma reunião posterior em outra parte do edifício, mas os assessores mudaram o plano e, em vez disso, o acompanharam pela cozinha do hotel a caminho de uma coletiva de imprensa improvisada com membros da mídia.

Cercado por assessores, Kennedy passou por uma passagem estreita. Havia uma mesa de vapor de um lado e uma máquina de gelo do outro. Um ajudante de garçom de dezessete anos, vestindo uma jaqueta branca, chamou a atenção do senador Kennedy. Seu nome era Juan Romero, e ele havia servido uma refeição ao senador mais cedo naquele dia. O senador reconheceu o adolescente e parou para apertar sua mão.

De repente, um homem de cabelos escuros e armado saiu de trás da máquina de gelo e atacou Kennedy. Ele atirou nele três vezes e disparou balas contra a multidão até ser atacado pelos assessores e amigos do senador, cinco dos quais ficaram feridos.

Repórteres, fotógrafos e colegas correram para o local. Um jornalista tirou a foto que se tornou a imagem icônica do dia: O senador Kennedy deitado de costas, com as pernas em ângulos estranhos. O jovem ajudante de garçom, Juan Romero, com sua jaqueta branca de serviço, agacha-se ao lado de Kennedy. Seu rosto mistura medo e confusão enquanto ele segura a cabeça partida de seu herói. Ele tirou seu rosário do bolso e o colocou na palma da mão aberta de Kennedy. Seus olhos estavam abertos; ele ainda estava vivo.

O senador foi atingido por três balas. Uma saiu de seu peito, uma se alojou em seu pescoço e outra atravessou seu cérebro. Apesar dos intensos esforços para salvar sua vida, ele morreu 26 horas após o tiroteio. Seu assassino, um radical palestino chamado Sirhan Sirhan, disse mais tarde que matou Robert Kennedy porque o senador apoiava Israel na Guerra Árabe-Israelense de 1967. Sirhan foi preso, julgado e condenado à morte, embora sua sentença fosse posteriormente comutada para prisão perpétua.

Robert Kennedy tinha quarenta e dois anos de idade quando morreu. Para muitos jovens, principalmente após a morte de Martin Luther King, Kennedy representava a última esperança de justiça social, tolerância racial e fim da guerra no Vietnã. Talvez o ajudante de garçom adolescente, Juan Romero, tenha expressado isso melhor. O assassinato de seu herói "me fez perceber que não importa quanta esperança você tenha, ela pode ser tirada em um segundo".[42]

SOMEBODY TO LOVE

Em 1968, Greg Laurie tinha quinze anos de idade. Ele já sabia que a esperança poderia ser tirada em um segundo. Mas ele não tinha muita confiança em heróis políticos como Robert Kennedy ou Martin Luther King Jr. Como todos os outros, ele ficou chocado e horrorizado com suas mortes. E, como a maioria dos jovens, ele odiava a guerra no Vietnã.

---

[42] LOPEZ, S. The busboy who cradled a dying RFK has finally stepped out of the past. Los Angeles Times, 29 ago. 2015. Disponível em: <http://www.latimes.com/local/california/la-me-0830-lopez-romero-20150829-column.html>. Acesso em: 02 fev. 2025.

Mas, assim como para a maioria dos adolescentes, o mundo de Greg era bem pequeno. Sua falta de esperança não se manifestava em um palanque de repercussão nacional. Ela vinha de sua própria história. Seu cinismo não se concentrava em atacar o ser humano ou o *establishment*. Vinha de sua mãe e não de um homem, mas de uma série de homens em sua vida. Ele não confiava nos adultos. Em sua experiência, eles mentiam, faziam o que queriam e deixavam a bagunça. Ele limpava sua mãe quando ela desmaiava. Passava pela porta aberta do quarto dela e a via nua na cama com um cara que ele nem conhecia. Ele a ouvia dizer o quanto o amava e depois gritar com ele no próximo gole de bebida. Quando ela estava bêbada, não conseguia nem dizer o nome do filho direito. Greg estava sozinho.

No entanto, ele ficou animado quando o Newport Pop Festival chegou à sua região no início de agosto de 1968. Foi o primeiro show de música a ter mais de cem mil participantes pagantes, e seria um fenômeno. Ele não precisou pedir permissão à mãe para ir ao show. Talvez os pais de outros jovens de quinze anos tivessem regras, toques de recolher e preocupações com seus filhos. Não a mãe de Greg. Ele se lembra muito bem daquela noite. Ele estava empolgado com Grace Slick e Jefferson Airplane. E ficou surpreso com o fato de que, de alguma forma, acabou ficando a apenas cinco metros do palco.

A banda começou a tocar "Somebody to love" e o público foi à loucura. As pessoas gritavam e se empurravam. Miçangas coloridas se espalhavam por toda parte quando a coisa começou a ficar feia. Era difícil respirar. Greg não conseguia enxergar nada além de seus próprios pés e um borrão de braços e pernas se empurrando ao seu redor.

Uma pessoa aleatória no palco o puxou para cima dele. Ele se balançou e contornou o equipamento de som e conseguiu sair dali. Muito mais tarde, ele descobriu que o caos havia sido planejado, não foi espontâneo. Nada muito hippie. O cantor David Crosby havia organizado uma briga de tortas enquanto o Jefferson Airplane estava no palco e mandou trazer cerca de trezentas tortas de creme para o local. Enquanto Greg procurava se salvar do tumulto hippie, ele não havia percebido que todas aquelas pessoas estavam, na verdade, invadindo o palco não para amar alguém, mas para atirar algumas tortas.

Hoje, quando o pastor e evangelista Greg Laurie prega para uma grande multidão em um estádio, ele às vezes pensa naquela noite louca em que sua determinação de ver Grace Slick quase terminou num apocalipse de tortas. E se Greg Laurie, aos quinze anos de idade, pudesse de alguma forma saber que cinquenta anos depois *ele* estaria no palco em um local enorme, e que as 161 mil pessoas na arena, reunidas para um evento de três dias, não estavam lá para ficarem chapadas, ou para curtir um show, ou para jogar tortas de creme, mas para ouvir o evangelho, e que seria *ele* quem lhes falaria sobre Jesus Cristo?

Isso teria sido muito mais bizarro para Greg do que a mais estranha e esquisita viagem de LSD que ele poderia ter tido em 1968.

UMA MISTURA EXPLOSIVA

> Não perca tempo se perguntando se você "ama" seu próximo; aja como quem ama.
>
> C. S. Lewis

> Se tivermos o verdadeiro amor de Deus derramado em nosso coração, nós o demonstraremos em nossa vida. Não precisaremos andar por toda parte declarando isso. Nós demonstraremos em tudo o que dissermos ou fizermos.
>
> Dwight L. Moody

Naquele convulsivo ano de 1968, Kay Smith tinha cerca de quarenta anos de idade. Ela havia sido esposa de um pastor por quase metade de sua vida. Era uma mulher espirituosa, inteligente e divertida, curiosa sobre tudo e que não deixava passar nada. Estudava profundamente a Bíblia. Tinha cabelos pretos na altura dos ombros, olhos azuis brilhantes e dedos longos e afilados com unhas ovais. Embora Chuck Smith fosse uma personalidade cativante e calorosa no púlpito, ele era mais calmo em um ambiente privado. Por sua vez, Kay era curiosa, verbal e entusiasmada. Ela adorava conversar com as pessoas e ouvir suas histórias.

No início de 1968, porém, ela ficou comovida com a história de pessoas que ainda não conhecia. Os jornais do sul da Califórnia estavam destacando o fluxo de adolescentes inquietos na região. Muitos deles eram fugitivos que haviam rejeitado as regras e os valores materialistas de seus pais em favor da liberdade e da independência. Eles tinham ido a São Francisco para o Verão do Amor, mas agora estava frio no norte da

Califórnia e, por isso, seguiram para o sul, para cidades mais quentes. Homens e mulheres jovens não tinham teto e pediam carona, eram presas fáceis para qualquer um. Eles vasculhavam latas de lixo em busca de comida, mas, de alguma forma, pareciam sempre ter acesso a maconha e a drogas mais pesadas.

Kay fez com que seu marido fosse com ela até Huntington Beach. Era uma praia de surfe a cerca de vinte minutos da casa deles. Também abrigava o Golden Bear, uma boate onde se apresentavam músicos como Jimi Hendrix e Janis Joplin. Huntington era um ímã hippie, com adolescentes, sinais de paz, flores, miçangas e drogas por toda parte. As crianças usavam bottons com os mantras da época: "A guerra não é saudável para as crianças e outros seres vivos", "Economize água, tome banho com um amigo" e o aparentemente onipresente "Faça amor, não faça guerra".

Chuck e Kay observaram as crianças cambaleando pela rua ou divagando na praia. Chuck tinha pensamentos práticos e masculinos como: "Por que você não arruma um emprego, corta o cabelo e toma um banho?" Então ele olhava para a esposa e ela tinha lágrimas nos olhos azuis. "Eles estão tão perdidos", dizia Kay. "Temos de entrar em contato com eles! Eles precisam conhecer uma vida diferente! Eles precisam conhecer Jesus!"

Logo Chuck seguiu a orientação de sua esposa. Kay percebeu que, se esperassem que seus caminhos se cruzassem com o de um desses adolescentes necessitados, isso simplesmente não aconteceria. Hippies perdidos não iriam aparecer espontaneamente em sua igreja simpática e conservadora em uma manhã de domingo. Eles precisavam fazer alguma coisa.

Sua filha universitária estava namorando um rapaz que havia conhecido Cristo na cena de Haight-Ashbury, em São Francisco. Então Kay perguntou ao namorado se ele poderia levar um hippie de verdade para a casa da família Smith. "Queremos apenas entender o mundo deles", disse ela. "Queremos saber como eles pensam, no que acreditam e como podemos ajudar." Pouco depois, a campainha da casa da família Smith tocou. O namorado da filha estava na varanda junto com um jovem esguio de cabelos castanhos compridos, bigode e barba, e uma túnica de linho. Ele tinha flores no cabelo e pequenos sinos que tilintavam nos punhos — e um enorme sorriso no rosto.

"Entre!", disse Kay.

"Este é Lonnie", disse o namorado. "Lonnie Frisbee. Eu estava dirigindo outro dia, e sempre tento pegar hippies que estão pedindo carona para que eu possa falar de Jesus a eles. Então peguei esse cara aqui e, de repente, ele me contou que pedia carona pela região para poder contar às pessoas que lhe davam carona tudo sobre Jesus. Ele é nosso irmão em Cristo".

Foi semelhante a quando John Lennon conheceu Paul McCartney, ou Steve Jobs conheceu Steve Wozniak. Ou quando o fogo encontrou a gasolina: explosivo. Lonnie Frisbee e Chuck Smith eram da mesma espécie, mas, além disso, não tinham nada em comum: nem personalidade, nem experiência de vida, nem histórico ou aparência. Mas ambos conheciam Jesus, e quando Lonnie cruzou a porta de entrada de Chuck e Kay Smith, algo grande e volátil estava prestes a acontecer e somente Deus poderia orquestrar isso.

Enquanto conversavam naquela noite, Chuck percebeu que Lonnie poderia ser a pessoa que Deus usaria para ajudar sua igreja a alcançar os hippies, os vagabundos da praia e os drogados. "Você fala a língua deles", disse a Lonnie. "Você sabe melhor do que qualquer um de nós como, o que e por que eles pensam e se sentem como se sentem. Você poderia ficar conosco por algumas semanas e me ajudar a entender o que os motiva."[43]

---

43 Essa conversa e relatos semelhantes dos primeiros dias do ministério de Chuck e Lonnie

Lonnie ficou animado com a ideia. "Eu poderia fazer isso", disse ele. Mas, acrescentou, tinha acabado de se casar com uma moça que, assim como ele, tinha sido apanhada no mundo das drogas, mas que tinha deixado tudo para trás para seguir Jesus. Eles estavam morando em São Francisco. "Não tem problema", disse Chuck. "Traga sua esposa. Ela pode ficar aqui também."

Logo Lonnie e sua esposa estavam morando na casa da família Smith. Acontece que eles tinham o hábito irreprimível de se reproduzir — não fisicamente, mas espiritualmente. Os dois iam para as ruas ou para a praia com outros crentes e conversavam com os hippies sobre Jesus Cristo. Estes, por sua vez, confessavam seus pecados, recebiam Jesus e se tornavam filhos e filhas de Deus. Deixavam suas vidas antigas para trás. E alguns também se mudavam para a casa da família Smith, em cuja piscina do quintal eram batizados.

Chuck e Kay foram chamados para muitas ações ousadas, mas administrar uma comunidade em sua casa não era uma delas. Chuck alugou uma casa em Costa Mesa. O grupo se mudou para lá. Eles trabalhavam, compartilhavam refeições e recursos e estudavam a Bíblia. Compartilharam sobre Cristo com outros hippies e, em poucas semanas, havia trinta e cinco pessoas morando lá. Chuck alugou outra casa e aconteceu a mesma coisa. Por fim, havia meia dúzia de novas comunidades de jovens crentes entusiasmados com Jesus e a Palavra de Deus.

Por mais fantástica que seja, a história dos hippies que chegaram à fé em Cristo poderia ter sido apenas um pontinho no radar religioso se eles tivessem se mantido isolados em suas comunidades. O que foi de

---

....

foram adaptados de SMITH, C.; STEVEN, H. *The reproducers*: new life for thousands. Glendale, CA: Regal Books, 1972.

fundamental importância e o que fez com que as conversões dos hippies em Costa Mesa não fossem apenas um fenômeno passageiro, mas um trabalho duradouro do Espírito Santo, foi o fato de que muitos desses jovens vieram direto para a igreja local. A igreja de Chuck Smith, para ser exato.

A igreja de Chuck não era perfeita. Estava cheia de pessoas imperfeitas, assim como a igreja do primeiro século no livro de Atos. Naquela época, a igreja era chamada, em grego, de *ekklesia*, a reunião visível de crentes. A palavra é usada 114 vezes no Novo Testamento, e em pelo menos noventa dessas vezes se refere a grupos locais específicos de seguidores de Cristo. O livro de Atos mostra o povo de Deus se reunindo em igrejas locais que se dedicavam à Palavra de Deus, à comunhão uns com os outros, à adoração e à oração (cf. At. 2:42).

A igreja local — humilde como é, repleta de seres humanos imperfeitos, mas redimidos — é o instrumento ordenado por Deus para divulgar suas boas novas a pessoas de todas as tribos e nações. Seja hoje ou há cinquenta anos, a força ou a fraqueza de quaisquer movimentos, ministérios paraeclesiásticos ou pessoas depende em grande parte de sua conexão com a igreja local. Quanto mais forte for a conexão, maior e mais duradouro será o impacto desse movimento em sua influência permanente sobre a cultura. Quanto mais fraca for a conexão, mais fraco será o impacto.

O que deu origem ao Movimento de Jesus, como ocorreu no sul da Califórnia — especificamente no Condado de Orange e mais tarde em Riverside, Downey, West Covina, San Diego e outros lugares — foi sua conexão com as igrejas locais.

Era um culto de quarta-feira à noite na pequena *ekklesia* de Chuck Smith em Costa Mesa, por volta de 1968. Chuck tinha acabado de fazer a costumeira oração de abertura, e sua congregação de empresários, mães, pais e outros cidadãos íntegros olhava para cima, aguardando o sermão.

Então, no silêncio, veio um pequeno, mas distinto, som de sinos. Pequenos sinos tilintando nos tornozelos de cerca de quinze hippies que usavam vestidos de vovó, jeans, calças curtas, camisas coloridas, faixas de cabeça e flores em seus longos cabelos. Eles caminharam até o altar. A maioria nunca havia colocado os pés descalços em uma igreja antes. Olharam para os bancos, mas preferiram ir até a frente, onde se sentaram de pernas cruzadas no chão, bem em frente ao púlpito, esperando ansiosamente para ouvir o que o Pastor Chuck Smith tinha a dizer.

Houve um suspiro coletivo nos bancos e, em seguida, silêncio na Calvary Chapel. Chuck olhou para sua congregação. Sua congregação olhou para os hippies. Os hippies sorriram de volta, segurando suas novas Bíblias no colo. "Bem", disse Chuck com entusiasmo. "Esta noite continuaremos nossa série sobre as cartas do apóstolo João. Então, vamos todos abrir nossas Bíblias no livro de 1 João!" Chuck leu:

> Amados, amemos uns aos outros, pois o amor procede de Deus. Aquele que ama é nascido de Deus e conhece a Deus. Quem não ama não conhece a Deus, porque Deus é amor. Desta forma Deus manifestou o seu amor entre nós: ele enviou o seu Filho Unigênito ao mundo, para que pudéssemos viver por meio dele. Nisto consiste o amor: não em que nós tenhamos amado a Deus, mas em que ele nos amou e enviou o seu Filho como expiação pelos nossos pecados. Amados, se Deus nos amou assim, também devemos amar uns aos outros (1Jo 4:7-11).

Portanto, não foi uma campanha, uma ação de divulgação, um programa ou um plano humano que deu início ao Movimento de Jesus em Costa Mesa no ano de 1968. Foi, como em todas as reformas ou avivamentos, uma obra iniciada pelo Espírito de Deus. O Espírito Santo abriu o coração de Kay Smith para as pessoas que estavam à margem da sociedade, pessoas que não eram como ela. O Espírito — que claramente tem senso de humor — uniu dois irmãos improváveis, como Chuck Smith e Lonnie Frisbee. E o Espírito atraiu hippies e pessoas conservadoras da igreja para uma nova e improvável comunidade, construída não por planos ou preferências humanas, mas pelo amor revolucionário de Deus.

ENQUANTO ISSO, NA MALÁSIA

> Não existe poço tão profundo que o amor
> de Deus não possa alcançar.
>
> Corrie ten Boom

A seis mil quilômetros da Califórnia, o barulhinho das miçangas hippies chegava à casa de uma menina de doze anos chamada Cathe Martin, em Kuala Lumpur. O pai de Cathe, Dick, era gerente de análise de marketing da Esso, a empresa de petróleo que acabou se tornando a Exxon. Os Martin desfrutavam de uma vida confortável com empregados, babás e um motorista em seu bairro de expatriados na capital da Malásia.

A mãe de Cathe, Pilar, era espanhola. Ela era profunda e apaixonadamente católica, enquanto o marido era bastante reservado ao expressar qualquer coisa pessoal, desde seus sentimentos até suas opiniões religiosas. Cathe era uma garota sensível com tendências místicas. Aos seis anos de idade, assistiu ao então famoso filme *Spartacus*, com o ator Kirk Douglas no papel principal e teve pesadelos com a cena da crucificação durante anos. Ela era fascinada pelas histórias de santos e adorava olhar os cartões de oração coloridos que retratavam a vida de Santa Teresinha do Menino Jesus ou a visão mística de Santa Bernadette sobre a Virgem Maria em uma gruta em Lourdes.

Cathe adorava os longos véus de renda que sua mãe e outras senhoras usavam para ir à missa. Ela adorava as velas e o cheiro de incenso; tudo parecia bonito e sagrado. As freiras haviam lhe dito que sete anos era a idade da responsabilidade; então aos seis anos, Cathe pensou: "Que bom, tenho mais um ano até ser responsabilizada por meus pecados".

Pouco depois de chegar a esse ponto, ela foi até o padre para se confessar. Ela entrou na pequena cabine de confissão e se sentou. Seus pés mal tocaram o chão. Do outro lado da divisória de madeira do cubículo, o padre esperava.

— Abençoe-me, padre, porque eu pequei — começou Cathe.

— Sim, minha filha? — disse o padre.

Mas o pecado no coração de Cathe, aos sete anos de idade, era muito grosseiro, muito escuro e muito terrível para ser contado. Ela não podia fazer isso. Por isso, ela rapidamente inventou outra coisa, algo que *pudesse* de fato confessar ao padre invisível do outro lado da divisória.

"Eu, hm... Eu chutei minha empregada!"

Com essas e outras experiências, Cathe tirou duas impressões principais da fé de sua infância. Primeiro, Deus era Outro. Ele estava longe, distante, misterioso e inacessível. E, segundo, ela carregava um fardo sombrio e vago de culpa. As duas irmãs mais velhas de Cathe, Mary e Dodie, haviam estudado nas Filipinas e na Suíça no ano letivo anterior, mas ambas voltaram para casa no verão de 1967. Dodie tinha quinze anos e Mary, dezoito.

Cathe era a irmã mais nova e muito sensível. Ela reparava que suas irmãs não se reuniam à mesa de jantar; elas não queriam sair para andar de bicicleta, jogar boliche ou se divertir. Elas só queriam ficar sentadas em seus quartos, ouvindo Led Zeppelin, Jimi Hendrix, Janis Joplin e os Beatles. Elas não usavam mais vestidos de algodão bonitinhos com acessórios alegres. Seus cabelos não eram mais perfeitos. Em vez disso, usavam saias longas, jeans rasgados, camisas esvoaçantes e cabelos longos e selvagens que nem pareciam escovados. Elas sempre retrucavam os pais, batiam nas portas e gritavam.

Cathe entrava sorrateiramente em seus quartos à noite. "O que está acontecendo?", ela perguntava. "O que aconteceu com vocês na escola no semestre passado?" Elas lhe contavam que seus amigos tinham começado a fumar erva e que elas também tinham entrado na onda. Ela nunca tinha ouvido falar de maconha. Mas, como ela logo descobriria, era fácil conseguir a erva em Kuala Lumpur. Mary estava namorando um rapaz um pouco mais velho, e ele lhe mostrou onde ir na cidade para comprar pacotes de erva da melhor qualidade.

"É muito legal", disse Mary a Cathe. "Não sei explicar. É como se você ouvisse uma música e realmente a entedesse, ou como quando você passa os dedos pela superfície de um carro e é tãããão suave. Ou comida! O gosto fica tão bom. Tudo fica mais colorido, mais suave, você sente a textura, você simplesmente *sente* mais!"

O uso de drogas não era novidade em Kuala Lumpur. O abuso de ópio era uma realidade entre os homens chineses mais velhos na Malásia há um século. Em meados da década de 1960, as autoridades toleravam o fato, pois presumiam que a morte dessa geração mais velha significaria o fim dos problemas de drogas na Malásia. Mas com o crescimento da cultura hippie e dos hábitos de drogas dos soldados americanos em licença para descanso na Malásia, o uso de maconha, heroína e substâncias psicodélicas dispararam, e as autoridades logo tomariam providências.

À medida que o verão malaio avançava, Cathe se envolvia cada vez mais com o novo mundo sobre o qual suas irmãs lhe falaram. Algumas coisas pareciam estranhas; ela não achava muito legal sua irmã jogar strip pôquer com os caras que moravam na casa ao lado. Mas Cathe sempre foi artística e reflexiva, e esse mundo novo e artístico parecia muito mais interessante do que os cantos quadrados da escola católica e uma vida inteira de regras.

Os pais de Cathe não estavam tão animados com as novas obsessões de Mary e Dodie. Pelo contrário, ficavam cada vez mais preocupados, pois Mary não apenas fumava muita droga, mas também passou a tomar remédios estimulantes, sedativos e outras pílulas. Certa noite, o adolescente da casa ao lado, que estava fumando ópio, deu a Mary alguns calmantes. Quando Cathe se deu conta, sua família estava sentada à mesa de jantar e Mary estava agindo de forma estranha. Ela começava uma frase e depois a deixava suspensa no ar. A comida estava caindo de seu garfo. A tensão entre Mary e seu pai começou a aumentar. Eles começaram a gritar um com o outro. Dodie, de quinze anos, estava tentando intervir. "Qual é, pessoal", ela dizia. "Acalmem-se!"

Eles não iam se acalmar. Mary se levantou, vomitando palavrões e jogando sua cadeira para trás. Dick se levantou, furioso, e deu um tapa no rosto de Mary.

"Vá em frente, faça isso de novo!", gritou ela. Ele fez.

Cathe nunca, jamais, tinha visto seu pai perder o controle de tal forma. Mary subiu correndo para o seu quarto, bateu a porta e tomou ainda mais comprimidos. A pacificadora Dodie saiu correndo pela porta da frente, chorando. Dick e Pilar saíram correndo atrás dela.

Eles trouxeram Dodie de volta para dentro, mas a essa altura Mary já havia fugido pela porta dos fundos. Os Martins moravam em um belo loteamento, mas era cercado por uma mata densa cheia de cobras, animais e sabe-se lá o quê. Especialmente em seu estado alterado, Mary não estava segura lá fora. Os pais de Cathe voltaram a sair durante a noite. Eles ficaram fora por horas. Cathe se encolheu em sua cama e, finalmente, seus pais voltaram para casa, segurando Mary. Eles prepararam um grande bule de café preto forte e passearam com a filha pelos corredores da casa.

Apesar do drama, Cathe aderiu ao movimento hippie no final do verão. Havia algo na rebeldia deles que era inebriante. E em um nível muito mais superficial — afinal, ela tinha doze anos — ela adorava as roupas. Curtia a ideia de usar um paletó de smoking *vintage* com uma saia longa e esvoaçante. E adorou o fato de que os cabelos perfeitamente lisos e repartidos com precisão não eram mais a moda. Cathe sempre teve cabelos cacheados e rebeldes; agora seu cabelo estava na medida certa. Da mesma forma, seu corpo esguio também era legal. Ela não precisava ser uma boneca Barbie; parte de ser hippie era simplesmente ser você mesma. Natural — não artificial.

Como os pais de adolescentes perdidos em todo o mundo, os pais de Cathe estavam fora de si de tanta preocupação. Pilar respondeu verbalmente. Primeiro, ela conversou, e conversou, e conversou com suas filhas, alertando-as sobre os perigos das escolhas que estavam fazendo. "Vocês estão magoando seu pai", dizia ela. "Vocês vão acabar em um beco com uma agulha no braço!"

As meninas amavam seus pais, mas não estavam em uma situação em que as terríveis advertências fizessem sentido. Elas queriam viver livremente, talvez se mudar para uma comunidade e compartilhar alimentos orgânicos, drogar-se e tocar violão; tudo era tranquilo. Os únicos problemas em suas vidas, na verdade, eram os adultos que tentavam fazê-las se sentir culpadas.

A mãe de Cathe também buscou a ajuda espiritual de pessoas importantes. Pilar procurou as freiras carmelitas e lhes contou seus problemas. Elas oraram por Cathe e suas irmãs, mas também disseram a Pilar: "Não se preocupe! A preocupação é um pecado! Apenas ore!"

"É fácil para elas dizer isso", pensou Pilar. "Elas não são mães!" Mas ela fez o melhor que pôde para seguir aquele conselho e ia constantemente à igreja, acendendo velas e orando por suas filhas errantes.

O pai de Cathe não consultou as freiras. Ele procurou uma cura geográfica e decidiu fazer uma mudança drástica. A Esso tinha um novo emprego para ele nos EUA, em Nova Jersey. Mas Pilar odiava o clima frio. Assim, Dick optou por deixar a Esso e iniciar um novo negócio como planejador financeiro. Juntos, os Martins decidiram tirar a família do sudeste asiático para um ambiente mais seguro, longe do fascínio do estilo de vida hippie.

Ironicamente, eles se estabeleceram no sul da Califórnia. Não era exatamente uma zona livre de hippies.

MAGNÍFICA DESOLAÇÃO

> O pássaro engaiolado canta com um trinado assustador, de coisas desconhecidas, mas ainda desejadas, e sua melodia é ouvida na colina distante, pois o pássaro engaiolado canta a liberdade.
>
> Maya Angelou, *Eu sei por que o pássaro engaiolado canta*

Ninguém poderia ter previsto os paradoxos, as ironias, as explosões e o potencial do último ano da década de 1960. Para jovens como Greg Laurie, bem como para muitos na nação como um todo, o mundo parecia uma bola de confusão.

No início daquela década, o jovem e bronzeado presidente havia olhado para o futuro com grande esperança. Em discursos perante uma sessão conjunta do Congresso e na Universidade Rice, o presidente Kennedy pediu aos Estados Unidos que se comprometessem a atingir a meta de levar um homem à Lua antes do final da década. Kennedy acreditava que o próprio espaço poderia ser um "teatro da paz" em vez de uma força do mal, mas somente se os EUA alcançassem a preeminência na corrida espacial com a União Soviética.[44]

John Kennedy nunca chegou a ver seus americanos na Lua. Em 1969, ele e seu irmão Robert já haviam morrido, abatidos por assassinos.

---

44 KENNEDY, J. F. Special Message to the Congress on Urgent National. NASA History, 25 mi. 1961. Disponível em: <https://www.nasa.gov/vision/space/features/jfk_speech_text.html>. Acesso em: 04 abr. 2025; KENNEDY, J. F. Discurso no estádio da Universidade Rice. NASA, 12 set. 1962. Disponível em: < https://www.nasa.gov/history/60-years-ago-president-kennedy-reaffirms-moon-landing-goal-in-rice-university-speech/>. Acesso em: 04 abr. 2025.

A década que havia começado com grandes esperanças de paz e exploração cósmica estava terminando em violência, guerra e agitação social.

Ainda assim, em 20 de julho de 1969, houve um momento que reuniu toda a nação, quase como naqueles dias mais ensolarados da década de 1950, em torno do aparelho de televisão. Seiscentos milhões de pessoas se sintonizaram para assistir, em cores, ao pouso dos americanos na Lua. Primeiro, o astronauta Neil Armstrong desceu lentamente a escada espacial de seu foguete prateado. Ele fincou seus pés volumosos e calçados com botas na superfície pulverulenta da lua.

O salto gigantesco de Armstrong para a humanidade foi seguido, cerca de vinte minutos depois, pelo passeio de seu colega astronauta Buzz Aldrin na superfície lunar. (Buzz também se tornou o primeiro ser humano a urinar na Lua, mas isso é outra história). A essa altura, o nêmesis de Kennedy, o carrancudo Richard Nixon, era presidente. Ele ligou da Casa Branca para parabenizar os astronautas. Os telespectadores ficaram absolutamente maravilhados, não apenas com a tecnologia do pouso lunar em si, mas com o fato de que o presidente dos Estados Unidos poderia, de alguma forma, conversar ao telefone com dois caras que estavam a 385 mil km de distância.

As palavras de Neil Armstrong em meio ao seu momento histórico são bem conhecidas. Os pensamentos de Buzz Aldrin sobre sua caminhada na Lua são menos conhecidos e mais comoventes. A primeira frase que lhe veio à mente, disse ele mais tarde, foi "magnífica desolação". Ele pensou na "magnificência dos seres humanos (...) do Planeta Terra, das tecnologias em desenvolvimento, da imaginação e a coragem para (...) sonhar em estar na Lua e depois realizar esse sonho — realizar isso é um testemunho magnífico da humanidade. Mas também é desolador", continuou Aldrin.

> Não há lugar na Terra tão desolado quanto o que eu estava vendo naqueles primeiros momentos na superfície lunar. Percebi que o que eu estava vendo, em direção ao horizonte em todas as direções, não havia mudado em centenas, milhares de anos. (...) Sem atmosfera, céu negro. Frio. Mais frio do que qualquer pessoa poderia sentir na Terra. (...) Nenhum sinal de vida (...) Mais desolado do que qualquer lugar na Terra.[45]

De certa forma, a "magnífica desolação" de Aldrin poderia servir como um slogan para a década. A magnificência, no estilo dos anos 1960, incluía os melhores e mais brilhantes cientistas alcançando o extraordinário objetivo do presidente Kennedy de que os americanos chegassem à Lua. Havia também a magnificência da coragem perseverante do movimento pelos direitos civis e as grandes esperanças dos hippies e de outros que buscavam paz, amor e compreensão. Muitos da geração mais jovem rejeitaram sinceramente os valores materiais da era de seus pais, buscando mais comunidade, significado, criatividade e novos horizontes.

Mas também havia desolação. No início da década, as melhores e mais brilhantes mentes da liderança política haviam adotado uma política que levou dezenas de milhares de jovens americanos a serem brutalmente mortos em uma guerra distante. Aqueles que conseguiram voltar para casa foram cuspidos nas ruas. Muitos hippies — aquelas "pessoas gentis" com flores e que buscavam uma revolução colorida de liberdade, viram-se tão confinados quanto seus pais, presos a vícios, relacionamentos destrutivos, discórdia e decepção. A vida doce da comunhão, mordiscando com

---

[45] LAFRANCE, A. Buzz Aldrin on the Moon: "More Desolate Than Any Place on Earth". *The Atlantic*, 8 jul. 2014. Disponível em: <https://www.theatlantic.com/technology/archive/2014/07/buzz-aldrin-on-the-moo-more-desolate-than-any-place-on-earth/374123/>. Acesso em: 04 fev. 2025.

satisfação o arroz integral, se transformou na procura por lixo comido pela metade em ruas sujas. A "harmonia e compreensão" e a "revelação mística de cristal" da Era de Aquário acabaram sendo uma experiência passageira, não uma realidade contínua e confiável.

Para muitos, os anos 1960 foram uma viagem louca. Alguns podem chamá-la de magnífica. Mas a maioria não chegou ao destino que esperava. Sexo, drogas e rock-and-roll só podiam ir até certo ponto, e às vezes a viagem terminava em um lugar bastante desolado.

Em agosto de 1969, meio milhão de jovens se reuniram em uma fazenda de gado leiteiro de Nova York para o que muitos consideram o último grande *uhul* do movimento hippie: Woodstock. Trinta e duas grandes bandas. Chuva. Lama. Drogas. Jovens pacíficos retornando "ao Éden". Isso se tornaria uma pedra de toque cultural, uma época de poeira estelar, magia dourada que cintilou por quatro dias na chuva e depois desapareceu.

Kurt Vonnegut, autor do romance de grande sucesso de 1969, *Matadouro Cinco*, e herói do movimento antiguerra, disse mais tarde sobre Woodstock em um painel de discussão da PBS: "Acho que isso representa uma necessidade muito primitiva em todos nós. (...) Por nossa conta e risco, ficamos sem uma tribo, sem um sistema de apoio. O núcleo familiar não é um sistema de apoio. Ele é terrivelmente vulnerável. Por isso, sempre nos juntamos a gangues".[46] O entrevistador de Vonnegut chamou Woodstock de "uma família estendida", uma comunidade e um sistema de apoio.[47]

---

46 DID Woodstock change America? *Think Tank with Ben Wattenberg*. PBS, 5 ago. 1994. Disponível em: <http://www.pbs.org/thinktank/transcript119.html>. Acesso em: 04 fev. 2025.

47 Idem.

Outro membro do painel da PBS observou o lado sombrio de toda essa "ideia muito tênue de comunidade". A fome legítima de família levou alguns a uma falsificação hedionda. "Apenas alguns dias antes de Woodstock, vale a pena lembrar da 'família' que assassinou Sharon Tate, e que Charlie Manson era uma versão do que poderia resultar desse tipo de pseudotribalismo em uma atmosfera de drogas."[48]

Ele estava se referindo às manchetes macabras que apareceram nas primeiras páginas dos jornais de todo o país na semana anterior a Woodstock. Charles Manson, o ex-presidiário vagabundo que havia construído sua comunidade de jovens mulheres perdidas, a "Família Manson", encomendou duas noites de assassinatos em Los Angeles. Um grupo de seus seguidores já havia matado e desmembrado vários vagabundos que tiveram o azar de cruzar seu caminho. E, em 9 de agosto de 1969, eles assassinaram a atriz Sharon Tate e quatro de seus amigos. Na noite seguinte, esquartejaram um casal de meia-idade em sua casa em Los Angeles.

Manson viu uma guerra apocalíptica chegando entre as raças. Ele a chamou de "Helter Skelter", e seus discípulos rabiscaram essa frase em uma parede com o sangue de suas vítimas. Manson fundiu tudo o que havia de ruim na época com a escuridão em seu próprio coração em uma onda sangrenta de caos. Suas seguidoras eram adolescentes de rosto novo que fugiam de casa para a segurança comunitária da família de Charlie. Elas dormiam com Charlie, cozinhavam para Charlie, gravavam um X em suas testas para Charlie e matavam para Charlie. Elas riram no tribunal durante seu julgamento. Ao contrário de Woodstock, a Família Manson representava o extremo mais sombrio de alguns membros do movimento hippie.

---

48 Idem.

Então, embora tenha sido anunciado por alguns como um Woodstock da costa Oeste, o festival de música Altamont Speedway, em 6 de dezembro de 1969, tornou-se um ícone do lado sombrio do movimento contracultural. Santana, Jefferson Airplane, os Flying Burrito Brothers, Crosby, Stills, Nash & Young e Grateful Dead estavam na programação; os Rolling Stones subiriam ao palco para o final. Mas a noite começou a se desmanchar. Talvez isso tivesse algo a ver com o fato de que os Hells Angels, que haviam sido contratados como seguranças por US$ 500 em cerveja, estavam ficando mais violentos a cada cerveja que bebiam. Sentindo o clima ruim, os Dead se recusaram a tocar.

A multidão também ficou violenta. Começaram as brigas. Uma artista, que estava grávida de seis meses, foi atingida na cabeça por uma garrafa de cerveja que fraturou seu crânio. Os Hells Angels estavam empurrando as pessoas para longe do palco com tacos de bilhar serrados e correntes de motocicleta. Marty Balin, do Jefferson Airplane, levou um soco na cabeça e ficou inconsciente.

Quando Mick Jagger finalmente subiu ao palco, ele já havia sido atingido na cabeça por um participante. Durante a terceira música dos Stones, "Sympathy for the Devil", um fã de 18 anos chamado Meredith Hunter tentou subir no palco. Ele foi repelido pela segurança. Sob o efeito de metanfetaminas, ele saiu e voltou mais tarde no set com uma arma, que ele tirou de sua jaqueta. Um dos Hells Angels tirou uma faca do cinto e esfaqueou Hunter várias vezes. (Mais tarde, um júri decidiu que aquele membro dos Angels agiu em legítima defesa). O adolescente morreu no chão em frente ao palco.

Depois que tudo acabou, restaram apenas os destroços. Lixo, dejetos humanos, dezenas de pessoas feridas, grandes danos à propriedade e muitos carros e drogas roubados. Três outras pessoas, além de Meredith

Hunter, morreram naquela noite. Duas foram vítimas de atropelamento e fuga, e uma se afogou em um canal de irrigação próximo ao local do evento.

Depois — muito depois — a *New Yorker* concluiu que Altamont acabou com um sonho utópico, "a ideia de que, deixados por conta de suas próprias inclinações e despojados das armadilhas da ordem social mais ampla, os jovens da nova geração, de alguma forma, criarão espontaneamente uma ordem de base mais elevada, mais gentil e mais amorosa. O que morreu em Altamont foi (...) o próprio sonho.[49]

Esse último grande show dos anos 1960 tornou-se um símbolo de tudo o que havia escurecido em uma década que prometia cores brilhantes. O poder das flores, as miçangas de amor, a inocência dos sonhos psicodélicos... tudo terminou acizentado, com simpatia pelo demônio, facas, armas e violência. Até hoje, a inesquecível filmagem feita naquela noite — a morte de um ser humano no documentário *Gimme Shelter* — parece muito com pessoas fazendo guerra, não amor.

"Disseram que Altamont foi o fim de uma era", disse Grace Slick, do Jefferson Airplane, posteriormente, "o que é mais ou menos verdade. Coincidiu com a maneira como as coisas ascendem e depois desmoronam. Tudo funciona assim. Veja o Império Romano. Às vezes leva dois anos, às vezes leva 500. Tudo nasce, cresce e depois morre.[50] Para encerrar a perspectiva de Grace Slick, vale a pena citar a análise da Woodstock Preservation Alliance sobre o fim da era:

---

[49] BRODY, R. What Died at Altamont. *New Yorker*, 11 mar. 2015. Disponível em: <https://www.newyorker.com/culture/richard-brody/what-died-at-altamont>. Acesso em: 04 fev. 2025.

[50] BROWNE, D. Grace Slick's Festival Memories: Fearing Orgies and Getting Lit. *Rolling Stone*, 23 mai. 2014. Disponível em: <http://www.rollingstone.com/music/news/grace-slicks-festival-memories-fearing-orgies-and-getting-lit-20140523>. Acesso em: 04 fev. 2025.

O ano anterior [a Woodstock] havia sido um dos mais violentos da história pós-Segunda Guerra Mundial. A longa luta pelos direitos civis dos afro-americanos foi interrompida após o assassinato de seu líder mais articulado, o reverendo Martin Luther King Jr. Seu assassinato provocou tumultos e incêndios criminosos na maioria das grandes cidades do país. (...) Os protestos contra o envolvimento dos Estados Unidos no Vietnã levaram milhares de pessoas às ruas, principalmente em Chicago, no verão anterior, durante a Convenção Nacional Democrata. (...) A percepção crescente entre as mulheres de sua própria falta de igualdade social e econômica levou ao surgimento de uma nova onda de feminismo. (...) Liberação das mulheres. Os campi das faculdades foram tomados por protestos contra a Guerra do Vietnã. (...) No mês anterior ao Festival, uma batida policial de rotina em um bar gay em Greenwich Village provocou os distúrbios de Stonewall, que marcaram o nascimento do movimento de Libertação de Gays e Lésbicas. Todas essas crises e interrupções do status quo produziram um sentimento entre muitos americanos, especialmente entre os jovens, de que o país estava se desintegrando. Entre o segmento mais radical de ativistas políticos e culturais da esquerda, havia uma sensação crescente de que a próxima revolução americana poderia estar próxima.[51]

Interessante: "A próxima revolução americana pode estar próxima"? E assim foi.

---

51 STATEMENT ON the Historical and Cultural Significance of the 1969 Woodstock Festival Site. *Woodstock Preservation Archives*, 25 set. 2001. Disponível em: <https://web.archive.org/web/20210412092726/http://woodstockpreservation.org/SignificanceStatement.htm>. Acesso em 04 fev. 2025.

A LONGA E SINUOSA ESTRADA

> É Deus para quem e com quem viajamos, e embora Ele seja o fim de nossa jornada, Ele também está em cada ponto de parada.
>
> Elisabeth Elliot

A revolução de Jesus pessoal de Greg Laurie pode muito bem ter começado com as orações de Kay Smith.

O elegante bangalô térreo de Kay e Chuck Smith ficava em um bairro modesto, a poucas quadras da Harbor High School de Newport Beach. Às vezes, à tarde, Kay olhava pela reluzente janela da sala de estar e via crianças voltando da escola para casa. Ela via garotos do ensino médio com seus cabelos compridos e o andar desengonçado de pessoas que estavam fumando drogas. Às vezes, ela ouvia trechos de conversas sem sentido. Kay se compadecia deles com a mesma compaixão que sentiu quando viu os hippies pela primeira vez em Huntington Beach. Então, ela parava o que estava fazendo, ali mesmo, em sua sala de estar, e orava pelas crianças na rua. Ela não sabia, é claro, que aquele com o cabelo longo e loiro e os trabalhos de arte presos debaixo do braço era um jovem de dezessete anos perdido e drogado chamado Greg Laurie.

Greg não se sentia como se tivesse dezessete anos. Para usar as palavras da música dos Beatles, ele se sentia como se já tivesse percorrido uma estrada muito longa e sinuosa — e, infelizmente, ela não levava à porta de ninguém[52]. Ele havia sido espancado, zombado ou ignorado pelos parceiros efêmeros de sua mãe quando era pequeno. Ela o mandou para uma escola militar. Por causa dos maridos em série dela, Greg estudou em muitas escolas e se mudou diversas vezes. Ele aprimorou suas habilidades artísticas sentado em bares noturnos, fazendo desenhos animados enquanto esperava sua mãe encerrar os trabalhos. Ele tinha heróis — cartunistas como Charles Schultz, o criador de *Snoopy*, por exemplo. Mas sua experiência cotidiana era a de que os adultos que ele realmente conhecia eram apenas as pessoas que o decepcionavam, faltavam com a palavra ou o mandavam para a sala do diretor. Ele sonhava com grandes coisas, como um dia estar num lugar onde todos soubessem seu nome. Mas ele não tinha ideia de como chegar lá.

Greg achava que as drogas poderiam ser a passagem para essa jornada. Mas tudo o que ele descobriu foi que elas não eram exatamente um caminho para a criatividade cósmica e a autodescoberta celestial. O LSD prometia cores psicodélicas e um arco-íris de consciência superior, mas tudo o que fez por Greg foi levá-lo a lugares escuros e sombrios onde ele via seu rosto derreter e tudo o que restava era um crânio. O ácido havia destruído permanentemente alguns garotos que ele conhecia; eles o tomavam como se fosse um doce e nunca mais eram os mesmos. A maconha não era muito melhor; ela o entorpecia e tirava sua criatividade. Ele achava que tinha desenhado algo extraordinário, mas no dia seguinte olhava para o desenho e percebia que tudo o que havia desenhado era

---

52 Referência à música "The long and winding road", do Beatles. A primeira estrofe diz: *The long and winding road/ That leads to your door/ Will never disappear/ I've seen that road before/ It always leads me here/ Lead me to your door* (A longa e sinuosa estrada/ Que leva até a sua porta/ Jamais desaparecerá/ Eu já vi esta estrada antes/ Ela sempre me traz aqui/ Me leva até a sua porta, em tradução livre).

um milhão de cogumelos e folhas de maconha, como papel de parede para um banheiro hippie.

Ele já tinha visto "os fanáticos por Jesus" na rua; eles lhe entregavam folhetos quando ele ia até o píer para comprar maconha. Os folhetos não faziam nenhum sentido, na verdade, mas ele os guardava em uma "gaveta de Deus" em seu quarto, como um guaxinim guardando tesouros que não entende muito bem. Ele havia lido um livro chamado *Sun signs (Sinais Solares)*, o primeiro livro de astrologia a entrar na lista de best-sellers do *The New York Times*. Entre outras coisas, o livro lhe dizia que, como sagitariano, ele era cheio de "entusiasmo idealista e curiosidade". Por causa de seu "otimismo iluminado", quase sempre havia uma multidão ao seu redor. Na verdade, ele era tão otimista que "se seus inimigos lhe enviassem pelo correio uma enorme caixa de esterco, ele não se ofenderia. Ele apenas imaginaria que eles haviam se esquecido de incluir o cavalo".[53] Em resumo, o livro em si parecia um pouco com uma caixa de esterco.

Greg não era um grande fã dos Rolling Stones, mas o fato é que ele não conseguia ficar satisfeito. Drogas, sexo, música, álcool, escola e o mundo adulto já haviam sido experimentados e considerados insatisfatórios. A vida parecia um longo carretel, a maior parte ainda não desenrolada, mas não parecia haver nenhuma promessa de que o futuro seria diferente do passado.

Era um dia ensolarado de março de 1970. Ele estava a caminho do campus para comprar algumas drogas. Uma semana antes, mais ou menos, um eclipse total do sol havia transformado o dia em escuridão em grande parte dos Estados Unidos. Em Nova York, membros do Weather Underground — um grupo de esquerda radical que se opunha à Guerra

---

53 GOODMAN, L. *Sun signs*. Nova York: Taplinger Publishing Co, 1968.

do Vietnã — morreram quando a bomba que estavam montando para explodir uma base do Exército dos EUA explodiu prematuramente em sua casa no Greenwich Village.

Os Estados Unidos reduziram a idade nacional para votar de vinte e um para dezoito anos. Um voo da Eastern Air Lines, de Newark para Boston, foi sequestrado por um homem armado com um revólver calibre 38. Depois de um tiroteio na cabine de comando, o piloto conseguiu pousar o avião em segurança. "Bridge Over Troubled Water", de Simon e Garfunkel, foi a música número um nos Estados Unidos. Os Beatles lançaram um novo álbum, *Let It Be*. O exército dos EUA anunciou sua quinquagésima explosão de teste nuclear desde 1945. Na Harbor High School, no entanto, Greg Laurie não estava pensando muito sobre as notícias nacionais. Tampouco estava refletindo sobre a ascensão e queda de grandes civilizações, ou sobre o movimento hippie, ou sobre qualquer outra coisa. Ele estava pensando em como sair sorrateiramente do campus para fumar maconha e verificar o que as garotas bonitas estavam fazendo.

Havia uma garota em particular. No entanto, seu magnetismo não tinha a ver com o fato de ela ser atraente. Greg se sentia atraído por ela porque parecia muito feliz e livre. Mas havia um grande problema. Na escola, ela carregava consigo uma Bíblia do tamanho de um atlas e era claramente uma "fanática por Jesus".

Durante a hora do almoço, naquele belo dia de março de 1970, essa garota estava sentada na grama com cerca de trinta outros alunos, cantando músicas folclóricas ao som do violão de um garoto e sorrindo muito. Greg se aproximou o suficiente para ver o que eles estavam fazendo, mas não o suficiente para parecer que fazia parte do grupo. Como sempre, ele era um observador. O canto era bastante simples, mas também parecia puro. Como cínico, Greg conseguia farejar a falta de sinceridade, e percebeu que esses garotos realmente gostavam de Jesus. "O Bill está cantando lá em cima", pensou ele. "E eu costumava ficar chapado com ele. Agora, parece que ele realmente está diferente."

Então, quando a música diminuiu, um cara se levantou. E ele se parecia com... Jesus. Ele não era exatamente o retrato pálido de Jesus na parede da sala de estar dos avós de Greg, mas era bem parecido. Tinha cabelos longos e escuros repartidos ao meio, com bigode e barba. Tinha olhos castanhos tranquilos. Usava sandálias e uma camisa esvoaçante que parecia uma túnica do primeiro século. Greg não sabia o nome do figura na época, mas era Lonnie Frisbee. Como ele continuava a evangelizar em toda a área de Costa Mesa, Lonnie foi à escola pública de ensino médio de Greg para dar um estudo bíblico durante o horário do almoço.

Lonnie lia em voz alta trechos da Bíblia e falava sobre como Jesus não era uma figura histórica distante e árida. Ele era real, e os seres humanos da Harbor High School em 1970 podiam de fato ter um relacionamento com ele. Greg achava que Jesus era ótimo; ele tinha visto todos os seus filmes, como *Ben Hur* e *King of Kings*. Ele sabia que Jesus era um bom professor que provavelmente teria se encaixado bem com os hippies pacifistas da época. Lonnie falou que Jesus era o filho de Deus, que havia morrido pelos pecados de todos e que havia ressuscitado dos mortos. Pela primeira vez em sua vida, Greg fez uma conexão pessoal. Ele percebeu que Jesus havia morrido por *seus* pecados e que estava vivo e falando com Greg por meio desse evangelista hippie.

Então Lonnie disse algo que forçou a barra: "Jesus disse: 'Ou você é por mim ou é contra mim'. Não há meio termo com Jesus". E continuou: "Ou você é por ele ou é contra ele. Então, de que lado você está?"

"Uau", pensou Greg. Jesus não era apenas parte do belo ideal hippie de paz, amor e harmonia, da ideia de pegue um pouco do que ele disse se você gostar, pule as outras partes de que você não gosta tanto e torne-o parte de seu próprio mundinho. Na verdade, ele era mais radical do que isso. Mais revolucionário: ou você era por ele ou contra ele. Greg olhou para os jovens "fanáticos por Jesus" sentados ali com suas Bíblias no colo. Eles claramente haviam tomado uma decisão. Era realmente legal o fato de que eles não pareciam se importar com o que as outras pessoas pensavam. Eles eram a favor de Jesus.

"Eu não faço parte deles", pensou Greg. "Então, isso significa que sou contra Jesus?"

Lonnie Frisbee continuou. Qualquer pessoa que quisesse decidir ser a favor de Jesus poderia se apresentar e ele oraria com ela. Foi assustador. Greg pensou: "E se isso não for real? E se eu não conseguir fazer isso direito? E se funcionar para todos os outros, menos para mim?"

Mas, no final, tudo o que ele sabia era que queria ser a favor de Jesus, não contra ele. De alguma forma, seu corpo foi para a frente, em direção a Lonnie, o sósia de Cristo, junto com outros alunos que haviam decidido o mesmo. Todos eles ficaram ali. Em silêncio. Então, depois de algumas palavras sinceras de instrução simples de Lonnie, Greg orou para dizer a Jesus que ele era por ele, que queria segui-lo e pediu para que Jesus perdoasse seus pecados.

Todos os outros jovens começaram a chorar e a se abraçar. Greg ficou ali parado. Ele não sentiu nada, exceto a suspeita de que não havia feito tudo certo. Mas então ele sentiu outra coisa. Era a sensação de que um peso havia sido retirado, um fardo que ele nem mesmo sabia que carregava durante toda a vida. Seu longo e sinuoso caminho o havia, de fato, levado a uma vida diferente.

CHOQUE CULTURAL

> **Todos podem ser excelentes, porque todos podem servir. Você não precisa ter um diploma universitário para servir. Não é preciso que seu sujeito e seu verbo concordem para servir. (...) Você só precisa de um coração cheio de graça, uma alma gerada pelo amor.**
>
> Martin Luther King Jr.

Como muitos crentes novos na época, Greg nunca recebeu o aviso de que continuar a usar drogas não era uma boa ideia. Alguns dias após sua conversão, ele estava se perguntando se algo espiritual havia realmente acontecido com ele. Ele foi com alguns amigos a um cânion para fumar maconha. Foi como centenas de outras vezes: ele tinha pensamentos grandiosos e depois percebia que não eram nada. Mas a vida, sem graça como sempre, parecia ser preferível à estranha novidade de ser uma pessoa de Jesus.

Então aconteceu uma coisa diferente. Sem nenhuma razão aparente, a maconha perdeu o apelo. Parecia deplorável, como um substituto barato para algo que ele realmente queria. Ele não precisava mais dela. Greg jogou seu cachimbo e sua droga o mais longe que pôde na floresta. Não era como se um pregador tivesse saído de trás de uma árvore e confrontado Greg sobre os perigos da loucura da maconha. Era o mesmo empurrãozinho discreto, mas seguro, que ele havia sentido na Harbor High School. Algo estava diferente nele agora.

Um ou dois dias depois disso, ele foi ao seu primeiro culto. Greg nunca tinha ido a uma igreja, a não ser com seus avós quando era criança.

Ele tinha uma lembrança vaga de hinos longos, sermões mais longos ainda e muitas pessoas idosas em bancos meio vazios.

Quando chegou à Calvary Chapel, em Costa Mesa, o estacionamento estava cheio de carros. A maioria deles tinha adesivos nos para-choques com mensagens alegres como "Tenha uma boa eternidade!" e "As coisas ficam melhores com Cristo!" Lá dentro, o lugar estava tão lotado quanto o estacionamento. A maioria das pessoas tinha Bíblias grandes e gordas; eram adolescentes, hippies, homens de negócios, mães, crianças e todos os demais. Elas ocupavam os assentos, os corredores e as cadeiras extras que haviam sido colocadas.

Um homem mais velho veio pelo corredor em sua direção. Era um recepcionista, mas Greg não sabia o que era um recepcionista de igreja. "Bem-vindo, irmão!", disse o homem. "Posso encontrar um assento para você". Ele levou Greg até a frente, onde ele conseguiu se espremer na primeira fileira. "Nada bom", pensou Greg. "Não há como escapar."

A música era como a que ele tinha ouvido no pequeno estudo bíblico no campus. Simples, mas forte e pura, e todos cantavam com o coração. As pessoas estavam se abraçando e algumas tinham lágrimas nos olhos. O rapaz e a moça de cada lado dele colocaram os braços ao redor de seus ombros, chamaram-no de "irmão" e deram-lhe as boas-vindas.

Greg nunca tinha visto nada igual. Ele vinha de um lar onde sua mãe nunca, mas nunca mesmo, lhe disse sinceramente que o amava. Ela nunca o abraçou. Ele se protegeu, desde que se lembra, com uma casca de cinismo. Ele nunca havia abraçado ninguém. E ele podia sentir o cheiro de pessoas falsas, manipuladoras e mentirosas em um instante. Mas aqui não havia nada além de uma enorme onda de amor de todas essas pessoas que o aceitaram, e umas às outras, com sinceridade. Era real. Era assustador. E absolutamente maravilhoso.

Mas todas as coisas boas precisam ter um fim. A bela música de adoração terminou e um homem careca com um grande sorriso surgiu com uma Bíblia. "Oh não", pensou Greg. "Lá vem o adulto." Para ele, os adultos eram as pessoas com quem ele se metia em encrenca na sala do diretor, ou os funcionários da escola militar de quando era mais novo, ou os homens superficiais que ficavam com sua mãe nos bares. Não se podia confiar nos adultos.

Chuck Smith sentou-se em um banco e começou a falar. Ele era enérgico, mas não teatral. Falava com uma voz macia de barítono, em termos claros e compreensíveis, sem apelar para jargões religiosos confusos. Ele fazia sentido. Parecia um médico, ou talvez um piloto de avião ou um tio legal: alguém que estava no comando, alguém em quem se podia confiar. E quando ele falou sobre Jesus, Greg ficou cada vez mais intrigado. Era isso que ele queria. Era isso que ele estava procurando, mesmo sem saber. Ele queria aprender e realmente entender sobre Jesus. Ele tinha a sensação de que tudo o mais se encaixaria depois disso.

Depois daquele primeiro culto de adoração, Greg começou a pegar o jeito de sua estranha e maravilhosa vida nova. Ele mal podia esperar para ir à igreja e, felizmente, havia cultos quatro noites por semana. Em outras noites, havia estudos bíblicos ou oportunidades de se reunir com novos amigos e sair para contar às pessoas sobre Jesus. Ele não queria mais se envolver com o lado sombrio. Drogas, sexo, linguagem obscena, humilhar outras pessoas... na verdade, foi um alívio deixar de lado as coisas que agora não o atraíam mais. Tendo crescido como cresceu, ele já tinha visto o suficiente do "mundo" para uma vida inteira. Quando os jovens da igreja falavam palavrões na escola para parecerem legais perto dos não cristãos, ou experimentavam drogas ou álcool, ele sentia vontade de dar um chacoalhão neles. "Essa coisa está absolutamente morta", ele pensava. "Por que eles estão brincando com isso?"

Vale a pena observar que Greg pensaria a mesma coisa quase cinquenta anos depois, perguntando-se por que alguns pastores contemporâneos, talvez em um esforço para parecerem culturalmente relevantes, se gabariam de beber uns drinques com celebridades, ou falariam palavrões durante um sermão, ou se envolveriam em comportamentos que, se não fossem perigosos para eles, poderiam muito bem fazer com que outros se desviassem. Greg não era puritano em relação ao álcool ou aos palavrões; ele apenas achava que eles não contribuíam muito para honrar a Deus, e seus efeitos negativos superavam em muito qualquer justificativa potencialmente positiva.

O Greg de dezessete anos teve um grande senso de aceitação e união na Calvary Chapel. Na época, ele não percebeu que isso não era natural para muitos dos frequentadores antigos da igreja. Quando os hippies e os jovens de cabelos compridos chegaram, as pessoas mais velhas não tiveram um senso natural de aceitação, e Chuck Smith teve de redirecioná-las de suas preferências culturais para o pensamento bíblico. "A sociedade 'certinha", disse Chuck mais tarde, ou seja, "aqueles de origem tradicional, simplesmente acharam esses jovens crentes empolgados muito fora da norma para serem recebidos de braços e coração abertos".[54]

Os membros tradicionais da igreja de Chuck esperavam conformidade, respeitabilidade, limpeza e decência. Eles viram crianças usando de tudo, desde chapéus de tribos nativas americanas até acessórios hippies que claramente tinham vindo de um planeta folclórico no espaço sideral. Os adultos se sentiram ameaçados. Preocupavam-se com o fato de que

---

54 SMITH, C. *The History of Calvary Chapel*. [s.l.]: [s.n.], [s.d.].

seus próprios filhos da escola dominical, que eram muito limpos, caíssem sob a influência dos contraculturalistas. Alguns equipararam diferenças de estilo a deficiências de caráter e concluíram que os hippies eram, portanto, aproveitadores que precisavam trocar de roupa e mudar de atitude.

Como geralmente acontece nas igrejas, a dissensão veio de apenas alguns indivíduos que atiçaram as chamas. A atitude de um desses homens mudou depois de um sábado, quando um grupo estava trabalhando junto para reformar o antigo prédio da escola na propriedade da Calvary. Para sua surpresa, os hippies trabalharam duro, suando sob o sol do verão enquanto retiravam telhas velhas do telhado. No final do dia, alguns deles estavam com as mãos cheias de bolhas e sangrando, mas continuaram trabalhando, cantando refrões e brincando juntos. O membro da igreja percebeu que, sim, alguém precisava mudar: *ele*. Algo duro em seu coração amoleceu e, a partir daquela noite, ele se tornou um dos mais fervorosos defensores dos cristãos hippies.

Outro cético, um conhecido cirurgião da região, não escondeu muito bem seu desdém quando se viu dividindo um banco lotado com os hippies em uma manhã de domingo. Ele passou os hinos iniciais checando o relógio e olhando com escárnio para o jovem de cabelos compridos ao seu lado. Ele não via a hora de o culto terminar. Depois, era hora de a congregação se levantar e ler uma passagem bíblica em voz alta. O cirurgião não tinha uma Bíblia com ele. O hippie desgrenhado o cutucou e entregou ao cirurgião a sua Bíblia usada e bem lida. O cirurgião pegou o livro com cuidado, como se ela estivesse cheia de uma doença infecciosa. Mas então ele viu que as páginas estavam marcadas com anotações manuscritas e marcadores coloridos. Havia sublinhados por toda parte e pontos de exclamação. Essa Bíblia era muito amada... e o cirurgião sentiu a convicção do Espírito Santo ao pensar em sua própria Bíblia higiênica, mas sem marcações, que estava em casa, na estante. "Sou eu quem está errado", pensou ele. "Sinto muito!"

Enquanto aquelas primeiras semanas de choque cultural corriam, o Espírito Santo trabalhava no coração das pessoas da igreja, e Chuck Smith também. Ele convocou uma reunião. "Não quero que se diga que pregamos uma experiência cristã fácil na Calvary Chapel", disse ele ao seu rebanho,

> mas também não quero que caiamos nos erros cometidos [por igrejas] há 30 anos. Sem querer, elas expulsaram e, portanto, perderam toda uma geração de jovens com suas filosofias: nada de cinema, nada de dança, nada de fumo etc. Seu tipo de evangelho produziu resultados desastrosos. Não cometeremos esse erro na Calvary. Em vez disso, confiaremos em Deus e colocaremos a ênfase no trabalho que está sendo realizado nos indivíduos pelo Espírito Santo. Essa abordagem é empolgante e natural se o Espírito tiver a oportunidade de direcionar a mudança nas pessoas. Precisamos evitar exigir a conformidade com um estilo de vida cristão ocidental de cabelos curtos, barba feita e roupas apropriadas. A mudança ocorrerá de dentro para fora.[55]

O entendimento de Chuck Smith sobre o cristianismo cultural foi a chave para o Movimento de Jesus da Calvary Chapel. A versão atual do cristianismo cultural é diferente. As coisas que chocavam os cristãos simpáticos e frequentadores de igrejas em 1970 agora parecem suaves. Mas a questão é a mesma. Se os membros da igreja se incomodam com as aparências externas, como cabelos compridos, roupas hippies, tatuagens

---

55 Idem.

ou qualquer tipo de vestimenta, eles precisam ter o cuidado de discernir seus próprios hábitos internos do coração, que podem ser menos evidentes e mais convencionalmente aceitáveis. A busca por dinheiro, sucesso na carreira, prestígio ou popularidade, paixões como preconceito, drogas, comida, bebida... hoje, como em 1970, os ídolos aparecem em todas as formas e devem cair diante do próprio Deus. Se o cristianismo assume os valores sutis da cultura ao seu redor e os adota como formas de fé, então não há revolução de Jesus. Apenas religião. E a religião não pode mudar ou libertar nenhuma alma humana. Ela apenas impõe uma nova forma de escravidão.

A NOVA MÚSICA CRISTÃ

> Nas Escrituras divinas, há baixios e há
> profundezas; baixios onde o cordeiro pode andar,
> e profundezas onde o elefante pode nadar.
>
> John Owen, pregador puritano

Durante aqueles primeiros dias da experiência de Greg com o Movimento de Jesus, seria difícil superestimar a influência de Lonnie Frisbee na Calvary Chapel. Chuck Smith dirigia os cultos nas noites de segunda-feira, e Lonnie, os das noites de quarta-feira. A combinação de suas habilidades e dons era sempre explosiva para o crescimento da igreja, mas era certo que a maior parte do drama aconteceria nas noites de quarta-feira. Era surpreendente: apesar de Lonnie carregar o peso de se parecer com a imagem mental que todos tinham de Jesus, ele era uma pessoa magra, fisicamente pouco impressionante, que não lia bem e muitas vezes pronunciava palavras de forma errada. Mas Lonnie tinha um poder que era maior do que a soma de suas partes.

Quando ele falava ou ensinava, jovens se levantavam por toda a igreja para receber a Cristo. Então, após os cultos, Lonnie realizava reuniões de acompanhamento em uma sala ao lado. Ele diminuía as luzes e presidia momentos prolongados de cânticos e orações. Em seguida, começava a falar sobre os jovens que estavam na sala. "Há alguém aqui que tem um problema no pescoço", ele dizia da frente. As pessoas ficavam de pé, balançando, e então alguém dizia: "Sim! Sou eu!" Essa pessoa vinha para a frente, Lonnie orava por ela e, em geral, a pessoa ferida desmaiava no chão. As pessoas eram alinhadas em uma fila para pegar os que caíam.

Para Greg, tudo isso era novo, assim como era nova a experiência de estar na igreja. Ele notou que, quando Chuck Smith estava por perto, Lonnie ficava mais tranquilo. Mas se Chuck não estivesse presente, Lonnie se concentrava mais em fazer com que as pessoas orassem em línguas ininteligíveis ou caíssem na frente da igreja. Lonnie lhe disse que isso se chamava "cair no Espírito".

Greg argumentou que Deus poderia, é claro, fazer o que quisesse. No entanto, sempre observador, ele também percebeu que as pessoas podiam ficar um pouco viciadas em emoções e sugestões psicológicas, buscando uma determinada experiência emocionante repetidas vezes. Ele se sentia mais centrado quando Chuck estava no comando, ensinando a todos diretamente da Bíblia. Ainda assim, Greg via Lonnie como um modelo a ser seguido.

Ele deixou seu cabelo crescer como o de Lonnie. Vestia-se como Lonnie. Ele ficou lisonjeado uma tarde quando Lonnie lhe pediu para ajudá-lo a se preparar para um estudo bíblico mais tarde naquela noite. Eles foram para a pequena casa de Lonnie. As ervas de São João e as samambaias de Boston transbordavam de vasos esmaltados à mão, suspensos em cabides de macramê. As paredes estavam cobertas com pinturas a óleo de Lonnie sobre missões históricas da Califórnia. Outras telas grandes estavam encostadas em um velho sofá verde.

Lonnie tirou a camiseta e vestiu uma de suas túnicas de Jesus. Depois, enquanto lavava o rosto e escovava o cabelo, pediu a Greg que lesse o livro de Jonas para ele em voz alta. Eram apenas quatro capítulos, e Greg ficou honrado. Ele sentiu que havia chegado a um novo nível. "Greg Laurie: O ajudante de Lonnie Frisbee!"

Ele se sentou na tampa fechada do vaso sanitário enquanto Lonnie escovava o cabelo na pia do banheiro. Greg leu o relato do Antigo Testamento sobre o profeta relutante que fugiu de Deus, foi engolido e regurgitado por uma grande criatura marinha e depois pregou uma mensagem de julgamento e arrependimento a uma cidade cruel e idólatra chamada Nínive.

Enquanto lia, Greg ocasionalmente fazia uma pausa e olhava para cima. Lonnie continuava escovando o cabelo. De vez em quando, ele virava a cabeça e escovava o cabelo em direção ao chão, depois virava a cabeça para trás para que a juba caísse em cascata sobre os ombros. Ele parecia estar ouvindo, mas não tirava os olhos do espelho. Greg chegou ao final de Jonas. Lonnie deu algumas últimas pinceladas e baixou a escova. "Obrigado, cara!", disse ele.

Naquela noite, na igreja, Lonnie pregou sobre Jonas para uma casa lotada de jovens. Ele estava elétrico. Ele fez um convite no final, e os jovens se apresentaram, como sempre. Mas enquanto Lonnie contava a história de Jonas para a multidão, Greg não pôde deixar de notar que seu herói havia confundido alguns fatos. Ele contou a história de forma um pouco diferente da que estava descrita na Bíblia.

Greg simplesmente guardou isso em sua cabeça. Não lhe parecia muito certo. E quando ele voltou e estudou a história de Jonas e os ninivitas na Bíblia, usando seus novos comentários, não pôde deixar de notar algumas coisas que Lonnie havia deixado de fora em sua história engraçada sobre Jonas sendo engolido por uma baleia, ou um peixe gigante, ou o que quer que fosse.

Sim, Jonas havia finalmente obedecido a Deus, mas com relutância. E o povo violento de Nínive, com sua atenção despertada pela aparência de Jonas depois de ser engolido por uma baleia — branqueado pelos sucos digestivos, ele era uma visão e tanto — havia se arrependido. Deus havia poupado sua cidade. E assim foi por mais de um século. Os arqueólogos encontraram evidências de que os ninivitas adoraram um só deus, em vez de muitos, por um período de tempo. Mas, depois, seu politeísmo, crueldade e arrogância voltaram gradualmente. Eles se afastaram de Deus, e novas gerações cresceram. Um novo profeta chamado Naum os advertiu sobre o julgamento de Deus, mas sem sucesso. Em 612 a.C., a poderosa Nínive foi atacada pelos medos e totalmente destruída. Hoje são escombros antigo sob os escombros mais recentes da moderna Mossul no Iraque.

Embora Greg não tenha pensado detalhadamente em tudo isso naquela época, ele aprendeu uma lição para toda a vida a partir do relato bíblico sobre os antigos ninivitas: arrepender-se como um estilo de vida contínuo, para que você não volte aos seus velhos hábitos.

Uma das maneiras pelas quais Greg queria ser como Lonnie Frisbee e os outros de sua nova família era ser capaz de compartilhar sua fé. O evangelismo de rua era um hábito fundamental da "galera de Jesus" da Calvary Chapel. Naquela época, muitas ruas do Condado de Orange estavam liberadas para todo o tipo de coisas. Ao redor do Newport Pier, era possível ver todas as categorias de pessoas, desde um sem-teto tocando um violão velho, com sua caixa maltratada aberta para doações, até turistas queimados de sol e jovens adolescentes apreciando a cena, passando por Hare Krishnas vestidos de laranja distribuindo literatura e cristãos conversando com qualquer pessoa que quisesse ouvir.

Greg queria contar a outras pessoas sobre Jesus, mas arriscar-se em um ambiente social era uma dinâmica nova para ele. Ele estava acostumado a ser o zombador, não a pessoa que poderia ser zombada. Mas ele estava lendo sua Bíblia e sabia que Jesus era mais importante para ele do que o que qualquer outra pessoa pudesse pensar. E sabia que ele mesmo tinha vindo a Cristo porque Lonnie se importava o suficiente para ir à sua escola falar sobre Cristo.

Na primeira vez que Greg saiu para compartilhar sua fé com estranhos, ele se baseou muito em uma ferramenta que era nova na época. Era um pequeno livreto chamado *The Four Spiritual Laws (As quatro leis espirituais)*. Ele foi escrito pelo fundador da *Campus Crusade for Christ*, Bill Bright, na década de 1950 e, em 1970, um zilhão de cópias haviam sido produzidas na forma de um folheto amarelo e preto brilhante. Ele comparava as leis físicas do universo a verdades espirituais fixas e resumia a mensagem do evangelho de forma concisa e facilmente compreensível para pessoas aleatórias na rua.

Em uma tarde de sábado, Greg foi para Newport Beach. Quando seus pés atingiram a areia, ele se viu quase orando para que ninguém estivesse na praia naquele dia. Isso não era bom. Ele abriu os olhos, e a praia estava cheia. A primeira pessoa que ele viu foi uma senhora mais ou menos da idade de sua mãe. Ela tinha cabelos loiros na altura dos ombros, repartidos para o lado, e estava sentada sozinha em uma toalha florida.

Greg se aproximou.

— Com licença — disse ele. Sua voz parecia estar operando em uma oitava diferente da habitual. — Posso falar com a senhora sobre Deus?

— Claro! — disse a mulher, para o choque de Greg. — Estou apenas sentada aqui.

Greg se ajoelhou na areia ao lado da toalha dela. Ele não sabia o que dizer, então simplesmente tirou do bolso seu exemplar amarelo brilhante de *The Four Spiritual Laws*. Ele começou a ler o folheto, palavra por palavra.

— Assim como existem leis físicas que governam o universo físico, também existem leis espirituais que governam seu relacionamento com Deus — anunciou ele à mulher.

Ela assentiu com a cabeça. Talvez ela estivesse fazendo graça com ele.

— Deus a ama e oferece um plano maravilhoso para sua vida — continuou ele.

No fundo, Greg estava pensando que não havia absolutamente nenhuma possibilidade de que sua leitura robótica daquele folheto pudesse tocar o coração dessa mulher, mas quando tudo acabasse, pelo menos ele poderia dizer que tinha realmente "testemunhado" para alguém. A senhora continuou ouvindo. Greg continuou lendo. No final, o folheto apresentava uma pergunta, algo como "existe alguma boa razão para você não aceitar Jesus Cristo agora mesmo?"

Ao continuar lendo, Greg percebeu tarde demais que se tratava de uma pergunta. Então, ele a repetiu e fez uma pausa de um segundo.

— Não — disse a mulher.

— Não o quê? — Greg perguntou.

— Não, não há razão para que eu não aceite Jesus Cristo agora mesmo.

A mente de Greg demorou para entender a dupla negativa.

— O quê? Quero dizer, ótimo! Vamos orar! — Greg gaguejou.

Ele folheou as páginas do livreto, procurando loucamente por uma oração que pudesse ler. Ele a encontrou. A senhora orou com ele. Houve um momento de silêncio. Greg não queria olhar para cima, mas então a mulher disse:

— Algo acabou de acontecer comigo. Deus fez algo dentro de mim!

Greg aprendeu a ficar mais à vontade para compartilhar sua fé, como seu histórico de evangelista de cruzada deixa bem claro. Mas ele percebeu, desde seu primeiro compartilhamento amedrontado do evangelho, que não é a habilidade ou a eloquência do evangelista, mas o poder do Espírito Santo que abre o coração das pessoas para que reconheçam a verdade do evangelho e entreguem suas vidas a Jesus. À medida que se acostumava com esse estranho mundo novo, Greg às vezes ficava impressionado. Afinal de contas, ele tinha apenas dezessete anos.

Ele admirava Lonnie porque era próximo de sua idade e mais fácil de se relacionar do que os líderes mais velhos, como Chuck Smith. Certa noite, Greg estava em uma reunião social na igreja, e o pastor Chuck estava servindo ponche. Chuck pegou um copinho de papel e ofereceu um pouco do ponche a Greg.

— Quer beber alguma coisa? — perguntou Chuck.

— Claro — disse Greg.

Ele estendeu o copo e achou muito legal que o líder da igreja estivesse humildemente servindo ponche para seu povo. Então Chuck continuou servindo. Até derramar. O copo de Greg transbordou, e o ponche escorreu por sua manga hippie, caindo em suas sandálias — e Chuck ria descontroladamente.

NOVOS ACORDES NA IGREJA

Mesmo gostando das amizades em sua nova comunidade cristã (os cristãos a chamam de "irmandade", Greg aprendeu) havia um aspecto de sua vida anterior do qual ele sentia falta. A música. Afinal de contas, seus ouvidos estavam acostumados com a era de ouro do rock-and-roll. Ele adorava os Beatles, os Kinks, os Rolling Stones, os Yardbirds, os Who e os Animals. Ele adorava a Motown: Smokey Robinson, os Temptations, Diana Ross e as Supremes, Stevie Wonder e Marvin Gaye. E, claro, os Four Seasons, os Beach Boys, Buffalo Springfield e Bob Dylan. Ele teve alucinações com Led Zeppelin, Jimi Hendrix, Jefferson Airplane e The Doors.

Greg, que nunca deixou desconfiou sua própria inclinação estética, sabia do que gostava. Naquela época, como agora, ele tinha certeza de que suas preferências eram o supra-sumo do bom gosto. Como novo convertido, ele tinha certeza de que todas as músicas cristãs que ouvia se baseavam redundantemente nos acordes de Sol, Dó, Ré e Mi menor. Ele refletiu com tristeza que seus dias de boa música haviam terminado. Bem, era um sacrifício que ele estava disposto a fazer por Jesus.

Um dia, ele estava sentado em uma cafeteria cristã em Newport Beach. Havia uma pilha de álbuns perto da janela com um toca-discos ao lado. Ele deu uma olhada na pilha de vinis. Nada de Beatles ou Hendrix; em vez disso, as capas dos álbuns mostravam pessoas usando roupas que as faziam parecer que estavam se esforçando demais para serem descoladas. Música folk. "Uhm, ok", pensou Greg. Então ele virou a capa de um disco com um cara de cabelos longos e loiros. O disco se chamava *Upon This Rock*, de Larry Norman.

Greg colocou o disco no tocador. "Isso é bom", pensou ele. "Muito bom mesmo". Larry Norman tinha sido membro de uma banda com apenas uma música de sucesso, chamada People. Ele se converteu a Cristo e agora estava escrevendo músicas inteligentes que às vezes eram ousadas, às vezes penetrantes. Para Greg, isso foi um alívio. Ele sentiu que tinha pelo menos um bom disco cristão para ouvir. Naquela época, a música cristã passava por sua própria revolução, e a Calvary Chapel era o epicentro de muitas dessas mudanças.

Havia três tipos distintos de música na comunidade da Calvary Chapel. Primeiro, nas manhãs de domingo, a congregação cantava hinos que eram novíssimos — do século XIX. Chuck Smith escolhia cuidadosamente hinos antigos que ampliavam sua mensagem das Escrituras para o dia, e a congregação cantava todos os versos com o acompanhamento de órgão e piano tradicionais. Os hippies e os garotos de rua entravam na brincadeira e aprendiam a cantar junto. Chuck vestia um terno tradicional, e até mesmo Lonnie usava paletó e gravata.

As noites de domingo na Calvary eram diferentes. Lonnie usava uma roupa de Jesus esvoaçante, e Chuck sentava-se em um banco com roupas confortáveis. Ele liderava a congregação em coros evangélicos cantados de memória. Alguns eram canções de acampamento, como "This little light of mine", e logo foram acrescidos de canções folclóricas que a "galera de Jesus" estava compondo, como "Alleluia", "Seek Ye First" e "Father, I Adore You". Essas canções de adoração, ação de graças e louvor tendiam a ser simples, puras e espontêneas. Como o Dr. Chuck Fromm, diretor da Maranatha! Music por muitos anos, descreveu esse tipo de música,

> Ela era feita para uma audiência única — Deus — ou para conquistar um coração perdido. Às vezes, também tinha uma qualidade ingênua de celebração. Não sabia nada de estúdios de gravação ou rádio. Era uma comunicação musical de coração para coração, abandonada, sem autoconsciência e imbuída de entusiasmo apaixonado.[56]

À medida que os músicos anteriormente não cristãos conheciam a Cristo e compunham novas músicas, havia uma terceira vertente da experiência musical na Calvary Chapel. Grupos eram convidados a cantar em prisões, em reuniões de jovens ou em igrejas distantes. Seu ministério itinerante ia muito bem, mas eles precisavam de dinheiro para as despesas. Sempre empreendedor, Chuck Smith descobriu uma maneira de gravar álbuns e vendê-los para que pudessem ter dinheiro para viajar e

---

[56] FROMM, C. *Textual communities and new song in the Multimedia Age*: the routinization of charisma in the Jesus Movement. 390 f. 2006. Tese (Doutorado em Estudos Interculturais)—Faculdade de Estudos Interculturais, Seminário Teológico Fuller, Pasadena, 2006.

ministrar. Desses humildes começos nasceu a atual indústria de música cristã contemporânea — um tópico que merece um livro próprio.

O mais conhecido desses primeiros grupos foi o Love Song. Ele começou com um grupo de rapazes que tocavam música, juntos ou separados, desde meados da década de 1960. Chuck Girard, Jay Truax e Fred Field tocaram em muitos clubes e tiveram relativo sucesso até se desiludirem com o mundo materialista. Eles embarcaram numa busca espiritual. Leram no Apocalipse sobre a Nova Jerusalém, e alguém teve a ideia de que o Havaí era o lugar onde isso aconteceria. Eles viveram em cavernas lá, comeram frutas e ingeriram muitos cogumelos, mas acabaram se cansando de esperar pelo novo milênio. Voltaram para o continente e formaram uma nova banda chamada Love Song. Eles tocavam em clubes, pregando a paz, o amor e o LSD como um caminho para Deus.

Ainda em sua busca pela verdade, Chuck Girard e seus amigos davam carona regularmente. Todo mundo fazia isso naquela época. Era normal que os caras que eles pegavam compartilhassem um pouco de maconha ou LSD como forma de agradecimento. Agora, cada vez mais, os caroneiros estavam compartilhando outra coisa. Diziam a Chuck que Jesus era melhor do que qualquer droga e que havia um pregador hippie que eles deveriam ir ouvir na Calvary Chapel.

Isso parecia bom. Chuck Girard e seus amigos apareceram uma noite. Esperavam Lonnie Frisbee, mas, em vez disso, ouviram a pregação de Chuck Smith. Girard percebeu que sua busca espiritual chegara ao fim — ele entregou sua vida a Jesus. Jay e Fred também decidiram fazer da Calvary Chapel a sua igreja e Chuck Smith os recebeu.

Naquela época, muitas das expressões musicais na Calvary eram sinceras, embora nem sempre profissionais. Como músico experiente, Girard se encolhia quando ouvia as pessoas no púlpito dizerem timidamente que Deus tinha acabado de lhes dar uma música. Ao tocarem a tal música, ele tinha duas reações. A primeira era que Deus provavelmente os havia dado a música porque ele não a queria. A segunda reação foi que, embora a música pudesse estar abaixo do padrão para seu ouvido profissional, ainda assim era profundamente comovente. Ele sentiu a presença do Espírito Santo e ficou ainda mais apegado à nova comunidade.

Algumas semanas depois, Chuck Smith falaria em um evento antidrogas. Ele pediu a seus novos amigos, Love Song, que tocassem no evento. Eles precisavam de alguém que tocasse violão, por isso chamaram um velho amigo, Tommy Coomes, que também estava investigando o cristianismo.

Enquanto tocava com eles, durante a última música da noite, "Think about what Jesus said", Tommy se viu, de fato, pensando no que Jesus disse. Ele percebeu que não havia se comprometido totalmente com Cristo. Durante a música, ele começou a chorar, arrancou o violão e decidiu seguir Jesus. Na hora, ele também decidiu deixar o emprego e se mudar de volta para Orange County para poder tocar em tempo integral para Jesus.

Jay, Fred, Chuck e Tommy começaram a tocar juntos na primavera de 1970. A Love Song se transformaria com o passar dos anos, mas eles deram uma enorme contribuição para a música cristã e para o ministério como um todo — em especial para a Calvary Chapel. Eles já eram músicos profissionais e bem-sucedidos, canalizando influências dos Beatles, dos Beach Boys e outros... mas agora sua música também era um veículo apaixonado para comunicar sua própria experiência do amor e da realidade de Deus. A Calvary Chapel, que já estava repleta de jovens, explodiu com jovens que ouviram ecos de sua própria busca na poderosa música do Love Song.

Greg sentiu que o Espírito Santo se fazia presente quando Love Song tocava; suas músicas o levavam a outro lugar. Um lugar sagrado. Era um destino diferente daquele de seus antigos heróis musicais, como Jimi Hendrix, Janis Joplin e Jim Morrison. Durante esse período, as pessoas estavam se convertendo à fé em grande número na Calvary. Embora os relatos variem, a igreja batizava cerca de novecentos novos fiéis por mês. Chuck Smith, Lonnie Frisbee e outros líderes entravam na água, e multidões de pessoas faziam fila para confessar seus pecados, sua nova fé em Jesus e sua confiança nele. Em seguida, mergulhavam nas águas frias do Oceano Pacífico como um sinal externo da realidade interna de sua nova vida em Cristo.

UMA CENA NO NOVO TESTAMENTO

Em um domingo de 1971, por um motivo do qual ele não consegue mais se lembrar, Greg foi a uma igreja diferente em Orange County. Ele já estava acostumado com a igreja e se sentia confortável o suficiente para ir a um lugar onde não conhecia ninguém. Naquele dia, o jovem vestia jeans e uma camisa folgada com bordados. Seu cabelo era longo e esvoaçante, e ele tinha uma barba cheia.

Ele chegou ao culto um pouco atrasado e percebeu que todos estavam olhando para ele. Se acomodou em um banco e olhou em volta. Todos ali pareciam ter saído de um comercial de leite da televisão ou do set de *Ozzie e Harriet*. Nenhum homem tinha cabelo comprido e não havia uma miçanga, sino, pena ou flor à vista.

O pastor estava pregando, mas depois começou a dirigir cada frase diretamente a Greg, especialmente quando terminou com um convite à moda antiga, no estilo Billy Graham, chamando qualquer pessoa que quisesse vir a Jesus para vir à frente. O coral começou a primeira estrofe de "Just as I am". Todos estavam cantando para Greg. O pastor orava, mas de vez em quando dava uma espiada e olhava para ele. O coral continuou cantando. De repente, Greg se deu conta: "Ah, essas pessoas acham que têm um hippie pagão de verdade em seu meio e querem tanto que eu me apresente!" Ele agarrou sua grande Bíblia de couro, querendo segurá-la acima do nível do banco para que todos soubessem que ele era um irmão.

Em algum momento depois do quinquagésimo verso de "Just as I Am", vendo que Greg ainda estava em seu banco, o coral parou com relutância. O pastor deixou o púlpito e foi direto para o corredor em direção ao Greg.

— Filho, você conhece Jesus? — perguntou ele.

— Sim — disse Greg.

— Você já foi batizado?

—Sim — disse Greg novamente. Ele havia passado no teste.

— Muito bem, então — disse o pastor. —Você quer ir ao piquenique da igreja hoje à tarde?

Greg não compareceu àquele piquenique em particular, mas certa noite ele fez espontaneamente algo que não havia planejado, e isso mudou o rumo de sua vida. Ele foi a um batismo em grupo no Pirate's Cove, mas chegou tarde. No entanto, ainda havia dezenas de pessoas por lá, então ele se sentou com um grupo de jovens que estavam tocando violão e cantando.

De repente ele sentiu um desejo irresistível de fazer algo que nunca havia feito. Ele estava lendo a Bíblia naquela manhã, absorvendo a história de um cego que Jesus havia curado. As palavras emocionadas do homem de dois mil anos atrás estavam frescas, reais e ecoando na cabeça de Greg. "Eu já fui cego, mas agora eu vejo!" Ele sentiu que tinha de contar isso para as outras pessoas. Essa não era a personalidade de Greg.

Ele não gostava de correr riscos que pudessem causar resultados sociais desconhecidos, mas ele percebeu que tinha de dizer algo.

Hoje, Greg nem se lembra exatamente do que falou, mas o verdadeiro choque veio quando ele terminou de falar. Dois adolescentes haviam se juntado ao grupo e chamaram sua atenção. "Pastor", disse um deles, "perdemos o batismo mais cedo. Aceitamos Cristo no início desta semana. O senhor pode nos batizar?"

Greg olhou em volta para ver quem eles estavam chamando de pastor. Ele pediu que eles repetissem o que haviam dito. Ele não fazia ideia se tinha o direito de batizar as pessoas, mas aqueles garotos estavam insistindo, e ele achava que Jesus era a favor do batismo. Então, talvez, ele devesse fazê-lo.

Eles entraram na água. Greg pediu aos garotos que declarassem sua fé em Jesus para o perdão de seus pecados e repetiu o ritual que ele tinha visto o pastor Chuck fazer muitas vezes. Ele conseguiu afundar os dois adolescentes sem afogá-los. Todos eles voltaram para a margem, e Greg olhou para cima. Agora havia cerca de quarenta pessoas espalhadas nas rochas acima da enseada. Elas estavam esperando o que aconteceria em seguida.

Tudo o que Greg conseguia pensar era em uma lembrança de seus dias de drogado, quando ele ia à Pirate's Cove e havia um cara estranho, vestido com mangas e calças compridas, pregando sobre Jesus. Greg observava como as pessoas riam do cara, gritavam com ele ou o ignoravam.

Agora, evidentemente, ele era esse cara.

Ele chamou os garotos sentados nas pedras, que pareciam personagens do Novo Testamento sentados à beira do Mar da Galileia. "Ei! Vocês devem estar se perguntando por que estamos aqui batizando pessoas. Talvez estejam se perguntando o que é o batismo! O motivo é que Jesus

Cristo, o Filho de Deus, morreu em uma cruz e pagou por nossos pecados. Ele ressuscitou dos mortos! E Ele mudou nossas vidas!" Greg continuou. "Se algum de vocês quiser, pode aceitar Cristo como seu Salvador agora mesmo! Basta vir até aqui, e eu lhes contarei mais e orarei com vocês."

Cinco ou seis pessoas realmente desceram das pedras e foram até a beira da água. Greg explicou mais sobre o evangelho, respondeu suas perguntas e orou com elas. Para sua surpresa, três delas decidiram que também queriam ser batizadas naquele momento.

Ele ainda não tinha completado 20 anos. Mas, para seu choque, Deus fez algo naquela noite que determinou um chamado para o resto de sua vida. Ele sabia que queria ser um evangelista.

A VIDA DENTRO DA REVOLUÇÃO

> Simplesmente não adianta manter qualquer entusiasmo. (...) Deixe o entusiasmo ir (...) e você descobrirá que está vivendo em um mundo de novos entusiasmos o tempo todo. Mas se você decidir fazer das emoções sua dieta regular e tentar prolongá-las artificialmente, todas elas ficarão cada vez mais fracas (...) e você será um velho entediado e desiludido pelo resto da vida. É por tão poucas pessoas entenderem isso que você encontra muitos homens e mulheres de meia-idade lamentando sua juventude perdida, exatamente na idade em que novos horizontes deveriam estar surgindo e novas portas se abrindo ao seu redor.
>
> C. S. Lewis

Hoje em dia, quando se tenta descrever o Movimento de Jesus para um jovem, ele geralmente o visualiza como uma experiência de outro mundo, talvez algo como voar em um avião em meio a um furacão, surfar em uma onda incrivelmente grande ou viajar no tempo para os dias da igreja primitiva no livro de Atos. De fato, parecia cada uma dessas coisas, e muito mais.

Como todos os movimentos do Espírito Santo, o Movimento de Jesus foi poderoso, transformador, empolgante e emocional. Para alguns, a experiência durou apenas uma onda. Ela os revirou, mas gradualmente as coisas voltaram à vida normal. Alguns voltaram a usar drogas e álcool.

Alguns decidiram que haviam se enganado a respeito de Jesus e que talvez uma fé diferente, ou nenhuma fé, fosse o que eles realmente prefeririam. Todos esses anos depois, alguns deles escrevem blogs que soam suspeitosamente amargos para alguém que já superou seu encontro com Jesus.

Algumas pessoas entraram em seitas. Como Jesus disse no Novo Testamento, o joio cresce junto com o trigo. A imitação ao lado do genuíno. Externamente, eles podem ter se parecido com as pessoas do Movimento de Jesus, mas, na realidade, não tinham nada a ver com Jesus. Algumas seitas acabaram se tornando comunas autocráticas que abusavam cruelmente de mulheres e crianças. Outros se retiraram para as colinas, esperando a chegada de sua versão de Jesus. Outros ficaram presos em uma dobra do tempo, tentando repetidamente reviver suas experiências de 1970.

Portanto, para alguns, o Movimento de Jesus foi uma onda passageira ou um incêndio que logo se apagou. Era uma anomalia cultural insustentável. Mas, para um número incontável de *baby boomers*, o Movimento de Jesus foi um ponto de inflexão, e tudo ficou diferente depois disso.

Muitos se tornaram pastores, líderes leigos, missionários, voluntários de igrejas paralelas e influências poderosas para Jesus em suas comunidades. Muitos continuaram a criar todos os tipos de ministérios fortes e estáveis para ajudar as pessoas necessitadas e glorificar Cristo. O legado sustentável do Movimento de Jesus — algo com o qual todos nós podemos aprender — é a vida daqueles a quem não foi apenas uma experiência dourada dos anos 70 que passou, mas uma realidade contínua enraizada na Palavra de Deus e em uma igreja local saudável.

Foi assim para Greg. O centro do Movimento de Jesus para ele, por volta de 1970, não era a luz das estrelas, um arco-íris ou um circo espiritual místico. Era uma decisão: "Sou a favor de Jesus ou contra ele?". Depois de decidir que era *a favor* de Jesus, a nova vida não era estática. Era uma jornada para aprender a crescer em Cristo, uma revolução constante de transformação pela renovação da mente. Tratava-se de uma parceria com o Espírito Santo. Tudo girava em torno da graça. Ao mesmo tempo, envolvia trabalho. A vida cotidiana agora se baseava em práticas que eram tão antigas quanto revolucionárias: adoração, estudo da Bíblia, oração, comunhão e evangelismo.

Quando era adolescente, Greg viu algumas pessoas que haviam chegado à fé em Jesus com o rosto molhado de lágrimas. No entanto, algumas semanas depois, elas haviam se afastado. Uma garota disse que simplesmente não conseguia mais recuperar aquele sentimento. Um rapaz disse que seu cachorro havia sido atropelado por um carro e que, se Deus havia permitido que isso acontecesse, então ele não poderia segui-Lo. Outro confessou que sentia muita falta de maconha e de sexo para tentar andar na linha reta e estreita com Jesus.

Jesus falou que isso aconteceria. Se a Palavra de Deus fosse como a semente, disse ele, alguns que a ouvissem seriam como solo rochoso, onde a semente não conseguiria criar raízes. Outros seriam como solo espinhoso, onde a semente é sufocada pelas preocupações, riquezas e prazeres da vida. E outros seriam como solo bom, onde a semente cria raízes, cresce e produz uma grande colheita (cf. Lc. 8:4-15).

C. S. Lewis observou que os novos crentes podem ficar desanimados, bem na porta da fé, se buscarem apenas a experiência emocional inicial, e não a realidade contínua de um relacionamento maduro com Deus. Falando na voz fictícia de um tentador diabólico em *Cartas de um diabo a seu aprendiz*, ele escreveu:

> O Inimigo [Deus] permite que essa decepção ocorra no limiar de todo esforço humano. (...) O Inimigo assume esse risco porque tem a curiosa fantasia de transformar todos esses pequenos vermes humanos nojentos naquilo que Ele chama de Seus amantes e servos "livres" — "filhos" é a palavra que Ele usa. (...) Desejando a liberdade deles, Ele, portanto, se recusa a levá-los, por meio de seus meros afetos e hábitos, a qualquer uma das metas que estabelece diante deles: Ele os deixa "fazer por si mesmos". E aí está nossa oportunidade. Mas também, lembre-se, aí está nosso perigo. Se eles conseguirem passar por essa secura inicial com sucesso, eles se tornarão muito menos dependentes da emoção e, portanto, muito mais difíceis de serem tentados.[57]

Talvez os primeiros dias de fé tenham sido mais fáceis para Greg nesse aspecto porque ele não esperava uma grande onda de emoções contínuas para levá-lo adiante na nova vida. Durante seus anos de formação, ele se decepcionou várias vezes e aprendeu que provavelmente não experimentaria muitos sentimentos calorosos e agradáveis. Ele era uma pessoa bastante orientada para os fatos. E, em sua nova vida, queria se aproximar das pessoas que eram como ele sempre havia sido: cínicos, desconfiados, irritados com o mundo, de lares desfeitos. Pessoas que tinham sonhado com o sonho hippie de paz, amor e compreensão, ou alguma outra mitologia, e que não tinham encontrado nada disso.

Ele era uma esponja espiritual, debruçando-se sobre as páginas de sua nova Bíblia e fazendo perguntas às pessoas que a liam há mais tempo do que ele. Ele também tinha acesso a uma tecnologia nova e de ponta para ajudá-lo em sua curva de aprendizado: fitas cassete.

---

57 Lewis C.S., The Screwtape Letters, rev. ed. (Nova York: Macmillan, 1982), p. 13-14.

Ele ouviu horas e horas de sermões e estudos bíblicos. Comprou os livros que Chuck Smith recomendou, principalmente os comentários clássicos de Martyn Lloyd-Jones, C. H. Spurgeon, H. A. Ironside, W. H. Griffith Thomas, G. Campbell Morgan e muitos outros.

Além de se perguntar por que tantos comentaristas usavam suas iniciais em vez de seus nomes completos, Greg adorava estudar o trabalho deles. Ele estava descobrindo que seus poderes criativos, antes embotados pelo uso de drogas, estavam voltando com força total. Ele conseguia se concentrar. Nunca tivera qualquer interesse na escola, mas isso era diferente. Ao estudar a Bíblia, ele se concentrava em algo que estava vivo e que realmente tinha o poder de mudá-lo.

Além disso, ele estava aprendendo alguns outros hábitos. Embora sua mãe tivesse sido uma trabalhadora árdua em seu emprego, o uso de álcool havia enfraquecido sua capacidade de incutir uma forte ética de trabalho e outros hábitos vigorosos em seu filho. Greg se sentia como se tivesse sido criado por lobos, sem nenhuma pista ou orientação sobre uma vida saudável. Em Chuck Smith — e em outros — ele viu a figura adulta que inconscientemente estava procurando.

Fora do púlpito, Chuck não era um grande falador. Ele ensinava fazendo. Greg aprendeu o valor de trabalhar duro, ser pontual, terminar projetos e tomar a iniciativa. Um dia, Chuck tinha acabado de realizar um casamento e, durante a recepção, um cano estourou. A água suja inundou as festividades. As pessoas estavam correndo de um lado para o outro, torcendo as mãos. Chuck tirou o paletó do terno, dobrou-o em uma cadeira e foi buscar algumas ferramentas. Em seguida, ele se ajoelhou na área inundada, lidou com o cano defeituoso e consertou o vazamento.

Outro homem que teve um grande efeito sobre Greg, órfão de pai, foi um personagem improvável chamado Laverne Romaine. Ele era ex-sargento dos fuzileiros navais, com óculos grandes e um corpo com formato de hidrante. Ele amava a igreja e amava os hippies, embora a cultura deles fosse o oposto de sua formação militar. "O mundo como eu o conhecia foi englobado por mais cabelos do que você pode imaginar", dizia ele com um sorriso. Ele se via como um Arão para o Moisés Chuck Smith, o que significa que seu papel era apoiar o que Chuck estava fazendo na Calvary Chapel. Em seu jeito seco e sem rodeios, ele dizia coisas como:

> Um pastor assistente está lá para apoiar o pastor sênior, totalmente, o tempo todo, sem resmungar. Não importa se a necessidade é limpar banheiros ou ensinar estudos bíblicos, ele está lá para ajudar. A quem um assistente deve ajudar? Qualquer pessoa. Um assistente não está "trabalhando". Ele não é membro de um "sindicato de pastores". Como assistente, você não é o companheiro do pastor sênior. Você deve ir embora depois de cuidar de todas as necessidades básicas da igreja e de fazer tudo o que precisa ser feito. Isso geralmente significa deixar o terreno da igreja muito depois de o pastor sênior ter ido para casa. Você deve ser um Timóteo, alguém que não busca seus próprios interesses, mas os de Jesus Cristo.[58]

É compreensível que ninguém chamasse esse cara de Laverne. Ele era o "Romaine", uma presença severa, mas gentil, que verificava todos e qualquer um para ver como estavam indo, se estavam seguindo Jesus ou

---

[58] L. E. Romaine. Um pastor assistente está lá para apoiar o pastor sênior, totalmente... Facebook, 17 fev. 2017. Disponível em: <https://www.facebook.com/leromaine/>.

voltando aos velhos hábitos, ou se precisavam de ajuda. Ele não mimava ninguém; ele apoiava todos.

De maneira semelhante, Kay Smith modelou virtudes básicas para meninas que haviam fugido de casa ou que não tinham recebido treinamento sobre como viver de maneira pura e com propósito. Para os jovens que não tinham modelos, a combinação de ensino bíblico sólido, uma comunidade amorosa de fiéis e o desafio de crescer de novas maneiras era irresistível.

Quando Greg terminou seu último ano do Ensino Médio, ele não tinha dinheiro nem um forte desejo de ir para a faculdade. Seu principal interesse era simplesmente aprender mais e mais sobre as Escrituras. Ele podia fazer isso estudando com afinco por conta própria e passando cada vez mais tempo aprendendo com os pastores da Calvary Chapel.

Após a formatura, Greg se qualificou para o alistamento militar, e a Guerra do Vietnã ainda estava sugando jovens para as selvas do Sudeste Asiático. Ainda que cético, ele não era um ideólogo que queimava cartões de alistamento. Ele era apenas um garoto que não entendia o motivo dessa guerra aparentemente interminável ou por que alguns de seus amigos tinham voltado para casa em caixões. Ele não tinha interesse em participar.

Mas quando se tornou elegível para o alistamento militar, ele teve uma grande mudança de perspectiva sobre tudo. Agora ele sabia que tinha dupla cidadania. Por nascimento, ele era um cidadão dos Estados Unidos da América. Por seu novo nascimento, sua maior lealdade agora era como cidadão do reino de Deus. Não sendo mais um rebelde superficial, ele procurou aconselhamento com os pastores da Calvary, orou e estudou Romanos 13 e outras passagens bíblicas. Ele conversou com o pastor Romaine, ex-fuzileiro naval; Romaine o aconselhou que a Bíblia orientava Greg a se submeter ao governo civil, a menos que ele estivesse se opondo diretamente ou suprimindo o evangelho. Assim, em vez de protestar ou tentar se livrar do alistamento militar, ele pensou que se Deus permitiu que ele fosse convocado, então Deus deveria ter um propósito para usá-lo de alguma forma no Vietnã.

Essa foi uma mudança sísmica de pensamento para Greg. Durante sua infância caótica, ele teve de se proteger, porque ninguém mais iria cuidar dele. A autopreservação era o objetivo principal. Agora ele pertencia a Cristo. Deus tinha direito sobre sua vida e um plano para ela. Descobrir o que ele, Greg, queria já não era mais a maior prioridade.

Foi estranho e libertador.

NOVOS HORIZONTES

Greg acabou tendo um número de alistamento muito alto. Ele não foi convocado para o serviço militar. Enquanto isso, Greg ganhou uma reputação na Calvary como cartunista habilidoso por causa de um folheto que ele desenhou depois de ouvir Chuck Smith pregar sobre Jesus e a mulher que encontrou em um poço. "Quem beber desta água terá sede outra vez", disse Jesus, "mas quem beber da água que eu lhe der nunca mais terá sede. Ao contrário, a água que eu lhes der se tornará nele uma fonte de água a jorrar para a vida eterna (Jo 4:13-14).

O folheto chamava-se "Água Viva". Chuck Smith gostou tanto dele que mandou imprimir cinco mil exemplares. Eles se esgotaram em uma semana. Em um ano, trezentos mil exemplares haviam sido impressos. "Living Water" (Água Viva) se tornou uma grande ferramenta de evangelismo para a comunidade da Calvary Chapel.

Por volta dessa época, Greg conheceu um rapaz chamado Kerne Erickson. Ele também era artista, mas não autodidata como Greg. Havia sido treinado na prestigiosa Art Center College of Design, em Pasadena, onde o pessoal da Disney recrutava grande parte de seus talentos. Kerne disse a Greg que estava morando com alguns outros artistas cristãos em uma casa em Santa Ana. Eles começavam cada dia com oração e estudo da Bíblia, e todos se incentivavam a produzir arte para a glória de Deus. Kerne convidou Greg para morar com eles — e isso soou como o nirvana cristão para Greg.

Ele foi para casa naquela noite; sua mãe estava lá, mas tinha bebido, como sempre. Então ele foi para a cama. No dia seguinte, disse a ela que havia chegado a hora de ele se mudar, pois os dois tinham amigos, interesses e objetivos diferentes. Para a surpresa de Greg, lágrimas brotaram nos olhos de sua mãe. Ele não achava que ela se importaria se ele fosse ou viesse; afinal de contas, ela nunca o abraçava ou parecia particularmente feliz em vê-lo. Ele se sentia como um vaso de planta em sua casa.

Ele percebeu que as lágrimas de Charlene eram produto do choque, e não da tristeza ou do amor por Greg. Até aquele momento, *ela* é que tinha ido embora. Ela havia deixado marido após marido, relacionamento após relacionamento. Talvez ela não conseguisse acreditar que o único homem que esteve com ela durante a maior parte dos últimos 18 tumultuados anos a estivesse deixando.

Greg juntou seus poucos pertences. De volta à casa com Kerne e os rapazes, viu que seu quarto era antes uma garagem e que tinha uma cama estreita. Ele adorava aquilo, e adorava a vida de "artista faminto", exceto pela parte da fome. Ninguém tinha dinheiro, e o jantar geralmente era uma mistura exótica de macarrão, picles, ketchup e carne moída velha, quando podiam pagar.

De alguma forma, Greg pegou um papagaio exótico durante esse período e montou um elaborado poleiro de macramê pendurado acima de sua cama. Parecia muito artístico quando o pássaro brilhante pousava em seu poleiro. O único problema era que Greg acabava dormindo sobre penas e, ocasionalmente, sobre cocô de pássaro. Quando não estava arrancando penas de seus jeans ou desenhando folhetos bíblicos ou pôsteres, ele passava seu tempo na Calvary Chapel. Fazia todos os trabalhos que precisavam ser feitos e procurava comida. Ele estudava a Bíblia, conversava com novos cristãos, evangelizava nas ruas, atendia os telefones, fazia recados e orava com pessoas que estavam passando por momentos difíceis. Observando Chuck Smith e os outros pastores, ele aprendeu a estar disponível para o Espírito Santo e para outras pessoas.

Durante esse período, um dos bens mais queridos de Greg era uma carta surpresa que ele havia recebido, enviada pela Calvary Chapel. Ela estava rabiscada a lápis em um papel comum e vinha acompanhada de uma cópia suja do folheto "Living Water".

> Há algum tempo, recebi um pequeno folheto intitulado "Living Water". Eu o li e achei que era bom, mas o guardei com algumas cartas e me esqueci dele. Um dia, encontrei-o novamente e comecei a lê-lo. Enquanto lia, senti que Deus estava falando comigo e entendi que precisava dele e que deveria segui-lo. Agora estou lhe enviando este livreto de volta com a esperança de que você o dê a alguém que ainda não encontrou o caminho de volta a Cristo.[59]

---

59 SMITH, C. *The Reproducers*. [S.l.]: Regal Books, 1972. p. 89

Greg teria adorado a carta pelo que ela era. Mas quando olhou para o envelope, o endereço de retorno a tornou ainda mais significativa: Prisão Estadual de San Quentin.

Greg guardou aquela carta com carinho por muito tempo. Era um lembrete tangível para ele, não apenas da prisão espiritual da qual Deus o havia libertado, mas também do fato de que Deus o estava usando, um jovem de dezoito anos, para transmitir essa liberdade espiritual a outras pessoas.

PROIBIDO ENTRAR DESCALÇO!

O evangelho tem o objetivo de confortar os aflitos e afligir os confortáveis.
Adaptação de uma conhecida afirmação do jornalista
Finley Peter Dunne

À medida que a Calvary Chapel crescia, a congregação comprou uma propriedade em Santa Ana e construiu um grande prédio novo. Eles estavam pensando grande: o local tinha capacidade para trezentas pessoas. O decoraram com as últimas tendências de design que o início da década de 1970 tinha a oferecer: carpete felpudo verde-abacate e almofadas laranja-queimado nos bancos. Havia até mesmo novos suportes de madeira para copos na parte de trás de cada banco para acomodar os pequenos copos plásticos de comunhão de todos.

No primeiro domingo em seu prédio novinho em folha, a igreja estava lotada. Os jovens se sentavam em cada mínimo espaço disponível no chão. Chuck Smith presumiu que as coisas iriam se acalmar quando a novidade das novas instalações passasse.

Mas, no domingo seguinte, havia ainda mais pessoas. Cada vez mais hippies estavam se convertendo à fé, e eles estavam entrando na Calvary Chapel. Havia muitas outras pessoas novas também — juízes, policiais, pais, administradores de escolas e outros que foram atraídos pelas notícias de que jovens anteriormente problemáticos estavam sendo transformados por Deus, e isso estava acontecendo nessa igreja. Muitos dos visitantes acabaram ficando.

Foi maravilhoso — mas ainda havia problemas no paraíso.

Os diáconos da igreja estavam preocupados: havia muitos hippies descalços frequentando a igreja, e a sujeira dos pés deles iria danificar e sujar o novo carpete. O carpete felpudo, embora popular por muitos motivos ainda desconhecidos, era notoriamente impossível de limpar em profundidade. Para piorar a situação, as crianças descalças estavam enganchando os dedos dos pés nos suportes dos copos da Ceia nas manhãs em que não havia Ceia.

No outro domingo, o pastor Chuck chegou à igreja um pouco mais cedo do que de costume. Ele ficou surpreso ao ver uma grande placa em frente à entrada da igreja. "PROIBIDO ENTRAR DESCALÇO!" Ela estava assinada pelos membros da diretoria da igreja.

Chuck quase desmaiou nos degraus da frente de sua própria igreja. Ele arrancou a placa. Correu para dentro e acabou encontrando os responsáveis pela placa. "Vocês querem dizer", disse ele, "que por termos este lindo carpete novo, temos de dizer aos jovens que eles não podem entrar em nossa igreja porque estão descalços? Vamos rasgar o carpete, então!", continuou Chuck. "Vamos ter apenas pisos de concreto! Vamos dizer que eles não podem entrar aqui porque estão com roupas sujas e podem sujar nossos bancos estofados novos e bonitos? Então vamos comprar bancos de madeira! Nunca, jamais, rejeitemos uma pessoa na igreja! Pense nisso!" concluiu Chuck. "Nós — os cristãos mais velhos e estabelecidos — estamos sendo julgados. Citamos passagens como 1 João 4:7 [sobre amar uns aos outros] e Tiago 2 [sobre não mostrar favoritismo por aqueles que estão bem-vestidos em detrimento dos que estão maltrapilhos], mas as ações que tomamos hoje estampam um ponto de interrogação em nossa fé. Em momentos como este, precisamos procurar em nós mesmos as motivações que estão controlando e orientando nossas ações!"[60]

Não havia mais placas proibindo o uso de pés descalços ou qualquer outra coisa. A igreja dobrou de tamanho. A liderança decidiu realizar dois, e depois três, cultos separados. As pessoas se sentavam no pátio externo. Então Chuck e sua equipe encontraram uma enorme tenda de circo, o que provavelmente era apropriado, e a armaram na esquina da Greenville Street com a Sunflower Avenue, em Santa Ana. No final da noite de sábado, antes do primeiro evento na tenda no domingo, os trabalhadores estavam colocando as luzes e alinhando 1.600 cadeiras dobráveis. Chuck disse a um de seus colegas: "Bem, quanto tempo você acha que o Senhor levará para encher essa tenda?" Seu amigo riu e olhou para o relógio. "Saberemos nas próximas dez horas, irmão!"

E dez horas depois, no domingo de manhã, eles ficaram observando as pessoas chegarem. O primeiro culto foi às 8:00 da manhã. A mesma coisa aconteceu no culto seguinte. Todos os tipos de pessoas, fossem hippies recém-convertidos ou pessoas que frequentaram a igreja a vida inteira, estavam entusiasmados com o que Deus estava fazendo por meio de sua Palavra na Calvary Chapel.

Eles se reuniriam ali por dois anos enquanto construíam um prédio permanente ainda maior para abrigar o rebanho que se multiplicava. Durante esse período, o arquiteto teve de ampliar os planos três vezes para que o novo edifício pudesse acomodar a igreja — as pessoas.

Nas manhãs de domingo, a igreja estava cheia de adultos conservadores vestindo suas melhores roupas, como faziam há décadas. Ainda assim, jovens com cabelos compridos, shorts e sandálias inundavam

---

[60] Adaptado de SMITH, C. *The History of Calvary Chapel*. [s.l.]: [s.n.], [s.d.].

o local. Eles ficavam sentadas por uma hora com suas Bíblias abertas enquanto o pastor Chuck, Kenn Gulliksen, Don McClure, Tom Stipe ou um dos outros pastores davam um estudo detalhado de uma seção das Escrituras. E nas noites de domingo, o pastor Chuck usava roupas mais informais — embora não tentasse ser um hipster — e a música era nova. Tão nova, de fato, que muitas delas tinham acabado de ser escritas, como "Little Country Church", de Love Song, que estava pronta quando a banda a tocou em uma noite de domingo, cantando sobre como as pessoas não eram "tão rígidas como antes". Em vez disso, queriam apenas louvar ao Senhor, trabalhar pelo avivamento e se reunir, pessoas com "cabelos longos, cabelos curtos, alguns casacos e gravatas... olhando além dos cabelos e diretamente nos olhos".[61]

A letra da música retratava a Calvary Chapel na época. Era um corpo de crentes formado por pessoas idosas e jovens, cristãos recém-batizados e pessoas que estavam seguindo Jesus há algum tempo. Certamente não era perfeito, mas as pessoas se amavam e aceitavam umas às outras. Elas amavam Jesus, eram eternamente gratas a ele e queriam consumir sua Palavra. Na mentalidade comum daqueles dias caóticos, as pessoas podiam ser divididas por rótulos: hippie ou "certinho", garoto descolado ou perdedor, rico ou pobre, negro ou branco. Mas, na igreja, essas divisões desapareceram.

---

61 Tradução livre de parte da música "Little Country Church", de Chuck Girard e Fred Field.

"SIM, *ESSE* JESUS!"

Regozijo-me com a convicção de que isso é obra do Senhor; inexplicável por quaisquer causas naturais, inteiramente acima e além do que qualquer dispositivo ou poder humano poderia produzir; um derramamento do Espírito de Deus sobre o povo de Deus — vivificando-o para maior seriedade em seu serviço — e sobre os não convertidos, para torná-los novas criaturas em Cristo Jesus.

Bispo Charles P. McIlvaine (1799-1873)

Em 1971, Cathe Martin havia atingido a idade madura de catorze anos e feito a transição de uma linda colegial católica para uma hippie feliz e despreocupada. Sua família havia se mudado de Kuala Lumpur para Long Beach e, para desespero de seus pais, eles descobriram que a cultura das drogas era tão ruim no sul da Califórnia quanto na Malásia. As irmãs mais velhas de Cathe descobriram rapidamente onde encontrar drogas e caras descolados, e Cathe já estava pronta para se juntar a eles.

Ela adorava os contornos suaves e as cores tranquilas de fumar maconha. Ela e suas irmãs pegavam carona para encontros amorosos em parques locais, onde se sentavam na grama, fumavam um pouco de erva e conversavam com quem quer que estivesse por perto sobre música, vida ou flores. Ela adorava usar vestidos longos de vovó e andar descalça. Mas não conseguia escapar da culpa que a atormentava, juntamente com um profundo desejo em seu coração por algo mais.

Em um dia de primavera, as meninas Martin foram a um show no Long Beach College. Elas não sabiam nada sobre as bandas que estariam se apresentando, mas parecia ser uma cena legal. Cathe estava no nono ano da escola. Elas estavam sentadas do lado de fora de um parque, fumando maconha sob algumas palmeiras, quando alguns rapazes de cabelos compridos se aproximaram para cumprimentá-las. Isso não era incomum; uma coisa que Cathe adorava na cultura hippie era que todos compartilhavam tudo. Não havia nenhuma linha dividindo as pessoas, como ela havia experimentado na infância.

— Ei — disse a irmã de Cathe. — Vocês querem se sentar e ficar chapados com a gente?

— Obrigado — respondeu um deles. — Costumávamos fazer tudo isso. Mas não gostamos mais de drogas.

Isso pareceu estranho para Cathe.

— Por que não? — ela perguntou.

— Bem — disse ele, — descobrimos o que realmente estávamos procurando. Estávamos procurando algum tipo de consciência superior, sabe, e achávamos que as drogas eram o caminho para chegar lá. Mas descobrimos como realmente encontrar Deus, e agora temos um relacionamento com Jesus.

Cathe nunca tinha ouvido falar de algo assim. Ela tinha ido à igreja quando criança e jamais tinha visto ninguém que parecesse ser amigo de Deus. A igreja parecia ser apenas um monte de rituais que não levavam à conexão mística com Deus que Cathe desejava. Então, o que esse cara queria dizer com "relacionamento com Jesus"?

— Você quer dizer Jesus Cristo? — perguntou ela. — Você está falando sério?

— Sim, *esse* Jesus — o rapaz riu. — Descobrimos que Jesus não é louco; ele ama todo mundo e pagou a pena pelas coisas ruins que todas as pessoas fazem. A penalidade era a morte. Então ele morreu em meu lugar, e em seu lugar. Mas ele não permaneceu morto, porque era Deus. Ele voltou à vida. E todos que acreditam nele, pedem perdão por seus pecados e confiam nele viverão para sempre!"

Cathe nunca tinha ouvido algo tão louco. Seu rosto ficou vermelho e sua boca se abriu e, de repente, ela pensou que aquele cara estava apenas brincando com ela, tentando convencê-la. "Sou a pessoa mais jovem deste círculo", pensou ela, "e ele está apenas tentando me enganar". Ela se afastou e começou a rir, com as mãos sobre o rosto.

— Espere um pouco — disse o rapaz. — O que estou lhe dizendo é verdade!

Cathe não queria se envergonhar por parecer ingênua. Mas mesmo enquanto estava ali rindo, com as mãos sobre os olhos, um pensamento passou por sua cabeça: "Minha vida está um caos. E aqui estou eu, a caminho do inferno, rindo, e o que esses caras estão nos dizendo é realmente certo, real e verdadeiro". Ela parou de rir.

— Está bem — disse ela. — Se Deus é real, diga-me o que tenho de fazer para ter um relacionamento com ele, como você disse antes. É realmente tão simples assim?"

Os rapazes assentiram com a cabeça.

— Basta vir ao show conosco — disseram eles. — Você verá como é simples lá dentro.

Cathe e suas irmãs entraram com eles no auditório. Na frente do palco estava uma banda de *acid rock* chamada Agape. Eles tocaram algumas músicas que poderiam ser sobre Jesus, mas Cathe não sabia dizer, porque as guitarras elétricas estavam tão altas que ela não conseguia ouvir a letra.

Depois da primeira música, um dos membros da banda foi à frente e falou para a multidão sobre Jesus e como quem quisesse recebê-lo poderia se tornar um filho ou filha de Deus ali mesmo.

— Há alguém aqui que queira ter um relacionamento com Deus por meio de Jesus Cristo? — perguntou ele. — Se você quiser, levante-se e venha até a frente do palco.

"Eu tenho que me levantar", pensou Cathe. "É isso que eu quero". Ela foi até a frente. Pelo que ela podia perceber, era a única pessoa de catorze anos na sala, e agora estava ali com todos aqueles universitários, aceitando Jesus. Ela orou com algumas pessoas que estavam lá para ajudar os novos crentes. Uma delas lhe deu uma Bíblia. Os rapazes que haviam levado Cathe e suas irmãs ao show deram um abraço nela.

— Isso é ótimo! — disse um deles. — Vamos levá-la à igreja conosco amanhã para que você possa começar a aprender mais sobre como andar com Jesus!

Quando Cathe e suas irmãs saíram do campus da faculdade, ela se sentiu como se fosse uma das dez pessoas em todo o planeta que já haviam se sentido como ela se sentia. Ela se sentiu limpa por dentro. Perdoada. Especial. Amada por Deus. Quando as meninas chegaram em casa, disseram aos pais que iriam à igreja na manhã seguinte. Isso era novidade. Pilar e Dick Martin não sabiam bem o que pensar, mas a igreja era muito melhor do que qualquer outro lugar que suas filhas estivessem frequentando ultimamente.

No dia seguinte, um carro amassado e enferrujado parou lentamente em frente à casa dos Martins. Um dos rapazes cristãos que as meninas haviam conhecido no dia anterior saiu do carro. Ele usava jeans, miçangas e uma tira rasgada de uma camiseta de algodão enrolada na testa como uma faixa improvisada para o cabelo longo e cacheado. Ele havia escrito "Agape" com caneta mágica preta e, embora o efeito não fosse particularmente artístico, era sincero.

De alguma forma, o carro conseguiu ir de Long Beach até a Calvary Chapel em Costa Mesa. O santuário estava lotado de hippies, idosos e todos os demais. Havia centenas de pessoas sentadas em cadeiras dobráveis do lado de fora. "Oh, meu Deus!" pensou Cathe. "Acho que não sou apenas uma das dez pessoas no mundo inteiro que conhecem Jesus!"

Depois que um cara velho chamado pastor Chuck falou sobre a Bíblia, apareceu um hippie que se parecia com Jesus: Lonnie Frisbee. Ele pediu a todos que quisessem conhecer Jesus que viessem à frente. Cathe se levantou novamente e foi até a frente com algumas dezenas de outras pessoas, pensando que isso deve ser o que você faz toda vez que vai à igreja.

Lonnie conduziu todos em uma oração e, em seguida, o pastor Chuck explicou claramente o que significava seguir Jesus e como ler a Bíblia e aprender mais sobre ele. "Uau", pensou Cathe. "Não é tudo místico e maluco. Realmente faz sentido. É uma maneira legal de viver."

Depois da igreja, Cathe contou aos pais onde tinham estado e o que tinham feito.

— Nãããão! — gemeu sua mãe. —O que você está fazendo? Você foi a uma igreja *protestante*? Deve ser uma seita!"

— Mamãe! — disse Cathe. — Você tem orado e pedido às freiras que orem por nós há tanto tempo. Você tem pedido a Deus para nos mudar. E agora estamos cansadas das drogas e de todas as outras coisas. Jesus é a única maneira de realmente mudarmos!"

Pilar e Dick não sabiam muito bem o que pensar da nova lealdade de suas filhas. Mas, assim como os pais de toda a América, eles estavam agradecidos pelo — e confusos com o — Movimento de Jesus.

UMA HISTÓRIA DE AMOR

> **PROCURA-SE: JESUS CRISTO, PSEUDÔNIMO: O MESSIAS, O FILHO DE DEUS, REI DOS REIS, SENHOR DOS SENHORES, PRÍNCIPE DA PAZ, ETC.** Líder notório de um movimento de libertação clandestino. **APARÊNCIA:** Hippie típico — cabelo comprido, barba, túnica, sandálias. Anda por favelas, tem poucos amigos ricos e costuma se esgueirar para o deserto. **CUIDADO:** Esse homem é extremamente perigoso. Sua mensagem insidiosamente inflamatória é particularmente perigosa para os jovens que ainda não foram ensinados a ignorá-lo. Ele muda os homens e afirma libertá-los.
>
> *Time*, 21 de junho de 1971

Sem dúvida, em homenagem à conversão de Cathe Martin, a revista *Time* publicou uma matéria de capa incomum algumas semanas depois. A capa da revista era uma ilustração no estilo pop-art de um Jesus de aparência radical e o nome de seu movimento que estava se espalhando pela cultura jovem: "A Revolução de Jesus". Em um estilo que é inconcebível em nossos dias, os redatores da *Time* se entusiasmaram: "Jesus está vivo, e bem, e vive no fervor espiritual radical de um número crescente de jovens americanos que proclamaram uma extraordinária revolução religiosa em seu nome". A *Time* continuou:

> Sua mensagem: a Bíblia é verdadeira, milagres acontecem, Deus realmente amou tanto o mundo que deu a ele seu único filho. As Bíblias são abundantes, seja a preciosa versão King James com capas de pelúcia

ou edições surradas de bolso, elas são invariavelmente bem folheadas e muitas vezes memorizadas. Há um frescor matinal incomum nesse movimento, uma atmosfera animada de esperança e amor, juntamente com o habitual zelo rebelde. Mas o amor deles parece mais sincero do que um slogan, mais profundo do que os sentimentos voláteis dos filhos das flores; o que assusta quem está de fora é a extraordinária sensação de alegria que eles conseguem transmitir.[62]

A matéria de capa da *Time* foi muito mais ampla do que apenas o que estava acontecendo no sul da Califórnia. Mas para os jovens que estavam se convertendo à fé em Costa Mesa e em outros lugares, os redatores haviam acertado.

Logo após a primeira viagem de Cathe à Calvary Chapel, ela foi batizada em Pirate's Cove, em Corona del Mar. Ela ficou sabendo das oportunidades de crescer em seu novo relacionamento com Jesus e foi, com suas irmãs, a um estudo bíblico em uma noite de segunda-feira em uma cafeteria em Long Beach. Ao entrarem, as pessoas estavam cantando uma música que Cathe tinha ouvido na igreja:

> Amor, amor, amor; amor é o evangelho em uma palavra; ama teu próximo como a ti mesmo; Deus é amor, Deus é amor.

Era tão simples, mas quando todos cantavam em uma roda, com diferentes vozes, era lindo, assombroso e puro. Cathe segurava sua nova Bíblia no colo quando o professor veio à frente para liderar o

---

[62] TIME. The Alternative Jesus: Psychedelic Christ. Time Magazine, 21 jun. 1971. Disponível em: <https://time.com/archive/6839039/the-alternative-jesus-psychedelic-christ/>. Acesso em: 05 fev. 2025.

estudo. Ela não ficou surpresa por ele ser jovem; estava acostumada com Lonnie Frisbee, e esse cara era apenas alguns anos mais novo que Lonnie. Ele usava uma calça jeans azul desbotada e uma camiseta, e tinha cabelos loiros abaixo dos ombros e uma barba ruiva. Cathe o achou bonito.

O nome dele era Greg. Ele se sentou em um banco na frente, com a Bíblia no colo, a perna balançando para cima e para baixo com uma energia mal suprimida, como se houvesse uma mola enrolada dentro dele. A essa altura, Cathe ainda tinha algumas teias de aranha hippie em seu cérebro; ela adorava vibrações vagas e místicas. Irmão Sol, irmã Lua, momentos de bem-estar. Mas esse Greg de barba ruiva não era assim. Ele era direto. Ele tornou a Bíblia real e aplicável a Cathe. Sua personalidade era curiosa, lacônica e engraçada. Ele era muito bom em eliminar a bagunça e ir direto aos pontos principais. Ela pensou que ele era um gênio. Ou talvez fosse louco.

Depois que o estudo terminou e as pessoas estavam circulando, o tal Greg veio direto até Cathe e suas irmãs.

— Vocês vão voltar? — perguntou ele. — Gostaram do estudo bíblico? Vocês virão para a Calvary Chapel? Querem tomar um café?"

"Cafeína", pensou Cathe. "Essa é a última coisa que esse cara precisa."

Aos poucos, Cathe e suas irmãs começaram a sair com Greg depois do estudo bíblico. Ele se esforçava para ser igualmente atencioso com as três, mas era bastante claro que ele tinha um interesse especial por Cathe. As irmãs brincavam com ela sobre isso, mas gostavam dele e achavam que esse novo relacionamento era uma coisa boa para a irmãzinha. Por fim, Greg a convidou para ir com ele ao acampamento de verão da Calvary Chapel em Idyllwild Pines, um centro de retiros a sudoeste de Palm Springs. Era um alojamento rústico que havia sido fundado como um centro de retiro cristão em 1923. Tinha bosques, prados, trilhas para caminhadas, um riacho, lareiras de pedra, cabanas antigas e uma piscina.

A viagem não era um retiro designado para apenas um segmento da igreja, como o grupo de jovens, solteiros, idosos ou famílias. Era para toda a comunidade da Calvary Chapel. A ideia era cantar músicas bobas de acampamento, nadar, caminhar, jogar, comer bacon queimado e comida de retiro com alto teor de carboidratos, adorar a Deus e estudar a Palavra juntos. Parecia um pedacinho do céu para Cathe.

Ambos colocaram suas coisas no pequeno Corvair de 1960 de Greg, que tinha o câmbio de duas marchas montado no painel, o motor na parte de trás e uma personalidade excêntrica. Greg o havia comprado por US$ 225. Ele havia se chocado contra a traseira de um Cadillac e tinha sofrido a pior parte do estrago. Por isso, seus faróis estavam cruzados, fazendo com que ele se parecesse um pouco com Jerry Lewis em *O professor aloprado* (1963).

Cathe estava pensando nele como um amigo de quem ela realmente gostava, mas Greg, com seu jeito direto de sempre, agora queria usar o tempo que passariam no Corvair maluco para falar sobre o relacionamento deles.

"Então, acho que agora somos namorados", ele anunciou a ela enquanto o veículo cruzava a rodovia. "E há uma coisa que devemos esclarecer. Só quero que saiba que, se você ficar entre mim e meu relacionamento com Deus, acabou. E o mesmo vale para você. Nós dois temos que buscar Deus primeiro, e então ele nos mostrará para onde nosso relacionamento deve ir."

Nunca, jamais, um rapaz havia dito algo assim para Cathe. Foi revigorante. Ela odiava quando os rapazes eram indecisos e não sabiam realmente o que pensavam ou para onde estavam indo. Ela queria alguém que se sentisse confortável em sua própria pele e tivesse certeza de suas convicções e vocação. Por mais jovem que fosse, ela também sabia que não queria ser o centro da vida de ninguém. Isso era sufocante. A clareza de Greg sobre colocar Jesus em primeiro lugar a fez se sentir segura.

Além disso, ela se sentiu atraída por Greg porque ele era muito diferente de seu próprio pai. Ela amava profundamente seu pai, mas, como muitos homens de sua geração, ele era muito reservado, um homem controlado que não expressava sentimentos ou emoções com facilidade. Como executivo de uma empresa de petróleo que havia vivido em todo o mundo, ele também era muito digno e polido em seus modos.

Greg, por outro lado, era como uma estranha força da natureza. Ele questionava tudo, transbordava de energia e estava sempre soltando vozes falsas de ópera ou canções bobas. Como ele se entediava facilmente, nunca era entediante. Mais tarde, ela descobriria que a maioria dos comediantes bem-sucedidos, na verdade, vêm de infâncias muito problemáticas e desenvolvem o humor como um mecanismo de enfrentamento desde cedo. Isso explicava muito sobre Greg. Cathe nunca sabia muito bem o que esperar, mas ele era uma mistura intrigante de profundo compromisso espiritual e diversão alucinante.

Quando chegaram ao acampamento, já era muito tarde. Não havia luzes na entrada, e o Corvair vesgo não iluminava muito a noite. Eles saíram do carro, arrastando seus sacos de dormir, indo de prédio em prédio, procurando alguém, qualquer pessoa, que lhes dissesse onde ficavam as cabanas dos rapazes e das moças. Tudo quieto na frente do acampamento. Nem um violão, nem um "Louvado seja o Senhor", nada. Todos estavam dormindo.

Eles não queriam tocar o sino do jantar e acordar o acampamento inteiro. Então, após cerca de quarenta e cinco minutos de busca, finalmente encontraram um alojamento que estava destrancado. Estava vazio, exceto por algumas camas de solteiro em um lado da grande sala principal e algumas no outro.

Greg pegou seu saco de dormir e o estendeu na cama mais distante de um lado. Cathe colocou o dela na cama mais distante do outro lado. Cada um deles subiu em seu respectivo saco, totalmente vestidos. Por fim, acabaram dormindo. Uma hora mais ou menos depois, Cathe acordou no escuro e ouviu palavras fragmentadas e batidas. Era Greg, do outro lado do quarto. "Nãoooooooooo!", ele estava dizendo. "Não consegui encontrar outro lugar para dormir! Só estava esperando que alguém viesse e nos mostrasse onde deveríamos ficar!"

Depois de um segundo, Cathe entendeu o que estava acontecendo e acabou voltando a dormir. Era apenas Greg falando com o responsável pelo retiro, explicando que tudo estava em ordem.

Na manhã seguinte, Chuck Smith pediu a Greg que liderasse um pequeno devocional para o grupo maior. Greg estava ansioso para compartilhar a Palavra, mas também estava nervoso. Ele se sentou em um banco na frente da rústica sala de reuniões, com a Bíblia aberta em Efésios 6.

"Por isso, vistam-se de toda a armadura de Deus", começou Greg. Ele continuou lendo a passagem, que descrevia as várias armas espirituais que o crente tem à disposição para resistir à tentação e às provações. "Permaneçam firmes (...) usem o escudo da fé, com o qual vocês poderão apagar todas as setas inflamadas do maligno." O único problema com essa maravilhosa Escritura foi que, quando Greg leu essa última frase, ela saiu de sua boca como algo sobre "apagar todas as setas *empanadas* do maligno".

Ele não percebeu o que havia acontecido até que houve uma enorme explosão de risadas e Chuck Smith quase teve que ser arrancado do chão, de tanto rir. "Sim", pensou Cathe, "nunca é monótono perto de Greg". Mas ele também a deixava absolutamente louca. Os dois eram pessoas de opinião forte e brigavam muito. No entanto, ela percebeu que, enquanto ela brigava por causa de uma discussão, Greg brigava porque queria descobrir o que era realmente verdade. Interessante. O problema era que o que eles discutiam era inconsequente e, em geral, improvável. Qual banda tinha a melhor música. Que caminho deveriam tomar para ir à igreja. O que era melhor, manteiga de amendoim crocante ou cremosa?

"Por que eu iria querer ficar perto de você?" Cathe gritava com Greg quando a tensão ficava muito alta. "Você é impossível!" Então ela terminava com ele. Mas, no fundo, Cathe sabia por que queria estar com ele. Ele foi o primeiro cara que ela conheceu que realmente sabia o que queria fazer da vida. Mesmo quando eles brigavam, ela sabia que o ponto principal era que ele realmente queria fazer a coisa certa, fosse ela qual fosse. Em comparação com Greg, os outros caras pareciam tão frágeis; eles explodiam em qualquer direção que o grupo quisesse tomar. Ele era diferente. Se ao menos parasse de deixá-la brava... Em um determinado momento, eles terminaram. "É isso aí!" Cathe explodiu. "Estou farta. Acabou."

Naquela época, Greg estava se preparando para deixar a cidade durante o verão. Ele esperou que Cathe se acalmasse um pouco e então lhe enviou um cartão. O cartão apresentava o cara de aparência puritana de um comercial da aveia Quaker da década de 1960, que Greg e Cathe tinham visto um milhão de vezes quando eram crianças. Nele, em um cenário de ventos uivantes de inverno e neve congelante, o homem da aveia Quaker proclama: "Nada é melhor para mim do que você!" Ele está se dirigindo a uma tigela fumegante de mingau de aveia, mas Greg achou que seus sentimentos poderiam aquecer o coração de Cathe e fazê-la ansiar por ele.

Não foi bem assim. Depois de um bilhete conciso dizendo para ele não escrever mais para ela, não houve nada além de um silêncio gelado por parte de Cathe. Então Greg partiu tristemente para sua viagem, decidindo que poderia muito bem seguir com sua vida. Como o Movimento de Jesus havia criado uma atmosfera em que os jovens estavam bastante abertos a ouvir o evangelho, Greg e seus colegas evangelistas hippies pegavam a estrada regularmente. Eles viajavam com uma banda e realizavam cultos em igrejas e centros comunitários em toda a costa Oeste. Assim, nessa excursão prolongada em particular, Greg era o orador designado e estava com uma banda de quatro pessoas que incluía um casal e uma jovem solteira que cantava e tocava violão.

Na estrada, logo se presumiu que Greg e a cantora solteira acabariam se tornando um casal. Em casa, Cathe também começou a supor isso. "Bem", pensou ela, "isso deve ser bom. Ela é tão fervorosa, sabe cantar e falar na frente. Ela é tão bonita. Ela seria uma ótima parceira para ele. E eu e ele brigamos o tempo todo!" Mas quanto mais ela pensava sobre isso, mais sua vida de oração aumentava. Por fim, chegou a esse ponto: "Oh, Deus!" Cathe disse ao Senhor. "Sei que Greg e eu brigamos loucamente, mas não há ninguém como ele. Sinto que ele realmente é para mim. Mas eu quero o que o Senhor quer... então, se o Senhor quer que fiquemos juntos, oro para que o traga para casa, fora da estrada, no próximo fim de semana."

O retorno de Greg estava previsto para o final do verão. Mas no domingo seguinte, após sua oração, Cathe entrou na Calvary Chapel e lá estava ele. Ela estava com seu traje habitual: um vestido longo e esvoaçante com estampa florida, cabelos loiros e grosso igualmente esvoaçantes e um par de óculos rosa de vovó empoleirados no nariz. No entanto, ela havia feito algumas mudanças desde que Greg tinha ido embora. Uma delas foi deixar as sobrancelhas um pouco menos naturais. Ela viu Greg vindo em sua direção enquanto conversava com um grupo de amigos. "O que *você* está fazendo aqui?", ela perguntou docemente. Greg não disse nada. Ele estava apenas olhando para o rosto dela. Em silêncio. "O quê?" Cathe gaguejou.

Agora todos no círculo estavam olhando para o rosto de Cathe. Finalmente, Greg conseguiu dizer algumas palavras. "Você arrancou suas sobrancelhas!", ele disse.

E, sem mais nem menos, eles estavam juntos de novo.

O IMPORTANTE APOIO DE BILLY GRAHAM

> Não vamos nos contentar com a mediocridade religiosa de nossa época. A igreja do Novo Testamento, o zelo dos cristãos do Novo Testamento é o nosso exemplo. Junte-se a nós e espere que Deus realize um milagre em nosso coração ao nos colocarmos à disposição dele e de tudo o que ele tem a nos ensinar durante a próxima semana.
>
> Bill Bright, sobre o Explo '72

No outono de 1971, Billy Graham lançou um livro, um dos trinta e três que escreveu ao longo da vida. Graham havia se tornado o líder religioso mais conhecido dos Estados Unidos, um papel que ele ocupou, e ainda ocuparia, por décadas. Greg ainda não o conhecia — isso aconteceria mais tarde —, mas ambos estavam concentrados na mesma coisa: o Movimento de Jesus. Com sua capa no estilo pop-art e a saudação *One way* (Um caminho), o livro *Jesus e a geração jovem*, de Graham, foi um sucesso, vendendo duzentos mil exemplares nas duas primeiras semanas de seu lançamento.

Graham escreveu sobre a rejeição da cultura hippie aos valores culturais convencionais. Alguns optaram pelo protesto político; outros simplesmente abandonaram a escola e tomaram ácido. Outros tentaram criar comunas contraculturais e "retornar ao Éden". Outros adotaram um novo conjunto de princípios de vida baseados em um vago relativismo existencial — que estava o mais longe possível dos absolutos de certo e errado de seus pais. E muitos outros, disse Billy Graham, haviam encontrado a única revolução que era diferente: não se tratava de um novo conjunto de princípios de vida, mas de uma Pessoa. "Dezenas de milhares de jovens americanos estão envolvidos nisso. Eles estão sendo 'convertidos' a Jesus", escreveu Graham.[63] Ele disse que havia sido bombardeado com perguntas sobre esse novo fenômeno espiritual pelo correio, em conferências de imprensa, no Capitólio, na Casa Branca e nas salas de redação do *New York Times*, do *Chicago Tribune* e de outros veículos de notícias da época.

Graham esperava que os leitores que ainda não haviam aderido à revolução — aqueles que estavam experimentando, em suas palavras, "más vibrações" — viessem a ter fé em Cristo e entrassem na onda também. É claro que não foi uma revolução perfeita. "Há armadilhas", escreveu Graham. "Há medos. Há críticos. Alguns dizem que é muito superficial — e, em alguns casos, é mesmo. Alguns dizem que é muito emocional — e, em alguns casos, é mesmo. Alguns dizem que está fora da igreja estabelecida — e, em alguns casos, está." Mas, disse o Dr. Graham, a igreja primitiva no livro de Atos também tinha essas fraquezas. Em sua análise, o novo Movimento de Jesus também tinha alguns pontos fortes intrigantes.

Era *espontâneo*, sem uma figura de proa ou líder humano. Era centrado no próprio Jesus. Graham citou a *Look*, uma revista nacional quinzenal com uma circulação de cerca de seis milhões de exemplares. Seus repórteres escreveram sobre o a "galera de Jesus": "Todos os cristãos concordam que Cristo é o grande denominador comum do movimento. Ele une todos".

O Movimento de Jesus era *baseada na Bíblia*. A maioria de seus integrantes não era simplesmente atraída por uma vaga apreciação de Jesus,

---

63 Todas as citações de Billy Graham neste capítulo foram extraídas de GRAHAM, B. *The Jesus Generation* (London: Hodder & Stoughton, 1971).

mas buscava em Bíblias bem gastas compreender Cristo, seus ensinamentos e sua morte e ressurreição. O movimento era sobre uma *experiência* com Jesus Cristo, não um conhecimento superficial. A galera de Jesus enfatizava que as pessoas deveriam nascer de novo, experimentando o poder transformador do Espírito Santo.

Ele continuou citando a ênfase do movimento no *Espírito Santo*. Anos antes, disse ele, perguntou ao ilustre teólogo Karl Barth qual seria a nova ênfase da teologia nos próximos vinte anos. O Dr. Barth respondeu imediatamente: "O Espírito Santo!" "Eu nem sonhava", escreveu o Dr. Graham no livro, "que [isso] viria por meio de um renascimento da juventude nos Estados Unidos!"

Em seguida, os jovens que vieram a Cristo nesse período estavam *encontrando a cura* para as drogas, outros vícios e padrões arraigados de pecado. Suas vidas foram dramaticamente transformadas. A ênfase do movimento estava no *discipulado* cristão. Não se tratava apenas de usar cruzes ou colar adesivos nas vans da Volkswagen. A galera de Jesus entendia, devido ao seu foco na Bíblia e no Espírito Santo, que a salvação era de fato seguida por uma vida inteira de santificação, ou seja, tornar-se mais parecido com Jesus no longo prazo. Era *interracial e multiétnico*. O povo de Jesus havia amadurecido em uma sociedade que sofria com a segregação e as divisões sociais. Eles viram em suas Bíblias que, em Jesus, não havia divisões raciais. Eles acreditavam nisso.

O movimento demonstrou um grande zelo pelo *evangelismo*. Billy Graham observou que as últimas palavras de Jesus Cristo na Terra foram: "Ide a todas as partes do mundo e proclamai as Boas-novas", e, no livro de Atos, foi exatamente isso que o "povo original de Jesus, a maioria deles jovens" saiu e fez no primeiro século. O mesmo aconteceu com os novos e jovens crentes cerca de 1.970 anos depois: enfatizavam a *segunda vinda* de Jesus Cristo. Refletindo a época em que o movimento cresceu, Graham escreveu que "esses jovens não dão muita importância aos velhos slogans do *New Deal*, do *Fair Deal*, da *New Frontier* e da *Great Society*. Eles acreditam que a utopia só chegará quando Jesus voltar. Portanto, esses jovens estão em uma base bíblica sólida."

Devido à enorme influência de Graham sobre os cristãos conservadores, seu foco no Movimento de Jesus serviu como um importante alerta para os crentes mais velhos que, de outra forma, poderiam ter ignorado o que estava acontecendo na cultura jovem. Foi também um sinal de que o que havia começado principalmente como um fenômeno hippie estava se tornando mais popular. Isso estava dando nova energia ao trabalho de ministérios paraeclesiásticos que vinham trabalhando entre os jovens há anos, como a Fellowship of Christian Athletes (FCA), a Campus Crusade for Christ (Cru), a InterVarsity Christian Fellowship (IV), a Young Life, a Youth for Christ (YFC) e os Navigators, entre outros. A maioria delas nasceu no florescente movimento evangélico das décadas de 1930 e 1940, adaptou-se durante o tumulto e as novas expressões das décadas de 1960 e 1970 e continua a realizar um grande trabalho de alcance e discipulado atualmente.

Se o Movimento de Jesus começou como um movimento espontâneo entre os hippies, Billy Graham ajudou a moldar sua segunda onda à medida que os cristãos tradicionalmente conservadores se juntaram a ele. A manifestação mais clara disso foi o Explo '72, um encontro de cerca de oitenta mil jovens em Dallas, em agosto daquele ano. Um "Woodstock religioso", organizado pela Campus Crusade for Christ de Bill Bright e que, na época, foi a maior reunião de acampamento religioso já realizada nos Estados Unidos. Estudantes universitários, alunos do ensino médio e jovens de todo o país chegaram em ônibus, carros quebrados e vans floridas para passar cinco dias em evangelismo, treinamento de discipulado, adoração e divulgação na cidade de Dallas. Eram, em sua maioria, brancos, bem arrumados e de classe média. Eles gritavam vivas a Jesus, levantavam os dedos indicadores apontados no famoso sinal One Way da época e curtiam músicas de Johnny Cash, Love Song, Larry Norman e de louvor e adoração.

O presidente Richard Nixon havia dito que adoraria receber um convite para se juntar aos jovens, talvez como uma oportunidade de foto para parecer solidário com pelo menos um aspecto da cultura jovem. Preocupados com a possibilidade de sua presença politizar o evento, os planejadores do evento sabiamente se recusaram a atender aos desejos do presidente. Embora ninguém soubesse na época, a invasão de Watergate já havia ocorrido, o encobrimento estava em andamento e a presidência de Nixon logo cairia por completo.

O *New York Times* chamou o Explo '72 de "a maior e mais visível manifestação pública até agora do Movimento de Jesus, que reavivou o interesse pelo cristianismo fundamentalista entre os jovens de todo o país."[64]

O festival também representou uma mudança generalizada nas igrejas conservadoras de todo o país. Muitos pastores condenavam a música rock, os cabelos compridos e as roupas casuais... tudo que parecesse uma cultura ameaçadora e caótica além dos limites tranquilos de suas igrejas. Chuck Smith e outros pastores que acolheram os hippies e abriram suas igrejas para novas formas de louvar a Deus talvez estivessem em minoria. Alguns pastores conservadores, sem ter o que fazer, fizeram piquetes na Explo, apontando cabelos compridos e roupas questionáveis entre os

---

64 FISKE, E. B. A 'Religious Woodstock' Draws 75,000. *New York Times*, 16 jun. 1972. Disponível em: <http://www.nytimes.com/1972/06/16/archives/a-religious-woodstock-draws-75000-a-religious-woodstock-explo-72.html>. Acesso em 06 fev. 2025.

participantes, mesmo quando os jovens dentro do estádio estudavam seriamente suas Bíblias e participavam de workshops como "Como viver com seus pais".

A Explo '72, no entanto, foi um ponto de virada. A presença de Billy Graham tranquilizou a maior parte da velha guarda, e aqueles que compareceram ainda têm lágrimas nos olhos quando falam sobre sua experiência lá. Seu clímax foi uma cena inesquecível no Cotton Bowl, com o estádio inteiro envolto em escuridão. No palco, Billy Graham e Bill Bright acenderam velas e depois passaram a luz para as velas dos outros, que por sua vez acenderam outras e outras, por todo o estádio, até que havia quase cem mil pontos de luz na escuridão, brilhando individualmente, mas como um só. O estádio inteiro foi iluminado com um brilho alaranjado. Os moradores locais estavam ligando para o corpo de bombeiros de Dallas para informar que o Cotton Bowl estava pegando fogo. Eles estavam certos: aqueles que compareceram nunca se esqueceram do fogo do Espírito Santo e da sensação do que Jesus estava fazendo em seu mundo de 1972. Muitos passaram a servir como cristãos em tempo integral.

"Quando você descobre que não está sozinho, isso lhe dá muito mais confiança", disse mais tarde um funcionário da Cru chamado Bob. "Você ora de forma diferente, age de forma diferente, lidera de forma diferente. A intenção era que isso desse um impulso, e deu."[65]

---

[65] WHAT REALLY Happened at Explo '72. *Cru*, 15 out. 2015. Disponível em: <https://www.cru.org/about/what-we-do/what-really-happened-at-explo-72.html>. Acesso em: 06 fev. 2025.

A IGREJA DE PEDRA

**Aquele que espera ter todas as respostas
antes de agir nunca fará nada.**

Jim Elliot

A comunidade de fé que o jovem Greg Laurie fundou em Riverside, Califórnia, em 1972, viria a se tornar uma das maiores igrejas dos Estados Unidos. Ninguém ficou mais surpreso do que Greg com a possibilidade de algo assim acontecer. Naquele ano, Greg não tinha a menor ideia do que estava fazendo. Hoje ele gosta de salientar que isso aconteceu muito antes de as igrejas contratarem consultores, fazerem estudos de marca para nomes cuidadosamente escolhidos, realizarem pesquisas de mercado em áreas geográficas e orquestrarem pacotes sofisticados de mídia social.

Tudo começou quando os líderes de uma igreja episcopal em Riverside, Califórnia, entraram em contato com Chuck Smith e sua equipe na Calvary Chapel. Eles tinham ouvido falar do Movimento de Jesus e queriam que algo parecido com ele fosse disseminado em sua igreja. Eles sugeriram uma reunião de segunda-feira à noite voltada para os jovens se alguém da Calvary pudesse vir a Riverside para conduzi-la. O templo era uma bela igreja de pedra, antiga e tradicional, mas, infelizmente, seu número de membros estava minguando.

Chuck enviou a arma secreta de Deus, Lonnie Frisbee, para a igreja de Riverside, e logo as reuniões de segunda-feira à noite lotaram com trezentos jovens, com novos convertidos aparecendo a cada semana. Naquela época, Greg não fazia parte da equipe da Calvary Chapel. Ele apenas ficava por perto, disposto a fazer qualquer trabalho que aparecesse.

Ele ia visitar pessoas doentes no hospital. Ajudava na escola bíblica de férias para as crianças da vizinhança. Liderava o estudo bíblico no hospital psiquiátrico local.

Em sua primeira visita a essa instituição, Greg estava no saguão com seu amigo e colega pregador hippie Mike MacIntosh. Um dos residentes se aproximou deles, com os olhos um pouco vazios. Mike, transbordando de fervor sincero, perguntou ao paciente se ele já havia conhecido Jesus. "Não", respondeu o homem, animando-se. Ele estendeu a mão para Greg. "Prazer em conhecê-lo, senhor!"

O estudo bíblico em Riverside continuou a ser um "acontecimento" sob o comando de Lonnie. Mas, então, para a surpresa de Greg, Lonnie subitamente deixou a Calvary Chapel para se juntar a um movimento espiritual na Flórida. Após a partida de Lonnie, a crescente comunhão em Riverside começou a vacilar e diminuir. Vários pastores da Calvary revezavam a cada semana na condução do estudo, mas era uma viagem inconveniente de Costa Mesa, pois as rodovias ficavam frequentemente congestionadas com o trânsito.

Um dia, Greg estava em uma reunião de equipe e ninguém mais podia — ou queria — fazer o serviço em Riverside. Então, todos pararam e olharam para Greg... o ansioso Greg, pelo menos dez anos mais jovem do que o restante do grupo. Ele fazia qualquer coisa. Ele era como o irmão mais novo a quem você podia dar seu sanduíche de manteiga de amendoim amassado ou a tarefa que não queria.

— Ei, Greg! Você gostaria de ir até Riverside? — perguntaram.

— Sim! — disse Greg.

Ele saiu pela porta com sua Bíblia surrada antes que eles pudessem mudar de ideia. Greg chegou com seu carro ao endereço que lhe foi dado. Era uma igreja episcopal imponente, tradicional, de pedra antiga. Parecia formal. Greg alisou a calça jeans por um momento e depois entrou pela porta da frente, com a Bíblia debaixo do braço. Um homem mais velho estava esperando, procurando o pastor da Calvary Chapel que iria dirigir o culto.

— Olá — disse ele a Greg. — O culto não vai começar por um tempo. Você pode esperar em um banco até que o pastor apareça.

— Fui enviado pela Calvary Chapel para ensinar esta noite — disse Greg, de dezenove anos, com seriedade.

O homem mais velho levantou as sobrancelhas. Ele ficou esperando por um tempo. Os jovens começaram a chegar para o culto. E, com certeza, nenhum pregador adequado chegou.

—Tudo bem — disse a pessoa da igreja. —Você pode falar, mas só desta vez.

Não foi um grande voto de confiança. Mas Greg não gostava muito da mentalidade de performance. Tudo o que ele sabia era que havia poder na Palavra de Deus, que Deus havia feito um milagre em sua vida e que ele queria transmitir o evangelho a outras pessoas. Ele começou a falar, e algo começou a acontecer. Ele estava contando às pessoas a respeito de Pedro andando sobre as águas, mantendo seus olhos em Jesus. E mesmo enquanto falava, Greg sentiu que *era* Pedro. Contanto que mantivesse os olhos em Jesus, ele conseguiria passar por essa palestra. E então, um milagre: os jovens começaram a se sentar, a ouvir e a participar da lição. No final, Greg perguntou se algum deles gostaria de receber Cristo. Seis jovens se aproximaram para orar com ele e estavam sorrindo, com os olhos cheios de lágrimas.

Após o culto, todos perguntaram a Greg se ele voltaria na semana seguinte. Ele disse que não tinha certeza, pensando que os funcionários da igreja não pareciam muito entusiasmados com sua presença. Então, o rapaz mais velho que relutantemente havia deixado Greg falar disse-lhe que ele poderia voltar, mas que sua liderança ali seria decidida semana a semana.

Esse não foi um começo auspicioso para o que um dia se tornaria um resultado direto da experiência de Greg com o Movimento de Jesus: uma megaigreja empolgante com 15 mil pessoas. Na economia de Deus, tanto naquela época quanto agora, pequenos começos geralmente levam a fins maiores.

Greg continuou, semana após semana, em sua liderança experimental da pequena irmandade de Riverside. O grupo crescia sem parar. Ele conheceu o reitor[66] da igreja, um homem formal e um tanto distante e que não parecia particularmente ligado a seu povo. Ele não havia prestado muita atenção à crescente congregação de jovens em sua igreja.

Então um jornal local publicou uma matéria sobre a reunião semanal. O jornalista a descreveu como um "acontecimento", com todos os bancos cheios de jovens ansiosos. Como os jovens estavam tão famintos pela Palavra de Deus, Greg também começou um culto às quartas-feiras à noite. Ele havia desenhado alguns gráficos e imprimido um pequeno boletim para o rebanho. Em letras pequenas, no alto da página esquerda, estava escrito: "Ministro: Greg Laurie".

Greg não queria usar o título de "pastor". Parecia presunçoso. Então, sabendo que o título "ministro" era intercambiável com a palavra "servo", ele o usou. Não importava. O reitor não ficou satisfeito. Ele disse a Greg que deveria se tornar um pastor episcopal de jovens. Talvez alguns anos no seminário — de preferência um que fosse muito, muito distante

---

[66] No contexto da Igreja Episcopal, que é parte da comunhão Anglicana, "reitor" (em inglês, *rector*) é um título que se refere ao sacerdote responsável por uma paróquia autossustentável, semelhante a um pastor-titular em igrejas protestantes.

— tirassem Greg do seu caminho e as coisas pudessem voltar à sua formalidade árida, firmemente sob seu controle.

Greg pensou e orou sobre a ideia do velho pastor, mas não sentiu vontade de levá-la adiante. Como a comunhão continuou a crescer, o líder disse a Greg que queria falar ao grupo. Ele pregou sobre tópicos que considerava modernos e relevantes, citando mais o musical *Jesus Cristo Superstar* do que o Novo Testamento. Para sua surpresa, os jovens não se identificaram. Como disse a jovem Cathe à época: "Todos nós estávamos no mundo. Não queríamos shows da Broadway, ou citações da Desiderata[67], ou esse cara mais velho tentando ser descolado para se relacionar com os jovens. Queríamos a carne da pura Palavra de Deus! Era como um alimento para nós".

O reitor não pôde deixar de notar a recepção fria que seu "ensino" recebeu. Logo, um carro cheio de líderes da igreja episcopal foi para Costa Mesa para uma reunião com o pastor Chuck Smith. Era hora de se livrar de Greg Laurie. Greg, que havia visto a chegada dos irmãos furiosos, retirou-se para um escritório vazio da igreja para orar. Enquanto fazia isso, um versículo do Salmo 118 ficava reverberando em sua cabeça: "Do aperto em que me achava, invoquei a Jeová. Jeová respondeu-me e colocou-me num lugar espaçoso" (Sl 118:5, TB). Ele não sabia exatamente o que isso significava, mas sabia o suficiente para clamar a Deus em sua angústia. A reunião com os episcopalianos descontentes terminou. Eles entraram em seu carro e foram embora.

A campainha do interfone soou no escritório em que Greg estava orando. Era o assistente de Chuck.

---

67 Poema escrito pelo advogado e poeta americano Max Ehrmann em 1927. O texto é uma mensagem de amor, esperança e fé.

— Greg, você poderia ir ao escritório do pastor Chuck?

Greg sabia que esse era o fim de sua carreira de "pastor" incipiente, e ele estava de volta a ser simplesmente um artista faminto.

— Entre, Greg! — Chuck disse alegremente.

Greg entrou hesitante no escritório. Chuck estava sorrindo.

— Greg, temos de arranjar uma nova igreja pra você.

SE TEM EXPLICAÇÃO, NÃO FOI DEUS QUE FEZ

Quem dá as chaves de uma igreja a um jovem de vinte anos? Chuck Smith deu.

Greg Laurie

Chuck Smith não sabia exatamente onde seria a nova igreja de Greg Laurie, mas reconhecia o mover de Deus quando o via. Ele viu Deus plantando uma nova congregação de jovens em Riverside. Agora era apenas uma questão de encontrar um prédio para essa nova igreja se reunir.

O lugar veio na forma de uma igreja batista que havia se dividido, e ambos os partidos tinham ido para outro lugar. Seu velho prédio estava à venda. Os antigos congregantes haviam realmente levado embora as coisas, como bancos com placas de identificação de quem os havia doado, hinários memoriais e lustres. O púlpito ainda estava lá, mas o lugar parecia uma zona de guerra. Não lembrava em nada o "lugar espaçoso" sobre o qual Greg havia lido no Salmo 118.

Chuck Smith marcou uma reunião com o corretor de imóveis, que ficou extasiado com o fato de alguém estar realmente interessado na casca de um prédio. Enquanto Chuck e o corretor de imóveis se reuniam, Greg caminhava pelo santuário destruído, pensando nos batistas em conflito, nos episcopais frios e na congregação de novos crentes que só queriam ouvir a Palavra de Deus. Ele tinha vinte anos de idade. Era cristão há três. E sabia que Deus o estava chamando para pregar e ensinar. Mas era assim mesmo que as igrejas começavam?

Greg havia lido o livro de Atos. Ele tinha visto como o Movimento de Jesus original se movia. Sua fé estava em Deus, não em uma campanha de marketing ou de marca, não em uma plataforma de mídia, não em técnicas de crescimento de igrejas. Ele estava pronto para fazer o que Deus o chamasse para fazer, fosse o que fosse.

Chuck apertou a mão do corretor de imóveis. Ele pegou seu talão de cheques, preencheu um, entregou-o ao agente e sorriu para Greg.

— Bem, Greg — disse ele. — Você conseguiu uma igreja.

Chuck havia feito o depósito e o primeiro pagamento mensal. O restante ficaria por conta de Greg e da congregação de jovens do estudo bíblico semanal. Nenhum deles tinha dinheiro além do que gastavam com gasolina e *goulash*. Greg marcou uma reunião com o reitor episcopal e lhe disse que ele não precisava se preocupar, pois Greg iria se mudar. Deus já estava construindo uma nova igreja — um corpo de fiéis —, e agora eles tinham um novo prédio onde poderiam se reunir.

O reitor olhou para Greg por cima de seus óculos de grau.

— Você vai fracassar — disse ele com tranquilidade. — A única razão pela qual todos esses jovens vêm ao estudo bíblico é que seus pais sabem que há adultos aqui para acompanhá-los. Eles não deixarão seus filhos virem se for apenas uma grande reunião de jovens.

Greg pensou brevemente em quebrar os óculos do homem, mas decidiu que isso seria antibíblico.

— Tudo bem — disse ele ao homem mais velho. — Eu respeito sua opinião. Teremos de ver o que Deus fará!

Na semana seguinte, durante a última reunião na antiga igreja de pedra, Greg anunciou que o estudo bíblico seria transferido para um novo local no fim de semana seguinte. Trezentas pessoas empolgadas estavam amontoadas na igreja e irromperam em aplausos espontâneos.

Durante toda aquela semana, Greg ficou com a cabeça a mil. Por um lado, ele confiava em Deus, não se importava com resultados ou números e estava pronto para falar para qualquer número de pessoas que viesse à igreja, sem problemas. Por outro lado, ele estava apavorado com o fato de que ninguém apareceria e *ele* seria considerado um fracasso total.

No domingo seguinte, mais de quinhentas pessoas compareceram à humilde igreja, que antes era uma zona de guerra. Para a surpresa de Greg, o reitor era uma delas. Para maior surpresa ainda de Greg, Deus o levou a fazer com que aquele ministro ficasse diante da nova igreja enquanto Greg o agradecia publicamente por seu papel no início da nova congregação. Greg não explicou em detalhes qual havia sido esse papel. Todos aplaudiram.

A pessoa mais velha da congregação tinha vinte e poucos anos. Havia uma criança e, portanto, seus pais eram responsáveis pela escola dominical. Logo, um homem piedoso, de meia-idade, chamado Keith Ritter, passou a integrar a membresia. Greg havia dito aos adolescentes e hippies convertidos que eles queriam ter "um alcance para pessoas mais velhas" nas manhãs de domingo — isso significava pessoas com mais de trinta anos de idade. Usando gravata e com a aparência de uma "pessoa mais velha", Keith pregava aos domingos de manhã e Greg pregava aos domingos e quartas-feiras à noite. A congregação logo passou a ter mil pessoas, depois duas mil nas reuniões noturnas.

Mas a reunião de domingo de manhã estava se mantendo bem pequena. Apesar do incentivo para que ele assumisse o cargo, Greg se sentiu hesitante. Ele achava que as pessoas mais velhas poderiam se relacionar melhor com Keith do que com um jovem de vinte e poucos anos que parecia um dos primeiros membros do elenco de *Duck Dynasty*. Até que Keith teve um ataque cardíaco. Felizmente, ele sobreviveu, mas precisou reduzir sua agenda. As pessoas da congregação já estavam chamando Greg de pastor. Então, evidentemente, era hora de dar um passo à frente, embora se sentisse totalmente desqualificado e indigno de subir ao púlpito.

Para aqueles que estavam observando, parecia que Deus estava levando Greg passo a passo. Desde sua experiência inicial de levar pessoas a Cristo em Pirate's Cove, ele queria ser um evangelista. Mas ele precisava do temperamento, da responsabilidade e do trabalho semanal que vem com o pastoreio de um rebanho de pessoas durante os altos e baixos de suas vidas. E essa congregação iniciante, que precisava de um pastor, havia escolhido Greg. Ele acreditava na centralidade da igreja local, que ela era a forma designada por Jesus para cumprir a Grande Comissão e levar o amor do reino de Deus aos bairros, comunidades e nações. E, no final das contas, ele estava realmente começando a amar as pessoas que faziam parte da família da igreja que se tornaria a Harvest Christian Fellowship.

O Movimento de Jesus havia rompido com as estruturas e restrições de épocas anteriores, mais formais. Em certas áreas — como o sul da Califórnia —, o movimento foi quase uma democratização da vida da igreja. O modelo cultural de épocas anteriores valorizava o pastor com diplomas avançados e uma família exemplar, um pilar na comunidade em geral que se sentia tão à vontade no clube de campo ou no Rotary Club quanto no púlpito. Greg, como muitos de seus jovens contemporâneos da época, estava maravilhado por fazer parte do *Jesus Club*, onde a associação era gratuita e todos eram bem-vindos.

Um ano após o início das atividades, a nova igreja havia superado o tamanho de seu prédio e, por isso, passou a se reunir no centro cívico de Riverside, o Auditório Municipal. O local não tinha ar-condicionado e, durante os verões sufocantes do interior, os fiéis assavam como patos. Eles o chamavam de Forno Microondas Municipal de Riverside, em homenagem à nova tecnologia da época.

O rebanho suado aumentava a cada semana. Greg não sabia explicar o motivo. Mas, como Warren Wiersbe costumava dizer, citando o ex-presidente da Juventude para Cristo, Bob Cook: "Se você puder explicar o que está acontecendo, então não foi Deus que fez isso".[68]

UMA NOVA FAMÍLIA

O outro acontecimento importante na vida de Greg que ele não conseguia explicar era o fato de que estava apaixonado por Cathe Martin e queria se casar com ela. Vindo dos destroços dos muitos relacionamentos de sua mãe e da frigidez emocional de sua infância, Greg estava absolutamente maravilhado com o fato de Deus estar lhe dando algo tão diferente. Ele queria envelhecer com Cathe e servir a Deus, junto a ela, enquanto Deus lhes desse fôlego. Ele queria criar filhos e estabelecer um lar acolhedor, amoroso e seguro para todos os tipos de pessoas necessitadas. Ele queria fazer parte de algo que nunca teve quando criança.

Isso era assustador, mas Greg já tinha visto Deus fazer milagres. Portanto, ele estava confiante de que ele e Cathe poderiam, com a ajuda do Espírito Santo, construir algo forte, saudável e duradouro. Os pais de Cathe, porém, não tinham tanta certeza. Eles vinham de um passado bem diferente. Tinham vivido em uma condição de riqueza em todo o mundo. Eles queriam que ela fosse sustentada e estavam preocupados

---

68 WIERSBE, W. W. *He walks with me*: enjoying the abiding presence of God. Colorado Springs: David C. Cook, 2016.

com o fato de que os pecados da mãe de Greg pudessem, de alguma forma, recair sobre seu filho.

Assim, Cathe sentou-se e escreveu uma longa e apaixonada carta ao pai, tentando mostrar-lhe o novo alicerce que havia mudado a trajetória de Greg e que serviria de base para o casamento deles. Ela e o pai estavam morando na mesma casa, é claro, mas ela sentiu que poderia se comunicar com mais clareza, e que ele pararia para realmente considerar suas palavras, se ela escrevesse seus pensamentos.

"Eu o amo e respeito, papai", escreveu ela, "e entendo seus temores em relação a mim. Mas Greg não é a mãe dele. Ele é uma pessoa diferente." Ela prosseguiu dizendo como Deus havia mudado Greg e continuava a fazê-lo. Ele estava abençoando a igreja dos patos assados em Riverside — Cathe não a chamou assim na carta — e, em breve, Greg teria até mesmo um salário regular de algum tipo.

Cathe pediu a bênção de seu pai. Ela enviou a carta pelo correio e depois ficou rondando a casa por um ou dois dias. Como era de praxe, seu pai não respondeu de imediato. Mas sua mãe se aproximou dela e a abraçou com força. "Querida, seu pai recebeu sua carta", disse ela. "Ela era linda. Nós lhe daremos a nossa bênção".

Greg comprou uma aliança de casamento de um amigo que a havia comprado e depois sido abandonado. Portanto, o preço era justo. E em 2 de fevereiro de 1974 — dois dias após o aniversário de 18 anos de Cathe — Greg e Cathe se casaram. O pastor da Calvary, Tom Stipe, serviu de padrinho, e sua esposa, Maryellen, foi a dama de honra de Cathe, que usou o lindo vestido de noiva vintage de sua mãe. Greg escolheu um *smoking* cinza com lapelas largas, uma camisa com babados e sapatos pontiagudos e brilhantes. Chuck Smith, que realizou a cerimônia, era como um pai orgulhoso. Ele sorriu durante todo o processo, provavelmente maravilhado ao contemplar tudo o que Deus havia feito na vida de Greg nos poucos anos desde que ele conhecera o novo cristão de dezessete anos trazido para o rebanho por Lonnie Frisbee.

Como era de se esperar, Chuck ficou um pouco confuso. Quando chegou ao ponto culminante do culto, ele fez uma pausa e depois afirmou: "Eu agora declaro Greg e *Laurie* marido e mulher!"

Greg e Laurie — quer dizer, Cathe — se mudaram para uma casa velha em Riverside que havia sido uma comuna. Outro casal morava no andar de cima. As pessoas haviam lhes dado móveis, como o velho sofá verde de um século anterior que soltava penas no chão. Cathe costurava suas próprias roupas à mão, pois não tinha máquina de costura. Ela havia sido criada em lindos lares ao redor do mundo, com empregados para cuidar de todas as suas necessidades. Agora, como dona de seu castelo hippie, era um novo mundo. Na primeira vez em que receberam uma conta pelo correio, ela olhou para ela como se fosse um artefato do espaço sideral.

— Uau! — disse ela, balançando a cabeça. — Quer dizer temos de *pagar* pela água?"

Sim, eles tinham de pagar pela água, mas quando Cathe ficou grávida, eles encontraram um obstetra que fez o parto de graça. Na verdade, ela estava trabalhando para o médico, então ele doou seus serviços para fazer o parto do bebê Christopher, que chegou quatorze meses após o casamento.

Christopher foi um filho único entusiasmado, curioso e cheio de energia por dez anos, e então chegou Jonathan. Ele era tão tranquilo quanto Christopher era irreprimível. Às vezes, ao ver seus filhos brincando ao ar livre com Cathe, Greg se sentia emocionado. Como filho de uma divorciada em série, ele nunca poderia ter sonhado que teria um casamento frutífero, fiel e duradouro. Como um menino sem pai, ele nunca poderia ter sonhado que seria pai de dois lindos filhos. Ainda assim, ele não sabia que eles partiriam seu coração.

EVANGELISTAS HIPPIES

Eu admirava a completa satisfação deles, sem nada do reino material. Tudo o que precisavam era de uma caixa de passas e um pouco de aveia, e estavam prontos para ministrar para Deus onde quer que fossem chamados. Eram muito bonitas a simplicidade de sua fé e sua confiança em Jesus.

Chuck Smith, em reflexão sobre os hippies que conheceram a Cristo

Greg Laurie foi apenas um de uma safra de jovens que conheceram Cristo durante o Movimento de Jesus no sul da Califórnia e depois iniciaram igrejas vigorosas e em crescimento. Isso foi em 1974, antes do *boom* da adoração casual, das igrejas amigáveis aos interessados e de muitas das inovações de alcance que são comuns hoje em dia. Naquela época, a música cristã contemporânea estava em sua infância e o vestuário casual ainda era uma novidade em muitas congregações.

Embora essas novas igrejas tivessem um estilo contemporâneo, seus pastores não tentavam tornar o evangelho mais relevante modificando sua mensagem. Os jovens pregadores mantiveram a proclamação básica da Bíblia que os havia evangelizado e discipulado. Eles fizeram o que viram Chuck Smith fazer. Eles não buscavam tópicos da moda; ensinavam, versículo por versículo, ao longo de livros inteiros da Bíblia.

A comunidade de Greg estava transbordando de jovens que vinham à igreja pela primeira vez em suas vidas, entusiasmados para seguir Jesus. Esses jovens traziam seus pais com eles e a igreja cresceu. Expandiram a programação para três cultos lotados nas manhãs de domingo e dois nos domingos à noite. Um próspero estudo, *Through the Bible* (*Através da Bíblia*), aontecia nas noites de quarta-feira.

Greg se cercou de pessoas que Deus havia chamado para ministrar da mesma forma, pessoas que ele achava que eram mais inteligentes e mais talentosas do que ele. No início, eram irmãos como Bob Probert, Paul Havsgaard, Fred Farley e Duane Crumb. Mais tarde, John Collins, Jeff Lasseigne, Ron Case, Paul Eaton e Brad Ormonde se juntariam a ele, além de muitos outros colegas talentosos ao longo dos anos. Ele sabia que o ministério era um esforço de equipe, não um show de um homem só, e tinha visto o que acontecia com pastores e líderes que não tinham responsabilidade em suas vidas. Eles saíam do curso. E como ele vinha de uma vida familiar com pouca estrutura e muita decepção, queria construir um ministério com bases sólidas e comunicações honestas. Ele sabia que não seria perfeito — mas mesmo sendo jovem, ele tinha a sabedoria para projetar a nova igreja com uma forte responsabilidade.

À medida que a igreja cresceu, Greg e sua equipe lançaram um programa de rádio diário, chamado *Harvest Celebration*. Eles o gravavam no banheiro de um amigo porque achavam que a acústica era melhor lá. Greg tinha uma prancheta de desenho em seu escritório e ainda fazia todo tipo de design gráfico para se sustentar, pois não tinha um salário real. Eles distribuíam folhetos destinados a falar de Cristo às pessoas. Por fim, conseguiram acesso a programas de televisão e grandes eventos públicos em que Greg pregava uma mensagem evangelística e dava às pessoas a oportunidade de se apresentarem publicamente e receberem Jesus. Esses eventos atualizados no estilo de Billy Graham eram chamados de *Harvest Crusades* (Cruzadas da Colheita).

A essa altura, as Calvary Chapels estavam surgindo por toda parte no sul da Califórnia e, às vezes, as pessoas se confundiam para saber qual igreja era qual. A congregação de Greg em Riverside estava se tornando mais conhecida pelo nome *Harvest* (Colheita) por causa dos eventos. Portanto, embora sua teologia e filosofia fossem as mesmas de suas raízes originais na Calvary Chapel, eles se tornaram oficialmente a Harvest Christian Fellowship. Hoje eles são afiliados à Convenção Batista do Sul.

Enquanto Greg cultivava a Harvest, outros irmãos hippies também iniciavam novas congregações. Esses projetos orgânicos nos lugares de onde os irmãos tinham vindo começaram como estudos bíblicos e depois se transformaram naturalmente em novas congregações.

Jeff Johnson foi um ótimo exemplo. Ele tinha sido um hippie surfista e fumante de ópio no final dos anos 1960. Ele buscou a verdade no budismo, hinduísmo, Hare Krishna, ioga e hipnose. Ele traficava drogas em sua terra natal, Downey, Califórnia. Quando conheceu a Cristo na Calvary Chapel, quis começar a ensinar a Bíblia aos rapazes para os quais traficava drogas. A Calvary em Downey começou em um parque e, em cinco anos, passou a se reunir em um local tão grande quanto seis campos de futebol. Hoje, a igreja tem cerca de oito mil membros, um ministério de adoção, rádio, missões e escolas cristãs.

Mike MacIntosh foi o garoto-propaganda dos primeiros dias da Calvary Chapel. Sua mente havia sido tão danificada pelas drogas que certa vez ele se entregou à polícia, dizendo que era o "quinto Beatle" e que havia perdido parte do cérebro. Ele acabou sendo internado em uma ala psiquiátrica de Orange County. Então, em uma noite de 1970, ele passou a ter fé em Jesus na Calvary, em Costa Mesa. Ele adquiriu um conhecimento sólido da Palavra de Deus. Deus restaurou seu casamento desfeito. Ele se tornou pastor e deu início à Horizon Christian Fellowship, em San Diego. Começou como um estudo bíblico em casa com doze pessoas, cresceu e se tornou uma megaigreja e plantou mais de trinta outras congregações.

Raul Ries cresceu no coração tumultuado da Los Angeles urbana. Ele era um lutador de rua feroz e especialista em *kung fu* que serviu no Vietnã. Recebeu por duas vezes a Cruz de Coração Púrpura[69] por sua bravura, mas a guerra alimentou a raiva que tomou conta de seu coração. Raul voltou para casa, casou-se e teve filhos, mas seu ódio corroeu tudo em sua vida. Uma noite, com a arma na mão, ele decidiu acabar com tudo — mas, como Deus queria, a televisão estava ligada e lá estava o Pastor Chuck Smith, sendo entrevistado sobre o Movimento de Jesus. Raul ouviu, e somente o Espírito Santo poderia ter orquestrado o que veio a seguir: ele entregou sua vida a Jesus, ali mesmo, em frente à TV.

Deus mudou a vida de Raul e restaurou seu casamento. Raul começou uma igreja — onde mais? — em seu estúdio de *kung fu*. Hoje, essa pequena congregação tem cerca de treze mil pessoas — eles não se reúnem mais no estúdio. Raul tem um ministério próspero em todo o sul da Califórnia e muito além.

Um rapaz chamado Joe Focht veio a Cristo no sul da Califórnia e depois se mudou para a costa Leste. Lá, iniciou um estudo bíblico com vinte pessoas, que se tornou a Calvary Chapel de Filadélfia, com mais de dez mil adultos e quatro mil crianças matriculadas em seu ministério de escola dominical. Ela plantou mais vinte igrejas na área do Vale de Delaware.

Skip Heitzig cresceu em um lar religioso no sul da Califórnia, mas buscou sua espiritualidade nas drogas e no ocultismo. Um dia, em 1973, ele entregou seu coração a Jesus Cristo enquanto assistia a uma cruzada de Billy Graham na TV. Ele estudou a Bíblia por oito anos com Chuck Smith e depois se mudou para Albuquerque, Novo México. Em 1982, ele

---

[69] Medalha militar concedida nos Estados Unidos a membros das Forças Armadas que foram feridos ou mortos em combate

e sua esposa começaram um estudo bíblico em casa, que se transformou na Calvary Chapel de Albuquerque. Em seis anos, ela foi, por um tempo, a igreja que mais crescia nos Estados Unidos. Hoje, cerca de quinze mil pessoas comparecem semanalmente, e a congregação plantou igrejas no Arizona, Colorado e em outras partes do Novo México.

Don McClure cresceu pensando que era cristão porque, afinal de contas, "todo mundo que nascia nos Estados Unidos era cristão". Mas quando estava no primeiro ano da faculdade, em uma cruzada de Billy Graham em Los Angeles, tomou a decisão de seguir Jesus. Ele foi para a escola bíblica, depois para o seminário e serviu como pastor assistente de Chuck Smith por quatro anos. Em seguida, ele e a esposa se mudaram para Lake Arrowhead, onde plantaram uma igreja, uma faculdade bíblica e um centro de conferências antes de se mudarem para plantar igrejas em outras áreas. Hoje eles ensinam em conferências, retiros, faculdades bíblicas, programas de estágio, cultos na igreja e "qualquer outra porta que Deus abrir", como eles dizem.[70]

Steve Mays levou o protótipo drogado da juventude rebelde dos anos 1960 a novos patamares. No ensino médio, ele pegava vinte comprimidos de dextroanfetamina, esmagava-os, adicionava um relaxante muscular e uma vitamina — para a boa saúde — e engolia tudo com café. Certa noite, seus pais chegaram em casa e descobriram que ele havia fechado a porta da frente com toalhas; quando eles a arrombaram, uma onda de água jorrou. Steve havia transformado a sala de estar em uma gigantesca banheira interna e estava sentado no meio dela, fumando um lápis e rindo de um programa de televisão. O único problema era que a TV não estava ligada.

---

[70] ABOUT Don. *Calvary Way Ministries*. Disponível em: <https://calvaryway.com/ministries/calvary-way/>. Accesso em: 06 fev. 2025.

No dia seguinte, enquanto a casa — e Steve — estava secando, o pai de Steve notou que o filho estava preparando dois sanduíches e servindo dois copos de leite para o almoço. Quando o pai perguntou para quem era o outro sanduíche, Steve lhe disse sinceramente que era para Brad, que morava no relógio na parede. Deixando Brad e seus pais para trás, Steve partiu para aventuras mais sombrias. Ele se envolveu com gangues e crimes. Um dia, ele estava deitado na sarjeta quando um casal chamado Shirley e Henry o pegou. Eles eram cristãos. Eles acolheram Steve, deram-lhe um banho e o alimentaram. Em seguida, contaram-lhe sobre a Mansion Messiah, uma das comunidades cristãs que havia surgido da Calvary Chapel em Costa Mesa. De acordo com Steve, o restante da história foi mais ou menos assim: "Entrei [na Mansion Messiah] com minha arma enfiada na parte de trás da calça. Imediatamente, aquele cara chamado Orville olhou bem nos meus olhos e disse: "Você conhece Jesus?". E eu disse que não".

Steve orou com o garoto para que ele recebesse Cristo. "Deus simplesmente me agarrou, alcançou e queimou meu coração", disse ele mais tarde. "Foi o poder mais incrível que já experimentei em minha vida. Naquele momento, Deus me libertou das drogas. Joguei dez mil dólares de drogas no vaso sanitário naquele dia. Também joguei minha arma no mar. Os moradores da Mansão Messias enterraram minhas roupas, pois elas cheiravam muito mal. A partir de então, comecei a cantar músicas cristãs sozinho quando estava andando pela rua."[71]

Steve aprendeu o evangelho, estudou a Palavra e se tornou o pastor principal da Calvary Chapel de South Bay, ao sul de Los Angeles, em 1980.

---

71 STEVE MAYS-MEMORIAL for My Pastor. *Walking the Berean Road* (blog), 22 out. 2014. Disponível em: <https://walkingthebereanroad.com/2014/10/22/pastor-steve-mays/>. Acesso em 06 fev. 2025.

A igreja começou com setenta e cinco membros, e Steve serviu como líder por trinta e quatro anos, até falecer inesperadamente durante uma cirurgia nas costas em 2014. Hoje, a pequena igreja iniciada por um viciado em drogas, outrora sem esperança, é uma congregação com mentalidade missionária, diversificada e próspera, com mais de oito mil pessoas.

Portanto, para Greg Laurie e seus colegas pregadores hippies, as décadas que se seguiram à empolgação do Movimento de Jesus foram, de fato, uma época de trabalho alegre e árduo: plantar, cultivar e pastorear novos grupos de cristãos. Eram novas *ekklesias*, reuniões de crentes que criavam um ambiente semelhante ao da igreja de Chuck Smith, onde muitos dos pastores hippies haviam nascido de novo. As novas igrejas dos irmãos evangelizaram, discipularam, serviram e cresceram ao longo dos anos... e a de Greg também.

Um dia, há muitos anos, quando a Harvest Christian Fellowship havia alcançado cerca de oito mil pessoas no culto dominical, Greg recebeu um telefonema de uma pessoa de uma organização especializada em megaigrejas. Naquela época, Greg nem sabia o que era uma megaigreja. Mas a pessoa lhe disse que a Harvest Christian Fellowship, a pequena igreja que ninguém queria em 1972, era, naquele momento, uma das maiores igrejas dos Estados Unidos.

A CULTURA DO NARCISISMO E A DÉCADA DO EU

> Viver o momento é a paixão predominante — viver para si mesmo, não para seus antecessores ou para a posteridade. Estamos perdendo rapidamente o senso de continuidade histórica, o senso de pertencer a uma sucessão de gerações que se originam no passado e se estendem para o futuro.
>
> Christopher Lasch, em *A cultura do narcisismo*

O Movimento de Jesus foi principalmente um movimento juvenil. Ele explodiu com grande vigor e fervor e, à medida que seu povo envelhecia, sua presença dramática na consciência americana foi suavemente desaparecendo. Os jovens convertidos a Jesus, como Greg Laurie, cresceram. Eles se estabeleceram, casaram e começaram a ter filhos. Inauguraram igrejas, carreiras e ministérios. Alguns foram para o campo missionário, seja nos Estados Unidos ou em lugares distantes. Alguns entraram para a política, para os negócios ou para a advocacia. Alguns se tornaram pastores. Alguns escreveram livros, gravaram álbuns, tiveram reuniões e riram ao ver fotos antigas de seus dias de hippie. Era uma nova época.

A cultura mais ampla dos *baby boomers* também mudou. O fervor e a energia revolucionários que caracterizaram os anos 1960 foram substituídos por um status quo mais cínico e menos ativista. Dois eventos extremamente diferentes moldaram essa transição. Eles eram muito diferentes, mas no nível mais fundamental compartilhavam a mesma raiz sombria: a fome insaciável da humanidade de obter e manter o poder, independentemente do custo.

O primeiro é o espectro que cresceu nas décadas de 1950 e 1960, entrou em convulsão nos anos 1970 e tem assombrado os Estados Unidos desde então: a Guerra do Vietnã. O segundo é o escândalo que começou com um roubo político de terceira categoria em um complexo de escritórios em Washington e se tornou um encobrimento que derrubou um presidente: Watergate.

Os anos 1970 certamente foram moldados por outros eventos também. Em maio de 1970, tropas da Guarda Nacional mataram quatro estudantes durante um protesto contra a guerra na Kent State University. Em 1971, foram desenvolvidos os primeiros chips de computador com microprocessador. No inverno e na primavera de 1972, o Presidente Nixon fez viagens históricas e sem precedentes à China e a Moscou. Naquele outono, ele ganhou uma reeleição esmagadora para a presidência.

Em janeiro de 1973, a Suprema Corte decidiu, no caso *Roe v. Wade*, que uma mulher não poderia ser impedida pelo seu estado de fazer um aborto nos primeiros seis meses de gravidez. Nesse mesmo mês, os invasores do Watergate foram condenados e os assessores presidenciais começaram a se demitir, um a um, para revelar um encobrimento maciço nos níveis mais altos do governo. A nação tomou conhecimento de um sistema de gravação da Casa Branca, cujas grandes fitas de rolo registraram incansavelmente as conversas que moldaram a história.

Por exemplo, Richard Nixon disse a um redator de discursos em 1968 que havia "chegado à conclusão de que não há como vencer a guerra" no Vietnã. Ele continuou: "Mas não podemos dizer isso, é claro. Na verdade, parece que temos de dizer o contrário, apenas para manter algum grau de vantagem nas negociações."[72] A guerra continuaria derramando sangue sem motivos concretos por mais cinco anos, até que os EUA retirassem suas últimas tropas do Vietnã em 1973.

Após o início da Guerra Árabe-Israelense em outubro de 1973, as importações de petróleo das nações árabes foram proibidas nos EUA, criando uma crise energética. Em maio de 1974, começaram as audiências de impeachment contra o Presidente Nixon no Comitê Judiciário da Câmara. Em 9 de agosto de 1974, Richard Nixon renunciou ao cargo de presidente. O vice-presidente Gerald Ford foi empossado como presidente. Sem dúvida, desejando estar jogando golfe em algum lugar em uma terra muito, muito distante, um de seus primeiros atos oficiais foi perdoar Nixon em um esforço para poupar a nação da dor contínua de um julgamento longo e feio.

Em abril de 1975, um cara chamado Bill Gates e seu amigo Paul Allen criaram uma pequena empresa, que chamaram de Microsoft. No final daquele mês, as forças norte-vietnamitas concluíram a tomada do Vietnã do Sul enquanto os funcionários da embaixada americana abandonavam Saigon às pressas. A bandeira vermelho-sangue do regime comunista, com sua estrela amarela, foi hasteada sobre a antiga capital, agora rebatizada de Cidade de Ho Chi Minh.

O presidente Ford sobreviveu a duas tentativas de assassinato, uma delas pela ex-devota da Família Manson, Squeaky Fromme, que apareceu com uma arma a poucos metros do presidente em um evento em Sacramento. Mais tarde, ela explicou que queria fazer uma declaração

---

[72] STONE, I. F., Nixon's war gamble and why it won't work. *New York Review*, 1º jun. 1972. Disponível em: <http://www.nybooks.com/articles/1972/06/01/iif-stone-reportsi-nixons-war-gamble-and-why-it-wo/>. Acesso em 06 fev. 2025.

contra a poluição ambiental e seus efeitos no ar, nas árvores, na água e nos animais. Felizmente para o Sr. Ford, a pistola travou.

No final de 1975, um sujeito chamado Gary Dahl começou a vender pedras do tamanho de ovos, aninhadas em palha, em caixas de papelão com furos para "respiração". As *pet rocks* foram uma sensação imediata e fizeram de Dahl um milionário. Mais tarde, o *New York Times* opinou: "O conceito de um 'animal de estimação' que não exigia nenhum trabalho e nenhum compromisso real repercutiu na autoindulgência dos anos 1970 e, em pouco tempo, nasceu um fenômeno cultural."[73]

Em 1976, dois gênios chamados Steve criaram o primeiro computador de mesa da Apple. Steve Jobs vendeu sua kombi para financiar o empreendimento; Steve Wozniak vendeu sua calculadora. O computador pessoal com caixa de madeira, construído à mão, foi o primeiro produto da nova empresa Apple.

Jimmy Carter foi eleito presidente. Impulsionado pela fé sincera de Carter e pela história de conversão de um dos mais notórios capangas de Nixon, Chuck Colson, "nascer de novo" tornou-se um termo familiar no léxico público. A revista *Newsweek* proclamou 1976 como "o ano do evangélico"; sua matéria de capa não mencionou o Movimento de Jesus. Os Estados Unidos comemoraram seu bicentenário.

No final da década de 1970, o filme *Guerra nas Estrelas* tornou-se o de maior bilheteria de sua época. O Presidente Carter presidiu o acordo de paz de Camp David entre Israel e Egito. O primeiro papa polonês, João Paulo II, foi eleito. Ele desempenharia um papel fundamental no colapso do comunismo na antiga União Soviética. Em 1977, o filme *Os embalos de*

---

[73] ALPERS, B. Whatever Happened to the 'Me Decade'? *U.S. Intellectual History* (blog), 4 abr. 2015, https://s-usih.org/2015/04/whatever-happened-to-the-me-decade/.

sábado à noite chegou às telas de cinema, celebrando o último movimento musical popular impulsionado pela geração baby boomer: a discoteca.

No outono de 1978, mais de novecentos membros de uma "família arco-íris da igualdade" seguiram as instruções de seu malévolo líder, Jim Jones, e se suicidaram com suco instantâneo misturado com cianeto na Guiana. A usina nuclear de Three Mile Island teve um colapso parcial do núcleo, alimentando o medo de um desastre ambiental.

Sessenta e três americanos estavam entre os noventa reféns feitos na embaixada americana no Irã por seguidores radicais do aiatolá Khomeini, que havia deposto o antigo aliado dos Estados Unidos, o Xá do Irã. No verão de 1979, a nação estava preocupada com mais uma crise do petróleo, longas filas de gasolina, desilusão habitual e um novo medo: o fundamentalismo islâmico.

Para aqueles que viveram os anos 1970, esses fatos criam uma narrativa ponto a ponto em que as lembranças preenchem as lacunas. Para aqueles que não viveram, é uma pesquisa no estilo *Forrest Gump* de uma época que já se foi.

O Vietnã destruiu uma geração. Seus prisioneiros de guerra voltaram para casa com histórias de patriotismo ferrenho e fé que os ajudaram a superar os longos dias e as terríveis noites em cativeiro. Eles e outros veteranos foram recebidos com zombarias, insultos e escárnio. As pessoas os chamavam de "matadores de bebês". Filmes populares lançados no final daqueles anos, como *O franco-atirador* e *Apocalypse Now*, mostraram a miséria, a maldade, a ambiguidade moral e os horrores da guerra de uma forma que chocou os americanos. Mais de 58 mil militares americanos morreram, e seus nomes estão gravados em uma longa parede de pedra negra em Washington, DC. Centenas de milhares de outros jovens, homens e mulheres, foram feridos física e psicologicamente. A guerra criou uma onda poderosa e generalizada de traição, vergonha, luto, desperdício, suspeita e muita, muita tristeza.

A revelação gradual do que foi o Watergate, logo após o Vietnã, aumentou o efeito, gerando uma tempestade perfeita. Se os presidentes dos EUA, de Kennedy a Nixon, haviam enganado os americanos sobre a guerra no Vietnã, agora os discursos cheios de palavrões, as neuroses e as mentiras de Nixon criaram uma desconfiança e um mal-estar profundos e cansativos nos Estados Unidos.

Os historiadores gostam de apontar para um discurso do presidente Jimmy Carter que falou sobre o clima predominante do final dos anos 1970. Ele é conhecido como "o discurso do mal-estar", embora Carter nunca tenha usado essa palavra deprimente nele. Falando da Casa Branca em julho de 1979, o Sr. Carter disse sinceramente aos americanos:

> Quero falar com vocês sobre uma ameaça fundamental à democracia americana. É uma crise de confiança. É uma crise que atinge o coração, a alma e o espírito de nossa vontade nacional. Podemos ver essa crise na dúvida crescente sobre o significado de nossa própria vida e na perda de uma unidade de propósito para nossa nação. Em uma nação que se orgulhava do trabalho árduo, de famílias fortes, de comunidades unidas e de nossa fé em Deus, muitos de nós agora tendem a adorar a autoindulgência e o consumo. A identidade humana não é mais definida pelo que se faz, mas pelo que se possui. E descobrimos que possuir coisas e consumir coisas não satisfaz nosso desejo de significado.[74]

---

74 CARTER, J. *Address to the nation on energy and national goals*: the malaise speech, 15 jul. 1979. Disponível em: <http://www.presidency.ucsb.edu/ws/?pid=32596>. Acesso em: 06 fev. 2025.

O Sr. Carter continuou falando sobre a questão urgente do momento, a crise energética causada pela turbulência no Oriente Médio. Ele pediu aos americanos que usassem transporte público ou caronas para economizar combustível, que diminuíssem o termostato e obedecessem ao limite de velocidade. Mas é improvável que essas dicas de economia de energia criassem, de fato, uma nova força nos Estados Unidos. A crise identificada por Carter foi mais profunda do que o custo da gasolina. Não se tratava apenas de uma crise de confiança. Era uma crise mais profunda de cinismo.

O clima era muito diferente do tom revolucionário dos anos 1960. Por mais caóticas que sejam, as revoluções são expressões de esperança. Elas são alimentadas pela crença de que a mudança pode acontecer e que trará o resultado desejado. O tom do final dos anos 1970 era menos idealista e menos esperançoso. Faltava-lhe o espírito generoso, orientado para o coletivo, da década anterior. Era muito mais voltado para o eu do que para a comunidade. O discurso do Presidente Carter advertiu:

> Estamos em um momento decisivo de nossa história. Há dois caminhos a escolher. Um deles é o caminho sobre o qual alertei esta noite, o caminho que leva à fragmentação e ao interesse próprio. Nesse caminho está uma ideia errônea de liberdade, o direito de obter para nós mesmos alguma vantagem sobre os outros. Esse caminho seria um conflito constante entre interesses restritos que terminaria em caos e imobilidade. É um caminho certo para o fracasso.[75]

---

75 Idem.

Alguns anos antes do discurso do presidente Carter, o célebre comentarista cultural Tom Wolfe fez sua própria análise da década em um artigo na revista *New York*. Ele traçou o perfil dos anos 1970 como um movimento que se distanciava do comunitarismo do movimento hippie e se voltava para uma nova celebração do indivíduo. O autor chamou o novo período em que os Estados Unidos se encontravam de "a Década do Eu". O pêndulo da história havia oscilado da revolução antimaterialista e comunitária dos hippies para um padrão mais centrado no consumo, individualista, com mentalidade de *selfies*, que parece ter reinado desde então.

A Década do Eu avançou pelos anos 1980, 1990 e pelo novo milênio do mundo pós-11 de setembro. Os Estados Unidos viram o surgimento da Maioria Moral e de outros movimentos religiosos que promoviam o envolvimento evangélico na política. Ronald Reagan chegou à Casa Branca. A União Soviética entrou em colapso, e a Guerra Fria chegou ao fim. A economia prosperou, assim como os ministérios cristãos paraeclesiásticos, movimentos como o Promise Keepers e as novas e crescentes megaigrejas em todo os Estados Unidos.

Como sempre, houve muitos escândalos políticos e sexuais e as quedas espetaculares de impérios televangelistas sujos. O mercado de ações disparou, caiu e disparou novamente. Os movimentos sociais progressistas desencadeados nos anos 60 cresceram em seu poder dominante. Guerras e rumores de guerras devastaram o Oriente Médio, a África, a Ásia e outros lugares. A verdadeira reconciliação racial e étnica ainda era um sonho. As drogas continuavam a destruir a vida de inúmeros jovens. Personagens tão díspares quanto os Bushes, os Clintons, os Obamas e os Trumps ocuparam a Casa Branca. E, ainda assim, como Sonny e Cher cantaram em 1967, o ritmo continua.

Em 1979, o pastor Chuck Smith refletiu sobre a vida, a história e tudo o que ele tinha visto Deus fazer no Movimento de Jesus. Ele escreveu um livro chamado *End Times (Fim dos Tempos*, em tradução livre). Ele escreveu que acreditava que o mundo poderia acabar em 1981. Mas reconheceu que poderia muito bem estar errado — e estava.

Porém, ainda assim, uma era estava terminando na América, e um mundo diferente começava a surgir.

CHÁ OU REVOLUÇÃO?

**Em todo lugar que o apóstolo Paulo ia,
havia um tumulto ou um avivamento.
Onde quer que eu vá, eles servem chá.**

Um bispo anglicano desconhecido.

Como o próprio Novo Testamento, o Movimento de Jesus tinha um amplo elenco de personagens. Eles eram maravilhosos, estranhos, danificados, poderosos, proféticos e tudo o mais. O Espírito Santo trabalha de todas as formas estranhas e surpreendentes. Seus efeitos não podem ser representados graficamente. Seus movimentos não podem ser dissecados; eles são vivos. Jesus salvou almas, resgatou pessoas do vício em drogas, plantou pessoas solitárias em famílias, reavivou igrejas e mudou vidas humanas. Algumas pessoas andaram com ele por um tempo e depois voltaram aos velhos hábitos. E, com o passar dos anos, talvez alguns de seus pioneiros fossem encontrados mais em casa tomando chá, por assim dizer, do que pregando Jesus nas ruas.

Uma pessoa que provavelmente nunca ficou em casa tomando chá foi Lonnie Frisbee. Abundantemente talentoso e profundamente ferido, Lonnie era uma alma inquieta. Sua jornada o tirou do contexto cristão do sul da Califórnia no início dos anos 1970, quando se envolveu com um estilo piramidal de liderança e "responsabilidade" de grupo de células chamado Shepherding Movement. Como em qualquer empreendimento humano, ele estava sujeito a excessos e abusos. Lonnie disse mais tarde que "a experiência pesada de 'pastoreio' quase me deixou na mão. De fato, ela me fez mal (...) e também foi um desastre."[76]

Ele voltou ao sul da Califórnia em 1980. Chuck Smith o convidou de volta à Calvary Chapel, mas, para Greg Laurie, parecia que Lonnie estava tentando recuperar a antiga glória de seus primeiros dias do Movimento de Jesus. Um anúncio de jornal pago trazia uma foto dele como o homem que iniciou o Movimento Jesus. Parecia estranho que Lonnie levasse o crédito por algo que Jesus havia feito. E quando ele pregava, as coisas eventualmente ficavam caóticas. Um membro da equipe da Calvary Chapel ficou surpreso quando Lonnie pregou em uma reunião em maio de 1980 e os jovens começaram a cair no chão, como árvores em uma floresta, batendo nas cadeiras, algumas falando em línguas, outras chorando e confusas por causa do caos.

Em outras ocasiões, quando Lonnie se apresentava em igrejas ou outras reuniões, ele não era tão cativante como antes. Seu humor parecia irritado e frágil. Alguns diziam que ele se sentia excluído da história do movimento da Calvary Chapel ou que não havia sido remunerado de forma justa pelo serviço prestado. Ele e sua esposa haviam se divorciado em 1973; ela disse que foi por causa de um caso extraconjugal da parte dela.[77] Mais tarde ele chamou isso de "relacionamento sujo, nojento, de adultério na sarjeta", embora tenha dito que mais tarde batizou o homem e que Deus os uniu no amor de Jesus.[78]

---

76 FRISBEE, L.; SACHS, R. *Not by might nor by power*: the Jesus Revolution. 2. ed. Santa Maria, CA: Freedom Publica-tions, 2012. p. 195.

77 COKER, M. Ears on Their Heads, but They Don't Hear. *OC Weekly*, 14 abr. 2005, Disponível em: <http://www.ocweekly.com/film/ears-on-their-heads-but-they-dont-hear-6399415>. Acesso em: 06 out. 2025.

78 FRISBEE, L.; SACHS, R. *Not by might nor by power*: the Jesus Revolution. 2. ed. Santa Maria, CA: Freedom Publica-tions, 2012. p. 192-93.

Nos primeiros dias, Greg sentia que, enquanto Lonnie estava perto de Chuck e de seu ensino sistemático das Escrituras, ele parecia se sair bem. Mas enquanto os cultos da igreja de Chuck se concentravam no amor como a principal manifestação do Espírito Santo nos tempos modernos, Lonnie estava mais interessado em sinais intensos, maravilhas, curas e milagres pentecostais atuais. Por causa de sua aparência de "Jesus" nos dias de expansão da Calvary Chapel em Costa Mesa, muitos jornais e revistas lhe davam destaque. Ele era um dos favoritos no popular programa de televisão de Kathryn Kuhlman, uma personalidade vivaz que realizava cultos carismáticos de cura.

Depois de deixar a Calvary pela segunda vez, Lonnie viajou pelo mundo, pregando com John Wimber. John era um pastor talentoso da Calvary que acabou mudando grande parte de sua ênfase no evangelismo e no discipulado para manifestações dramáticas e demonstrativas do poder do Espírito Santo e fundou o Movimento Vineyard. Lonnie e John realizavam "clínicas de cura". Certa vez, Lonnie descreveu uma série de reuniões na África do Sul em que "em cada uma das reuniões, as verrugas caíam das mãos das pessoas (...) desapareciam instantaneamente. Verrugas grandes (...) para eles não é nada, porque eles têm feiticeiros, feiticeiros de verrugas na África e você pode ir a esse feiticeiro e ele faz uma coisinha e joga fumaça no ar, dá-lhe algo e as verrugas devem cair e, às vezes, elas caem".[79]

Em outras reuniões, tanto nos EUA quanto no exterior, muitas vezes havia caos quando as pessoas desmaiavam ou gritavam em línguas desconhecidas, anunciando Lonnie como um milagreiro. Para Greg, a

---

79 DILLEN, V. What Happened in Africa? *Seek God*. [s.l.]: [s.n.], [s.d.].

preocupação de Lonnie com manifestações e experiências físicas parecia estar muito longe de pregar o evangelho e de dar glória a Jesus.

Enquanto isso, Lonnie havia adotado um estilo de vida homossexual secreto e acabou contraindo AIDS. Isso foi no início do desenvolvimento e do tratamento da doença nos EUA, e não havia opções disponíveis para salvar a vida. Infelizmente, no início de 1993, ele estava em estado terminal.

Greg e seu velho amigo Mike MacIntosh foram visitar Lonnie no início de março de 1993. Ele estava em um centro de cuidados paliativos em Newport Beach. Foram recebidos por um cuidador que os guiou por algumas escadas até uma sala ampla. Lonnie estava em um sofá, com dores evidentes. Ele parecia um esqueleto com pele, mas isso fez com que seu sorriso fosse ainda maior ao receber seus velhos amigos. Ele relembrou os velhos tempos, mas também lhes contou como sabia que seria curado milagrosamente e que continuaria seu ministério de pregação para grandes multidões em todo o mundo.

Ao mesmo tempo, porém, ele disse que estava triste com o rumo que sua vida havia tomado. Ele disse que se arrependia de algumas das escolhas que havia feito. O sol se pôs e o cuidador de Lonnie acendeu uma fogueira na lareira. Lonnie continuou falando, com o rosto iluminado pelas chamas quentes. A visão levou Greg de volta aos velhos tempos dos retiros nas montanhas, mais de vinte anos antes. Todos eram muito jovens naquela época. Eles faziam uma grande fogueira, e Lonnie pregava para toda a galera de Jesus enquanto as chamas dançavam e as lenhas crepitavam. Greg e Cathe, e tantos outros, tinham ficado tão orgulhosos e agradecidos por ele ser o pregador deles. Mas agora tudo parecia tão diferente para Greg.

A fogueira era muito pequena, e Lonnie também parecia menor, como um menino. Sua vida estava se apagando. Mike e Greg o abraçaram com cuidado para não machucá-lo, disseram que o amavam e que o veriam no Céu, e então todos oraram juntos.

Lonnie Frisbee morreu alguns dias depois, em 12 de março de 1993. Ele tinha quarenta e três anos de idade.

PAIS E FILHOS

Durante toda a década de 1990 e no novo milênio, Greg continuou com a Harvest Christian Fellowship, suas cruzadas evangelísticas, um programa de rádio diário, aparições na televisão e uma presença crescente na Internet à medida que a mídia social explodia e a tecnologia permitia novas e poderosas maneiras de divulgar o evangelho.

Ele serviu na diretoria de Billy Graham e aumentou sua amizade com o reverenciado pregador. O Dr. Graham lhe enviava sermões, e Greg lhe dava ideias de ilustrações atuais para apoiar seus argumentos. Durante as cruzadas, Greg ficava na arena, ouvindo Graham pregar. Ele nunca perdia a emoção quando ouvia seu herói usar seu material. E adorava o fato de que, quando jantavam ou simplesmente conversavam, Graham não falava nomes de todos os líderes mundiais e celebridades que conhecia. Ele não contava suas próprias histórias, mas perguntava a seus companheiros sobre as histórias *deles*.

Greg respeitava sua integridade, sua humildade e seu compromisso vitalício com o evangelismo, para a glória de Deus. Ele era, como Jesus, tão gentil com a pessoa que encontrava na rua ou em um restaurante quanto com um presidente ou uma celebridade. Billy Graham não era perfeito, mas era um excelente modelo.

Com o passar do tempo, ficou claro que apesar de o cabelo e a juventude de Greg terem desaparecido, ele ainda tinha aquela paixão absoluta pelas almas que Deus havia alcançado por meio dele desde seu "sermão" inicial, em Pirate's Cove, em 1970. Como a maioria de nós, porém, as pessoas mais difíceis de evangelizar para Greg eram sua própria família.

Ele tinha o que era praticamente um ministério de tempo integral que buscava compartilhar o evangelho com o rebanho de ex-maridos de sua mãe. Ele teve um relacionamento doce e milagroso com Oscar Laurie, marido de Charlene, que adotou Greg quando criança e lhe deu seu nome. Mais tarde, Greg teve a oportunidade surreal de conhecer seu pai biológico. Foi uma experiência absolutamente desanimadora. E no final de sua longa e agitada vida, a mãe de Greg, Charlene, aceitou Jesus antes de morrer.

Os membros de cada geração precisam encontrar Jesus por conta própria e, às vezes, os filhos reagem contra aqueles que vieram antes. Os avós de Greg eram cristãos, com seus hábitos legalistas. A mãe de Greg se rebelou contra eles e fugiu da fé. Greg viu a futilidade da existência desordenada pelo álcool de sua mãe e acabou correndo para o outro lado, em direção a Jesus. Depois, por algum tempo, seus próprios filhos escolheram os hábitos deste mundo e um estilo de vida duplo.

Não é incomum que os filhos de pastores sintam a pressão das expectativas de outras pessoas. Muitos se revoltam por algum tempo contra os limites e os comportamentos que fazem parte do mundo deles desde que se lembram.

Greg ficou ferido e profundamente preocupado ao ver seu filho mais velho, Christopher, se enveredar pelo caminho das drogas quando era adolescente e jovem adulto. Por um lado, ele ainda era o filho encantador, bonito e amado e, por outro, era um pródigo completo, longe de Deus. Às vezes, ele não aparecia para um compromisso, e Greg ia até o apartamento dele e o tirava da cama. Chris batia no ar e voltava para as cobertas.

— Me deixe em paz, pai!

O coração de Greg se partia.

— Eu não vou deixar você em paz! — ele dizia ao filho. — Eu amo você. Eu faria qualquer coisa para salvá-lo. Você não pode viver assim!

Certa manhã, Greg não conseguiu encontrar Christopher. Sua então namorada não sabia onde ele estava. Nem seus outros amigos. Ele não atendia às ligações telefônicas. Tudo o que Greg conseguia imaginar era seu filho morto em uma vala em algum lugar. Ele ligou para um amigo que era policial e pediu que verificasse tudo o que pudesse.

Greg andava de um lado para o outro, com o estômago embrulhado. O telefone tocou.

— Você está sentado? — perguntou seu amigo policial. — Ele está na cadeia de Santa Ana. Ele foi parado ontem à noite e foi preso por porte de drogas. Posse de ecstasy.

Greg respirou. Pelo menos Christopher não estava morto. Pelo menos ele não havia matado alguém em um acidente de carro. Mas seu coração ainda se feriu. Ele se lembrou de suas próprias alucinações quando era adolescente e usava LSD. E agora ali estava seu filho fazendo a mesma coisa. Por quê?

Christopher provavelmente não poderia responder a essa pergunta na época. E talvez a questão não fosse tanto por que ele estava fugindo de Jesus, mas quando voltaria para ele. Como todos nós, ele teve de chegar a esse ponto de virada por conta própria. Somente o Espírito Santo poderia penetrar em seu coração errante.

Isso aconteceu um dia no chuveiro. Como Christopher contou à sua mãe mais tarde, ele estava sob a corrente de água, sentindo-a inundar seu rosto, e clamou a Deus sobre a bagunça que estava fazendo em sua vida.

— Ajude-me! — ele gritou. — Mostre-me o que fazer!

Ao final do banho, duas coisas aconteceram. Christopher havia decidido se casar com sua namorada, Brittany. E, nas palavras da antiga canção da galera de Jesus, ele havia decidido seguir a Cristo. *Sem voltar atrás.*

Eles se casaram em 2006. Christopher trabalhava em uma empresa de design local como artista gráfico, mas quando voltou a se envolver mais com a vida da igreja, passou a trabalhar na Harvest em Riverside. Ele adorava usar seus dons artísticos para a glória de Deus. Ele e Brittany tiveram uma filhinha, Stella. Eles estavam construindo uma pequena família, uma nova vida, e tinham acabado de abrir sua casa para um estudo bíblico semanal. A vida era tranquila.

Jonathan Laurie, dez anos mais novo que seu carismático irmão mais velho, tinha uma personalidade totalmente diferente da de Christopher. Ele não se interessava pelos holofotes. Não era da vida de festa. Era mais um observador. Ele se formou no Ensino Médio e teve uma série de empregos. Greg, sentindo que Jonathan precisava se estabelecer e desenvolver uma ética de trabalho — assim como Chuck Smith fez anos antes com Greg — ajudou o filho a conseguir um emprego como polidor de metais na empresa aeroespacial de um amigo. Jonathan trabalhava duro, revestindo peças de aeronaves e suando o dia inteiro. Ele estava morando com os pais para economizar dinheiro. Mas, como seu irmão antes dele, estava levando uma vida dupla.

Droga aos sábados — bem, droga *todo* dia — e igreja aos domingos. Tomava café e conversava no ensolarado balcão da cozinha com a mãe e o pai enquanto mantinha pornografia, álcool e drogas escondidos em cantos escuros em seu quarto no andar de cima. Ele era infeliz, mas escondia tudo muito bem. Seus pais nem sabiam o que ele estava fazendo. Em 2008, Greg e Cathe sentiram que Jonathan estava se desviando, mas, além disso, tinham esperança de que ele, assim como Christopher, logo chegaria ao ponto de se entregar totalmente a Jesus.

Fora isso, as coisas iam bem. A Harvest Christian Fellowship funcionava como uma máquina bem ajustada, com ótimas pessoas no lugar, programas empolgantes e crescimento contínuo. Greg estava falando para centenas de milhares de pessoas ao mesmo tempo em eventos em estádios que tinham suas origens nas antigas cruzadas de Billy Graham da geração passada, mas adaptadas para os ouvidos atuais. O mesmo evangelho, novos ouvintes.

Depois que Greg e Cathe se adaptaram à estranha realidade de não serem mais jovens de vinte anos, eles ficaram loucos para serem avós. Stella, de dois anos, os chamava de papai e mamãe. Era mágico. E Christopher e Brittany estavam esperando uma segunda filha no outono.

O livro de memórias de Greg, lançado naquele ano, *Lost boy* (*Garoto perdido*, em tradução livre), traçava seu passado disfuncional até as incríveis bênçãos de Deus em sua vida. Terminava com fotos alegres da família e parecia que tudo o que precisava era o slogan "e eles viveram felizes para sempre".

Foi uma temporada pacífica, cultivando campos que já haviam sido arados há muito tempo. Greg se sentiu dominado pela gratidão. Devido à sua infância solitária e à adolescência fragmentada, agora ele se sentia rico nas coisas que antes achava que nunca conheceria: um relacionamento real com Deus. Um casamento intacto e duradouro. Uma família amorosa. Trabalho sólido em uma comunidade de fé, uma família mais ampla de irmãos e irmãs cristãos. Quando jovem, ele se sentia como se estivesse à deriva em um vasto terreno baldio, e agora tudo era um milagre, como se Deus tivesse transformado sua vida em um lindo e florido jardim.

O que Greg não sabia era que seu jardim estava prestes a ser arado, e Deus estava prestes a transformar sua vida em uma revolução de Jesus totalmente nova e muito pessoal.

REVIRANDO TUDO

> Ah, meu filho Absalão! Meu filho, meu filho Absalão!
> Quem me dera ter morrido no seu lugar!
>
> Rei Davi, em 2Samuel 18:33

"Onde você está?"

Eram cerca de 10h da manhã do dia 24 de julho de 2008. Greg estava novamente enviando mensagens de texto para seu filho, Christopher, embora tivesse acabado de ligar para ele. Cathe também havia ligado para Christopher, assim como Brittany, sua esposa. Tudo o que Brittany sabia era que Christopher havia saído da casa deles em Orange County no horário de costume e seguido pela rodovia 91 a caminho do trabalho na igreja Harvest, em Riverside. Sua caminhonete estava carregada de garrafas de água, refrigerantes e outros suprimentos para a festa de aniversário da filha de dois anos naquele fim de semana. Ele estava um pouco atrasado.

Naquela quinta-feira de manhã, Cathe estava liderando um estudo bíblico com Brittany e sua mãe, Sheryll. As duas eram crentes novas e estavam se reunindo semanalmente com Cathe há alguns meses, discutindo o livro de Filipenses. Greg estava no andar de cima cuidando da bebê Stella. Eles estavam brincando no chão com blocos, mas Greg estava preocupado. Onde estava seu filho?

Então ele e Cathe começaram a receber ligações telefônicas, mas não de Christopher — de pessoas da igreja dizendo para eles simplesmente ficarem onde estavam. Era confuso. E preocupante. A 56 quilômetros de distância, os motoristas que seguiam para o leste na rodovia 91 buzinavam e se esforçavam para passar pelas intermináveis filas de carros à sua frente. O tráfego na hora do *rush*, sempre intenso, estava parado. Sirenes soavam enquanto carros de polícia e veículos de resgate tentavam se dirigir ao epicentro do caos. Helicópteros voavam baixo enquanto os repórteres de trânsito transmitiam a notícia: havia ocorrido um terrível acidente. Um Dodge Magnum, em alta velocidade, havia batido na traseira de um caminhão de manutenção rodoviária que retirava os detritos da faixa de carona, em Corona. A fumaça subia sobre a rodovia engarrafada.

Um dos primeiros socorristas a chegar ao local do acidente encontrou a carteira de motorista do único ocupante do carro e reconheceu o sobrenome da vítima. O funcionário da emergência ligou para a igreja Harvest — e agora a única coisa que Greg e Cathe sabiam era que alguns de seus amigos mais próximos, os outros pastores da igreja em Riverside, estavam a caminho da casa dos Lauries em Newport Beach.

Brittany ligou para a Patrulha Rodoviária da Califórnia, perguntando se havia ocorrido um acidente na rodovia 91. Talvez Christopher tivesse ficado preso em um enorme engarrafamento a caminho do trabalho. Brittany foi colocada em espera. Em seguida, o despachante voltou a ligar e pediu que ela descrevesse o carro do marido. Quando ele a ouviu dizer que era um Dodge Magnum, tudo o que disse foi que sim, tinha havido um acidente.

Ainda assim, o pequeno grupo na casa de Greg tinha esperança. Talvez ele estivesse apenas machucado. Talvez não fosse o que eles temiam. Talvez tudo ficasse bem. Brittany pegou sua bolsa e saiu pela porta da frente; ela disse que tinha que dirigir até a rodovia, naquele instante, e encontrar seu marido. Greg e os outros saíram correndo com ela, tentando impedi-la de dirigir quando estava tão perturbada. Então, todos viram um carro se aproximar e deslizar ao lado do meio-fio em frente à casa. Eram os pastores de Riverside. Eles estacionaram e caminharam lentamente em direção à varanda. O pastor Jeff Lasseigne liderou o caminho. Seus olhos se encheram de lágrimas. Ele segurou gentilmente o braço de Brittany e então disse uma frase curta: "Christopher está com o Senhor".

Em sua colisão catastrófica com o caminhão de manutenção rodoviária, Christopher sofreu ferimentos fatais na cabeça e no peito. Ele morreu instantaneamente. Greg caiu na varanda, chorando. Cathe caiu com ele, com os braços em volta dele. Brittany estava vomitando nos arbustos enquanto sua mãe tentava segurá-la e estabilizá-la.

Devastação.

Os dias que se seguiram se transformaram num borrão de velhas lembranças e ondas de dor. A saúde e a gravidez de Brittany eram a maior preocupação. Ninguém conseguia dormir, comer ou processar o fato de que Christopher — marido, pai, irmão, amigo, filho — havia partido tão abruptamente. Greg e Cathe choraram, se abraçaram, leram as Escrituras em voz alta, oraram e choraram mais um pouco.

Os dias seguintes duraram meses. O funeral de Christopher. Grandes cultos na igreja cheios de verdade, lágrimas e louvor ao Deus que caminha com os aflitos pelo vale da sombra. E, infelizmente, devido ao perfil público do casal Laurie, houve muita cobertura da mídia sobre a morte de Christopher. Isso trouxe ainda mais dor.

Os repórteres pesquisaram detalhes sobre a vida de Christopher que ninguém gostaria que fossem expostos nas primeiras páginas de um jornal. Eles publicaram partes de seu histórico de direção, que não era nada perfeito. Informaram que Christopher havia cometido um crime: posse de ecstasy, uma substância controlada. Os *haters* entraram em ação, vomitando ódio. Greg cometeu o erro de ler esses comentários. Os mais gentis culpavam Christopher por sua própria morte, diziam que estavam felizes por ele ter morrido e o chamavam de idiota privilegiado, parte de um império religioso hipócrita.

Greg se sentiu como se tivesse sido baleado e depois esfaqueado várias e várias vezes. Enquanto Greg sofria, ele conversou com um amigo próximo, Jon Courson. Jon havia perdido a esposa em um acidente de carro quando seus filhos eram muito pequenos; depois, quando sua filha mais velha tinha dezesseis anos, ela também morreu em um acidente de carro. Jon havia passado pelo profundo vale das sombras. Ele conhecia a dor esmagadora da perda repentina.

— Nunca terei outro filho — disse Greg ao seu velho amigo. — Brittany acabará tendo um novo marido; ela é jovem e a vida continuará. Mas eu nunca terei um novo Christopher.

— Isso é verdade — disse Jon a ele. — Mas você *terá* um novo Jonathan.

Ele continuou dizendo que Jonathan sempre esteve à sombra de Christopher, como uma árvore mais jovem sob um grande carvalho. Agora o Senhor havia removido a árvore grande... e Jonathan iria florescer.

No dia da morte de Christopher, Jonathan Laurie, de vinte e três anos, chegou em casa do trabalho logo depois que seus pais e sua cunhada receberam a notícia do falecimento do irmão. Um líder da igreja foi ao seu escritório e lhe contou o que havia acontecido. Ele estava em entorpecido pela emoção. Passava as mãos pelos longos cabelos loiros, balançando a cabeça. Tudo o que ele conseguia ouvir em sua mente era a voz de Christopher.

— Quando você vai parar com essa vida dupla? — ele perguntara a Jonathan. — Quando você vai parar de se divertir e voltar para a sua fé? O que vai ser preciso?

Jonathan sabia que seu irmão mais velho estava certo. Ele pensou em todas as vezes em que tentou parar de beber e fumar drogas. Ele jogava seu estoque pela janela do carro, decidindo nunca mais usar. No dia seguinte, ele estava na rua procurando o saquinho que havia jogado. Mesmo que estivesse amassado e sujo sido após ser atropelado por um carro, ele ainda o usaria — como um cachorro que volta ao seu vômito, dia após dia, após dia... Ele estava cansado e enojado disso. Mas não conseguia parar.

Na noite anterior à morte de Christopher, Jonathan tinha saído com os amigos, fazendo a festa. No caminho confuso para casa, ele pensou — mais uma vez — em como estava realmente infeliz. "Amanhã", ele pensou. "Amanhã, depois que eu sair do trabalho, vou conversar com Christopher sobre tudo isso". Agora era amanhã. E seu irmão tinha ido embora. "O que vai ser preciso?" Evidentemente, foi preciso a morte de Christopher.

Jonathan sentou-se na cama, olhando para as fotos do irmão, e chorou. Depois, vasculhou o quarto, pegando todas as drogas que havia escondido ali, toda a parafernália, a pornografia e outras coisas. Ele fez uma pilha na cama e se ajoelhou. "Deus", disse ele. "Eu sinto muito! O Senhor sabe que eu provei para o Senhor e para mim mesmo que sou incapaz de fazer isso sozinho. Não consigo parar de usar esse material com minhas próprias forças, portanto, o Senhor terá de me ajudar. Mas quero segui-lo e servi-lo pelo resto da minha vida, seja lá quanto tempo for".

Jonathan seguiria para uma nova vida, sua própria revolução de Jesus, na verdade. Tudo começou com o arrependimento e a destruição do que era velho. Depois, Deus o edificou de novo. Jonathan se casou e teve uma família. Começou a trabalhar na Harvest, fazendo tudo o que podia para ajudar a edificar a irmandade ali. Ele havia ouvido a Bíblia durante toda a sua vida, mas agora descobriu que já não conseguia se saciar ao estudar a Palavra de Deus; era como se ele tivesse uma nova fome pela verdade, a qualquer custo. Ele começou a ensinar pequenos grupos e a se reunir com pessoas que estavam lutando com sua fé. Sua tranquila firmeza era um conforto para muitos. E, para sua própria surpresa, como seu pai antes dele, as pessoas começaram espontaneamente a chamá-lo de "pastor".

Mesmo quando comemorava o "novo" Jonathan, Greg ainda lamentava a perda de seu filho mais velho. Muitas vezes, ele via uma montagem de imagens em sua cabeça, estações do ano ao longo da vida de Christopher. Algumas tinham sido difíceis. Mas todas elas, Greg sabia, estavam sob o grande guarda-chuva da graça de Deus.

Greg se lembrava de Christopher, de seis anos, pegando ondas em sua prancha de surfe em miniatura, com os olhos arregalados ao ver as ondas. Christopher construindo cidades feitas de LEGOS e colorindo páginas intermináveis de desenhos. Christopher brincando no chão com seu porta-aviões G.I. Joe, pousando pequenos jatos em seu convés de plástico. Greg pensou nos momentos difíceis, em despertar o filho de um sono drogado ou tirá-lo de algum bar estúpido. E ele pensou em seu filho sendo batizado no Mar da Galileia apenas dois meses antes, durante uma viagem da igreja a Israel.

Greg e os outros pastores da Harvest estavam batizando novos crentes, um a um, e Christopher estava tirando fotos. Então, com o canto do olho, Greg viu Christopher entregar sua câmera a outra pessoa e caminhar até o colega de Greg, o pastor Jeff Lasseigne. "Eu quero ser batizado", disse Christopher a Jeff. Ele sentiu que, como havia realmente entregado tudo a Cristo, queria fazer uma afirmação pública de que havia decidido seguir Jesus pelo resto de sua vida.

Ninguém sabia, é claro, quão curto seria esse tempo.

"Enterrado à semelhança da morte de Cristo", disse o Pastor Jeff na época, sorrindo enquanto colocava o braço em volta de Christopher e o mergulhava nas águas antigas do Mar da Galileia. Em seguida, ele o levantou, a luz do sol brilhando na cabeça de Christopher e o enorme sorriso em seu rosto brilhante.

"E levantado à semelhança de sua ressurreição!"

UM NOVO COMEÇO

Eu preciso de Deus. Eu só preciso de Deus. É difícil. Quando isso aconteceu, se Jesus não tivesse me ajudado, acredite em mim quando digo que eu teria parado de pregar, mas tenho de lhe dizer que tudo isso é verdade. Cheguei ao fundo do poço e Deus estava lá. E esse horror trouxe coisas boas. Se eu pudesse ter toda a fé, a urgência, a paixão e o desapego que vieram — se eu pudesse ter tudo isso — e Christopher, seria um mundo perfeito. Para mim, tive um renascimento pessoal por meio disso.

Greg Laurie

É improvável que Deus possa abençoar muito um homem antes que o tenha ferido profundamente.

A. W. Tozer

No segundo em que Greg Laurie soube que seu filho estava morto, ele fez uma oração.

— Deus — disse ele quando estava caído na varanda aos prantos. — Você o deu para mim em primeiro lugar, e agora eu o devolvo a você.

Não foi um momento heroico e superespiritual. Foi apenas o ponto culminante de anos de vivência com a Bíblia. Como um soldado que treina por tanto tempo que seu desempenho no campo de batalha é automático, ou o atleta que treina até que seus músculos tenham memória própria, no momento da crise, a fé foi uma rede que o prendeu, e ela se manteve.

Greg ficou pensando no livro de Jó — quantas vezes ele já havia pregado sobre Jó? Em uma série de desastres dolorosos, Deus tira tudo, material e pessoal, de Jó. O ancião cai no chão em adoração e clama: "Nu saí do ventre de minha mãe, e nu partirei. O Senhor o deu e o Senhor o levou; louvado seja o nome do Senhor" (Jó 1:21).

Greg não teve escolha, é claro, com relação à morte de seu filho. Ela aconteceu. Mas, depois disso, ele teve uma escolha. Por um lado, ele poderia se contentar com uma religiosidade falsa e superficial, desistir e ficar à deriva pelo resto da vida. Por outro lado, ele poderia voltar à base, aos absolutos de sua fé, e confiar vigorosamente em Deus para qualquer coisa nova que ele estivesse fazendo agora. A revolução de Jesus que havia virado a vida de Greg de cabeça para baixo em 1970 *tinha* de ser real e poderosa quase quarenta anos depois.

E era.

Mas a realidade da fé não anestesiava a dor. Confiar em Jesus não era um analgésico emocional. Greg e Cathe sofriam o tempo todo, com o peito pressionado por um peso constante e esmagador. Mas a fé tornava tudo suportável, cotidianamente.

E como haviam estudado a Bíblia, dia após dia, durante anos, eles sabiam algumas coisas. Não apenas intelectualmente, mas no fundo de suas almas, coisas às quais podiam se agarrar em meio à tempestade.

Primeiro, eles sabiam que a vida é cheia de problemas, exatamente como Jesus havia prometido. Greg percebeu que, inconscientemente, havia presumido que, pelo fato de sua infância ter sido tão cheia de dor, ele poderia ter um descanso quando adulto. Não foi assim. Mas a dor deste mundo tornou o próprio Céu muito mais real, e agora eles descobriram que estavam pensando no Céu o tempo todo, com grande expectativa.

Em segundo lugar, eles sabiam que Deus os amava. Terceiro, eles sabiam que Jesus chorava com eles. Em quarto lugar, eles sabiam que Deus pode ser glorificado, de uma forma misteriosa, pelo sofrimento humano.

Essas verdades claras e confiáveis foram ampliadas e apoiadas por sua comunidade de fé. Embora sempre haja pessoas que digam coisas ridículas e ofensivas em momentos de luto — "Você já superou isso?" — elas eram minoria. A família da igreja dos Laurie e o corpo de Cristo, em geral, oraram por eles, choraram com eles, ouviram-nos, alimentaram-nos, abraçaram-nos e ficaram com eles por muito tempo.

Assim, os Laurie descobriram que a fé que haviam encontrado pela primeira vez como adolescentes hippies ainda era absolutamente confiável no perigoso mundo de perdas da meia-idade. Mas eles também descobriram que estavam em uma nova revolução, que consistia em voltar ao ponto fixo em que haviam começado.

Jesus. Tudo o mais em sua paisagem familiar, com sua suposição inconsciente de que as coisas aconteceriam de uma maneira certa e segura, havia desaparecido. Queimado como um incêndio florestal. Nada restava do que lhes era familiar, exceto os alicerces da fé, como os fundamentos da terra.

De certa forma, os Laurie sentiram o que C. S. Lewis expressou sobre a morte de sua amada mãe quando ele era criança: "Com a morte de minha mãe, toda a felicidade estabelecida (...) desapareceu de minha vida. Haveria muita diversão, muitos prazeres, muitas pontadas de alegria, mas não mais a antiga segurança. Agora era mar e ilhas; o grande continente havia afundado como a Atlântida."[80]

---

80 LEWIS, C. S. *Surprised by joy* apud LINDSLEY, A. C. S. Lewis: His Life and Works. C. S. Lewis Institute. Disponível em: <http://www.cslewisinstitute.org/node/28>. Acesso em 06 fev.2025.

Tempestades virão. Incêndios queimarão. Terroristas e governos desonestos atacarão. Os mercados de ações cairão. Câncer e outras doenças, acidentes, assassinatos, suicídios, traições e morte — tudo isso *acontecerá* neste mundo. Para Greg, nos dias decisivos após a perda de seu filho, a vida se resumiu, curiosamente, à mesma pergunta essencial que Lonnie Frisbee lhe fez quando ele tinha dezessete anos de idade: "Você é a favor de Cristo ou contra ele?"

Só que agora a pergunta era: "Você confia em Cristo *de verdade* ou não?"

Quando ocorrem incêndios e inundações, você não se preocupa com as coisas pequenas. Você se agarra ao que é mais importante. Por mais tempo que Greg ainda tivesse em sua própria jornada de vida, ele não queria ficar à toa. Ele queria confiar em Cristo, correr riscos e ser ousado. A eternidade estava a um segundo de distância. Não era hora de se aposentar no Havaí e colecionar conchas, ou de aparecer aos domingos em sua megaigreja e tirar o pó de um sermão arquivado que havia escrito dez anos antes. Este não era o momento de baixar a guarda contra o inimigo e ter uma amante, ou se entregar a um pouco ou muito de bebida social, ou cair na amargura. Este era o momento de apostar tudo, de viver como se confiasse radicalmente em Cristo. Ou não. Não era como se Greg tivesse se desviado; mas era hora de ter certeza de que ele estava fazendo as primeiras coisas.

Não são muitos os pastores de megaigrejas que começam do zero. É muito arriscado — mas Greg Laurie o fez.

Durante muito tempo, ele amou Orange County. Era onde ele morava há anos, embora sua grande igreja fosse em Riverside. Foi onde Greg cresceu, veio a Cristo e viu o Movimento de Jesus explodir como uma chama. Era hora de voltar para casa e plantar uma igreja. Era hora de voltar às primeiras coisas, de pegar os princípios que ele tinha visto pela primeira vez no Movimento de Jesus e fazer o básico. Afinal de contas, dizem que se você quiser ver um reavivamento, faça coisas semelhantes ao reavivamento.

Ele ficou longe de Orange County por anos por causa da grande igreja de Chuck Smith de lá, a primeira Calvary Chapel. Mas havia muitas pessoas não salvas em Orange County, e Greg sentiu uma convicção crescente de que Deus estava de fato chamando-o para iniciar um estudo bíblico lá. Por respeito, Greg ligou para seu antigo mentor e pediu sua bênção para esse novo empreendimento. Chuck disse entusiasticamente a Greg que, como sempre, ele o estava apoiando.

No entanto, quando chegou a hora do lançamento, Chuck havia mudado de ideia. Ele disse a outras pessoas que não estava feliz com o novo empreendimento de Greg. Ele o via como concorrência. Mesmo quando Greg se encontrou com ele para conversar mais, Chuck foi inflexível, e Greg não teve muito sucesso em resolver a tensão entre eles.

Ele estava determinado a resolver o doloroso conflito com Chuck, mas sabia que isso levaria tempo. E, após a tragédia e seu novo senso de urgência em relação ao evangelho, Greg não ia ficar esperando. Teria sido muito mais fácil desligar a tomada do novo empreendimento de fé para manter a paz entre ele e Smith, mas Greg não podia negar a forte orientação do Espírito Santo para fazer esse trabalho.

Ele e Cathe também estavam preocupados com a esposa de Christopher, Brittany, e a mãe dela, Sheryll. Elas queriam continuar seu discipulado, mas estavam frágeis. Assim, os Lauries decidiram iniciar um estudo bíblico nas noites de quinta-feira no Condado de Orange, com a intenção de ajudar a enraizar Brittany e Sheryll mais profundamente nas Escrituras, que eram a única âncora capaz de sustentá-las. Se outras pessoas quisessem ouvir o estudo, melhor ainda.

Greg procurou por um local. Foi difícil encontrar uma igreja que quisesse que Greg Laurie ensinasse um estudo bíblico lá. Era como a igreja episcopal de pedra em Riverside, mais de trinta anos antes. Naquela época, porém, o pastor achava que Greg era jovem e inexperiente demais para pastorear um rebanho. Agora parecia que os pastores da região não queriam receber o "pastor celebridade" Greg para dar um estudo porque ele era uma ameaça ao seu próprio rebanho.

Mas o líder da Free Chapel, em Irvine, Jentezen Franklin, abriu seu amplo espaço para Greg e Cathe nas noites de quinta-feira. "Isso pode se transformar em uma igreja", disse Greg a ele. "Não tem problema", disse Jentezen. Ele disse a Greg que era um privilégio ajudá-lo a cumprir o que o Senhor o estava chamando para fazer nessa nova fase de sua vida.

Na primeira quinta-feira, Cathe e Greg apareceram bem antes do horário. Eles trouxeram líderes de louvor de sua igreja em Riverside. Cathe e suas amigas mais próximas, Marilyn, Shelly e Sue, prepararam dezenas e dezenas de biscoitos de manteiga de amendoim e de chocolate. Elas trouxeram toalhas de mesa cáqui e cobriram as mesas redondas no saguão. Trouxeram de casa vasos cilíndricos de vidro, encheram-nos com galhos longos e encaracolados de salgueiro e penduraram lanternas nos galhos. No final do culto, elas ficaram atrás de suas mesas festivas, distribuindo biscoitos e dando as boas-vindas às pessoas.

Mil pessoas compareceram. Na semana seguinte, havia mais. E mais a cada semana seguinte. Cathe e seus amigos fiéis tiveram de complementar sua capacidade de cozimento com compras em grandes quantidades na Costco, uma loja de departamento, mas conseguiram manter o ritmo durante o primeiro ano. Greg, porém, não havia feito barulho a respeito dessa nova comunidade. Ele não fez propagandas chamativas nem trouxe grandes bandas cristãs que atraíssem uma multidão. Ele não preparou a isca com nada além de biscoitos e a Palavra de Deus, ensinada de forma simples, versículo por versículo. Ele sempre dizia aos pastores mais jovens que seu povo desenvolveria um apetite pelo que lhes fosse dado de comer, e agora ele estava tentando manter a simplicidade e a pureza.

Ele percebeu que sua dor havia trazido alguns benefícios. Ele era mais aberto com as pessoas sobre suas próprias lutas pessoais. Julgava menos a situação de vida das outras pessoas. Ele se aproximou das pessoas que estavam sofrendo em vez de se afastar delas. Ele dedicava tempo para se conectar. Era mais ou menos como ser avô, pensou ele. Quando você é jovem e está criando seus filhos, tudo passa muito rápido. Quando se é avô, você diminui o ritmo e aproveita. Quando Greg era jovem e estava começando sua igreja, tudo era novo, a igreja estava crescendo, e ele estava apenas tentando acompanhar o ritmo. Ele queria ser bem-sucedido e não queria que os números diminuíssem.

Agora ele podia ir mais devagar e aproveitar os relacionamentos. Ele queria conhecer as pessoas. Era uma dinâmica diferente. Em sua igreja em Riverside, ele ficava na sala verde, nos bastidores, ou passava rapidamente por uma multidão com seguranças ao seu redor, o que era necessário devido às frequentes ameaças contra sua vida. Agora ele conversava com as pessoas após os cultos, comendo tacos de um *food truck* no estacionamento com todos os outros.

A segurança ainda estava por perto, mas a uma certa distância para que as pessoas pudessem se aproximar dele com mais facilidade. Agora, em vez de ver um borrão de rostos, ele via pessoas e conhecia suas histórias. Ah, aquele casal que estava enfrentando dificuldades no casamento, mas que agora estava se recuperando, sentados juntos, de mãos dadas. Aquela mãe solteira que estava no fim da linha, agora tem uma comunidade. Aquele adolescente que estava se viciando em drogas, agora está limpo e sóbrio. Greg adorava ver as pessoas se achegarem a Cristo, crescerem em maturidade, descobrirem seus dons e servirem a Deus com paixão e alegria.

Por sua vez, Cathe e seus amigos mais próximos sabiam que o ministério das mulheres seria o núcleo dessa nova igreja. As mulheres, como sempre, davam o tom. O ministério das mulheres na Harvest nunca tinha sido baseado em emoções, mas Cathe tinha visto outras grandes igrejas em que os eventos das mulheres tinham um foco fofo e de bem-estar ou um menu leve de jogos, desfiles de moda e esquetes. Ela havia experimentado como a própria Escritura a sustentou em sua dor mais profunda ao perder seu filho primogênito. Ela queria que as mulheres do Condado de Orange digerissem juntas a carne forte da Palavra de Deus e desenvolvessem amizades íntimas com irmãs que pensavam da mesma forma e que pudessem acompanhar umas às outras nas tempestades da vida com amor e graça.

Assim, semana após semana, a Harvest Orange County cresceu. Logo acrescentaram os cultos de domingo de manhã aos estudos bíblicos de quinta-feira à noite. O prédio emprestado ficou maior do que o necessário. Encontraram um antigo estúdio de design gráfico que era muito legal e descolado e que, na verdade, tinha dezenas de pranchas de surfe penduradas no teto, oferecidas de graça. O clima do sul da Califórnia era perfeito.

A abertura do Orange County não apenas reanimou Greg e Cathe, mas também injetou vida nova em sua megaigreja em Riverside. Retornar ao essencial e fazer as "primeiras coisas" não é apenas para empreendimentos iniciantes; é a única maneira de se aprofundar e se fortalecer a longo prazo. Ainda assim, o relacionamento prejudicado com Chuck Smith era doloroso. Greg queria consertá-lo. Quando ele era jovem, havia muitas partes quebradas em sua infância, então ele se tornou um reparador. Se sua mãe estivesse bêbada e desmaiasse novamente, ele cuidaria dela. Se ele fosse o garoto novo na escola mais uma vez, ele faria amigos. Se o atual marido de sua mãe fosse mau, ele se refugiaria em seu próprio mundo particular.

VELHA AMIZADE

Agora, quando Greg pensava em Chuck, ele sentia que tinha uma dívida enorme com ele. Isso o ajudou a pensar em Chuck quando ele era mais jovem, em como Chuck amava as pessoas, abria as portas de sua igreja e buscava a vontade de Deus de maneiras bastante radicais. Greg pensou que, na verdade, Chuck, em seu pior dia, era melhor do que a maioria das pessoas em seu melhor dia. Ele pensou em como Chuck havia lhe ensinado tanto quando jovem e como ele havia lhe dado as chaves de sua primeira igreja quando Greg era um zé-ninguém de vinte anos.

Chuck havia perdido o irmão e o pai em um acidente de avião quando era mais jovem. Agora, com a perda do filho de Greg, ele achava que talvez Chuck tivesse isolado partes de si mesmo, anos atrás, dos relacionamentos. Ele era um tipo de homem competitivo, obstinado e trabalhador. Greg se lembra de uma vez ter dito a Chuck quantos jovens ele havia inspirado a entrar para o ministério. "Não é uma grande coisa", disse Chuck. "Eu apenas ensino a Palavra de Deus de uma forma tão simples que eles pensam: 'Ah, eu também posso fazer isso!'"

Em janeiro de 2012, Greg convidou Chuck para ir à igreja Harvest em Orange County. Pouco antes do evento, Chuck descobriu que tinha câncer de pulmão; ele seria operado na semana seguinte. Duas mil pessoas se reuniram para ouvir o antigo pastor e seu protegido refletirem sobre o Movimento de Jesus.

Greg e Chuck falaram sobre os dias coloridos no início da década de 1970, quando Chuck desafiou as convenções e abriu sua igreja para hippies descalços. Greg contou às pessoas como Chuck abriu as portas para o que se tornou a música e a adoração cristã contemporânea. Ele descreveu como a "ênfase de Chuck na exposição da Bíblia não apenas mudou uma igreja, mas mudou uma geração, porque milhares de jovens, agora não tão jovens, saíram pelo país e pelo mundo e começaram igrejas no estilo da Calvary Chapel (...) mais de 1.400 em todo o mundo hoje".[81]

Greg contou às pessoas como Chuck lhe pediu para fazer um evento ao ar livre em uma casa de shows em Orange County, em 1990. Isso deu origem à Harvest Crusades, que na época da conversa, em 2012, havia alcançado mais de 4 milhões de pessoas com o evangelho, e 370 mil delas haviam se comprometido a seguir Jesus.

Greg pediu a Chuck que compartilhasse um conselho para tempos difíceis. "Não desistam", disse o pastor veterano à multidão.

> Nunca troque o que você sabe pelo que não sabe, porque [quando ocorrem tragédias] a pergunta é sempre: "Por quê?" Essa pergunta o assombrará e o deixará louco (...) Eu não sei o porquê. Mas o que eu sei é que Deus é bom, Deus me ama e Deus está trabalhando em seu plano perfeito para minha vida. Portanto, estou satisfeito com isso.[82]

---

81 PASTOR Greg Laurie. Chuck Smith Interview: Icons of Faith Series with Greg Laurie. YouTube, 03 out. 2013. Disponível em: <https://www.youtube.com/watch?v=a64YADx_Ymk>. Acesso em 06 fev. 2025.

82 Idem.

Ele perguntou ao seu antigo mentor sobre a Calvary Chapel. Como ela havia servido como um lugar onde o Movimento de Jesus poderia florescer, naquela época?

Chuck disse claramente que a igreja havia sido construída com base na Bíblia. Nada extravagante ou moderno. "É a exposição da Palavra de Deus. É incentivar as pessoas a lerem a Palavra de Deus e expor a elas a Palavra de Deus. É apenas Deus honrando sua Palavra, como ele disse que faria."[83]

Mais ou menos um ano depois, Greg foi ver Chuck pregar na Calvary Chapel Costa Mesa. Ele pensou nas ótimas lembranças que tinha daquele lugar e em tudo o que aquele homem havia lhe ensinado e feito por ele. Chuck estava em uma cadeira de rodas e, antes do culto, Greg foi até ele e se ajoelhou ao seu lado.

"Chuck", disse ele, "eu queria vir cumprimentá-lo e dizer que te amo". Chuck se virou para Greg e sorriu com seu grande sorriso. "Eu também amo você!" Depois disso, Chuck foi levado ao palco e alguns colegas pastores o ergueram em seu banquinho para que ele pudesse pregar. Ele tinha um cilindro de oxigênio ao seu lado e tubos no nariz... e então Chuck abriu e ensinou publicamente a Palavra de Deus pela última vez.

Chuck Smith faleceu em 3 de outubro de 2013. Seu funeral foi realizado no Honda Center, em Anaheim, com 18 mil lugares. Todos os assentos foram preenchidos, com outras 50 mil pessoas assistindo ao redor do mundo. Solicitado pelo genro de Chuck a dar a mensagem naquele dia, Greg prestou um último e amoroso tributo ao homem que lhe deu uma chance quando ninguém mais o faria.

---

83 Idem.

DESESPERADOS O SUFICIENTE?

Até que o pecado seja amargo, Cristo não será doce.

Thomas Watson, *A doutrina do arrependimento*

Anos antes de Chuck morrer, Greg lhe perguntou se ele achava que poderia haver outra revolução de Jesus.

— Não sei — disse Chuck. — Nos anos 1960, as pessoas estavam desesperadas. As pessoas não salvas estavam espiritualmente famintas. Estavam procurando por Deus. Eu também estava desesperado: desesperado para fazer parte do que Deus estava fazendo. Então, acho que a pergunta para hoje é: "Estamos desesperados o suficiente?"

Muitos cristãos hoje anseiam por um reavivamento. Seja em grandes eventos ou em pequenas reuniões de oração em capelas rurais, cidades do interior, campi universitários ou grupos de comunhão suburbanos, os crentes estão suplicando a Deus para reavivar sua igreja e enviar um despertar espiritual à nossa terra. Estudantes de seminário e leigos estão refletindo sobre aqueles momentos incomuns em que o Espírito de Deus fez coisas loucas na história dos Estados Unidos.

O caos e o desespero têm muito mais probabilidade de levar ao reavivamento do que o conforto e a complacência. Isso é verdade nos célebres avivamentos e despertares do passado dos Estados Unidos.

O Primeiro Grande Despertar começou a sacudir as colônias americanas no final da década de 1730, um período bastante secular em que o pensamento iluminista havia tornado muitos colonos céticos em relação ao cristianismo bíblico. Tudo começou na Nova Inglaterra, onde um pregador de trinta e sete anos, Jonathan Edwards, orava fervorosamente por conversões em sua congregação em Northampton, Massachusetts.

Domingo após domingo, as pessoas começaram a ter fé em Jesus. Com o tempo, esse gotejamento se tornou uma torrente, principalmente quando Edwards foi convidado a substituir um pastor em uma congregação vizinha na sofisticada Enfield. Seu sermão, "Sinners in the Hands of an Angry God" (Pecadores nas mãos de um Deus irado), é considerado hoje como um discurso clássico de "fogo do inferno e enxofre". As pessoas pensam nesse sermão como uma pregação exaltada, na qual Edwards, furioso, levou seus ouvintes ao desespero.

Na realidade, Edwards permaneceu solenemente no púlpito, debruçado sobre a escrita minúscula nas páginas amassadas de seu grosso manuscrito. Ele leu seu sermão em um tom monótono, olhando para cima ocasionalmente para contemplar a parede dos fundos da igreja.

Mas então algo estranho aconteceu. O puro poder da Palavra de Deus — o texto de Edwards estava em Deuteronômio — fez algo extraordinário. Os homens e as mulheres nos bancos da igreja tremeram e choraram, clamando com gemidos e gritos. Eles se ajoelharam no chão frio. Em desespero por causa de seus pecados, eles se arrependeram, comprometeram-se com Deus e se juntaram à onda do Grande Despertar.

Edwards se tornou o segundo presidente da Universidade de Princeton e é considerado um dos maiores intelectuais do período pré-revolucionário americano. Mas o Grande Despertar não se originou com Edwards, por mais talentoso que ele fosse. Tampouco se originou na grande pregação ao ar livre de George Whitefield, que contou a história do evangelho em todos os celeiros, margens de rios e campos dos EUA, atraindo multidões e tornando-se um dos homens mais conhecidos do país naquela época. O Grande Despertar ocorreu puramente pela vontade de Deus e pelo poder de seu Espírito Santo.

Como Edwards disse, as pessoas que desabavam sob convicção estavam experimentando "um senso extraordinário da terrível majestade, grandeza e santidade de Deus, de modo que às vezes dominava a alma e o corpo, um senso do olho penetrante e que tudo vê de Deus, de modo que às vezes tirava a força do corpo".[84]

Paradoxal e maravilhosamente, o *temor* de Deus também fez com que essas almas arrependidas se deleitassem em um novo e alegre *amor* por ele. Elas "sentiam um grande prazer em cantar louvores a Deus e a Jesus Cristo, e desejavam que esta vida presente fosse como uma canção contínua de louvor a Deus".[85]

Entre 25 mil e 50 mil desses novos convertidos inundaram as igrejas da Nova Inglaterra, de uma população total de cerca de 340 mil pessoas. O despertar desapareceu, como acontece com todos os reavivamentos. Em cinquenta anos, o interesse pelo cristianismo foi substituído pela preocupação com este mundo. À medida que os Estados Unidos se expandiam para o Oeste selvagem, muitas cidades, *saloons* e assentamentos de fronteira tinham uma lei própria, e Deus não fazia parte de suas normas. Os foras da lei e os desesperados criaram o caos. Então, o Segundo Grande Despertar começou perto da virada do século XIX, quando reuniões de renascimento em Kentucky, Tennessee e Ohio se espalharam como fogo entre diferentes denominações.

Multidões de até 15 mil pessoas se reuniam por vários dias em acampamentos para ouvir a palavra dos pregadores itinerantes. Milhares de

---

84 TOWNS, E.; PORTER, D. *The ten greatest revivals ever*. Ann Arbor, MI: Servant Publications, 2000. p. 58.

85 Idem.

pessoas na fronteira ouviram o evangelho, arrependeram-se e começaram a viver para Jesus. Na parte leste do país, um jovem advogado de trinta e poucos anos, Charles Finney, ganhou destaque. Finney era um ex-cético que havia se convertido; ele se tornou um evangelista itinerante agressivo, cuja pregação atraiu multidões para a fé em Jesus.

Um terceiro despertar é conhecido como o Reavivamento da Fulton Street, ou Avivamento de 1857. A metade do século XIX foi um período de expansão financeira. O ouro havia sido descoberto no Oeste, as ferrovias estavam em expansão e a indústria e o comércio, em alta. De modo geral, o interesse espiritual era baixo. Mas um ex-empresário alto, de 48 anos, chamado Jeremiah Lanphier, ansiava que as pessoas viessem a Cristo. Ele iniciou uma reunião de oração semanal, das 12h às 13h, no terceiro andar de uma antiga igreja na Fulton Street, na cidade de Nova York.

Ao meio-dia de 23 de setembro de 1857, Lanphier sentou-se sozinho em uma sala com correntes de ar e esperou que alguém — qualquer pessoa — se juntasse a ele. Por fim, ao longo de uma hora, cinco outros homens o fizeram. Eles oraram. O grupo não sentiu um grande derramamento do Espírito de Deus. Eles decidiram se reunir novamente na semana seguinte.

Vinte homens compareceram à segunda reunião e quarenta à terceira. Então, em 14 de outubro, o mercado de ações despencou. Houve pânico financeiro. Os bancos fecharam. Os homens perderam seus empregos e casas. As famílias passaram fome. As pessoas estavam desesperadas. Logo 3 mil homens e mulheres estavam lotando as reuniões de oração de Lanphier, que agora se reuniam todos os dias e em locais por toda Nova York, lotando teatros na Broadway.

Em seis meses, 10 mil pessoas se reuniam diariamente para orar em toda a cidade de Nova York. As reuniões de oração se espalharam para

Chicago, onde duas mil pessoas compareceram para pedir a Deus por almas no Metropolitan Theater. Elas se espalharam para Washington, DC, para cidades do Meio-Oeste, para a costa Oeste, para o Canadá e além. Durante dois anos, Deus usou esse movimento leigo e não sectário em um renascimento de oração que trouxe dezenas de milhares de novos fiéis e revigorou os cristãos nas igrejas de todo o país.

MOVIMENTO DE JESUS: REAVIVAMENTO OU NÃO?

Despertares e renascimentos tendem a ter seus próprios títulos em negrito em livros de história e sites. O Movimento de Jesus recebe críticas mistas. Alguns historiadores chamam o Movimento de Jesus de despertamento e renascimento por causa de seu escopo: milhares de jovens foram salvos em todos os Estados Unidos e milhares de cristãos foram revigorados e reavivados nas igrejas locais. Outros comentaristas que buscam as consequências culturais dos renascimentos dizem que o Movimento de Jesus foi um renascimento porque levou à eleição, em 1976, de Jimmy Carter, o presidente "nascido de novo", e à ascensão da Maioria Moral nos anos 1980, contribuindo para um aumento do evangelicalismo, que "prosperou" desde então.

Essa análise parece equiparar o acesso político ou a popularidade social à influência espiritual, algo que, sem dúvida, surpreenderia os escritores do Novo Testamento. Alguns historiadores descartam o Movimento de Jesus como apenas um pontinho cultural no radar espiritual, nada demais.

Talvez a discussão sobre se o Movimento de Jesus foi um "verdadeiro" despertar ou renascimento seja um debate que deve ser deixado para os círculos acadêmicos. De sua parte, Greg acredita que esse foi o último grande despertar espiritual americano e espera apaixonadamente por outro, se Deus tiver a bondade de fazê-lo, ainda em sua vida.

Independentemente de como definimos o Movimento de Jesus, está claro que o Espírito de Deus se agitou espontaneamente de maneiras incomuns entre pessoas incomuns durante a era hippie. Não saberemos até vermos, com o escopo da eternidade, que trevas e males que atuavam no mundo foram restringidos por essas conversões, ou que efeitos em cascata essas vidas transformadas trouxeram para as gerações futuras.

Veja Greg, por exemplo. Esse rapaz que se converteu a Cristo no Movimento de Jesus viu 500 mil pessoas fazerem o que ele chama de "profissão de fé" em suas Cruzadas da Colheita. Centenas de milhares mais vieram à fé por meio de seus quase 50 anos de pregação do evangelho em sua igreja e por meio do rádio, da TV e de outros meios. Não seria exagero dizer que mais de um milhão de pessoas oraram com Greg para seguir Jesus. Isso só mostra que Deus pode usar qualquer pessoa que realmente decida que é "por Jesus", como Greg fez em 1970, para realizar coisas extraordinárias para o seu reino.

O Movimento de Jesus despertou muitas, muitas almas mortas. A maioria delas tinha pelo menos uma coisa em comum: estavam desesperadas. Tinham buscado paz, amor e comunidade nas visões utópicas da época. Pensaram que as drogas trariam iluminação espiritual, ou que o sexo traria amor, ou que a música traria comunidade, ou que todas essas coisas trariam liberdade. Eles haviam se decepcionado com as falsificações e estavam famintos pelo que era real. Não foi uma coisa casual quando descobriram em Jesus a realidade que estavam procurando.

Esses novos convertidos estavam em chamas. Seus longos cabelos estavam em pé. Eles pregavam nas ruas. Pediam carona apenas com o propósito de compartilhar o evangelho com as pessoas que os buscavam.

Viviam juntos com muita simplicidade. Começaram missões em lojas. Alimentaram hippies famintos. Acreditaram que a Bíblia era verdadeira, que Jesus era o Salvador do mundo que ele amava e que ele voltaria muito em breve. Eles dependiam do poder do Espírito Santo. Seu número se multiplicou.

Com o passar do tempo, o que começou como um movimento espontâneo do Espírito Santo entre os filhos das flores tornou-se mais comum. O despertar espiritual entre os não salvos tornou-se um renascimento entre os salvos. Não se tratava apenas de uma alteração nos enfeites de muitas igrejas e reuniões paraeclesiásticas, como a adoção de roupas casuais ou música contemporânea, embora essas mudanças tenham ocorrido. Foi uma profunda fome da própria Bíblia, de oração, comunhão, evangelismo e discipulado.

Isso não foi orquestrado por humanos. O renascimento não começa com consultores de igrejas, embora os consultores possam ajudar as igrejas a serem melhores administradoras de seus recursos. O renascimento não começa com programas, embora os programas sejam coisas maravilhosas. Para falar em linguagem hippie, Chuck Smith não se sentou e planejou um "acontecimento" em 1970. (Nem Jonathan Edwards, em 1742.) O Espírito de Deus começou algo... e Chuck Smith e outros reconheceram isso e responderam em obediência ao que *Deus* já estava fazendo.

O VIVER DO ARREPENDIMENTO

Deus concede o reavivamento. Ele o concede àqueles que são humildes o suficiente para saber que precisam dele, àqueles que têm uma certa fome desesperada por ele. Somente por desespero próprio — uma compreensão impotente da realidade do pecado e da incapacidade absoluta de curá-lo — é que alguém se volta de todo o coração para Deus. Esse desespero às vezes é difícil de ser encontrado nos Estados Unidos, porque é o oposto da autossuficiência. Nos Estados Unidos, muitos de nós vivemos sob a ilusão de que nossas necessidades já foram atendidas, que talvez Deus seja um acréscimo à nossa existência já confortável.

Os cristãos pobres e perseguidos em outras partes do mundo enfrentam desafios terríveis em sua vida cotidiana, mas são ricos em fé. Eles *sabem* que sua próxima respiração, sua próxima refeição e sua próxima vida dependem absolutamente da graça de Deus. Sua confiança desesperada em Jesus lhes dá uma força que muitas vezes nos falta em nossa própria riqueza confusa. Eles têm pena dos cristãos americanos que não têm o luxo de ter prioridades tão claras, aqueles que se tornaram como os crentes do primeiro século a quem Jesus disse, de forma bastante radical,

> Conheço as suas obras, que você não é frio nem quente. Gostaria que fosse frio ou quente! Assim, porque é morno, nem frio nem quente, estou prestes a vomitar você da minha boca. Você diz: 'Sou rico, enriqueci-me e não preciso de nada'. No entanto, não percebe que é infeliz, miserável, pobre, cego e nu. Dou a você este conselho: compre de mim ouro refinado no fogo, para que você se torne rico; compre roupas brancas, para que você se vista e não se manifeste a vergonha da sua nudez; além disso, compre colírio para ungir os olhos, a fim de que possa ver (Ap. 3:15-18).

As pessoas não tendem a buscar Deus quando estão confortáveis. A dor e o sofrimento amplificam o som da voz de Deus; podemos nos tornar surdos ao seu chamado nos momentos em que a vida é fácil. Nosso coração pode se fechar com força, selado por uma porta pesada e enferrujada.

Mas Jesus nos ama. Ele diz: "Eis que estou à porta e bato. Se alguém ouvir a minha voz e abrir a porta, entrarei e cearei com ele, e ele, comigo" (Ap. 3:20).

Essa imagem é frequentemente usada para atrair os incrédulos a abrirem as portas de seu coração para Jesus, o que é ótimo, mas essa seção das Escrituras foi escrita, é claro, para *os crentes* — ou pelo menos para pessoas que professavam ser crentes. Sua fé morna não era nem fria nem quente e, portanto, tinha todo o poder e a paixão de um mingau de aveia congelado. Felizmente, Jesus diz na mesma passagem: "Eu repreendo e disciplino aqueles que amo. Portanto, seja diligente e arrependa-se" (Ap. 3:19).

O ilustre professor do Regent College, autor e seguidor de Jesus, J. I. Packer, escreveu:

> Hoje em dia, muito se ouve falar de espiritualidade como autodescoberta e autorrealização em Deus e de um relacionamento com Deus que traz felicidade, contentamento, satisfação e paz interior. Mas sobre carregar a cruz, lutar contra os desejos errados, resistir à tentação, mortificar o pecado e tomar as decisões que Jesus descreveu como cortar um membro e arrancar um olho, pouco ou nada é dito. No entanto, essa é a vivência do arrependimento e, sem uma ênfase realista nesse lado mais exigente da vida cristã, é provável que surjam muitas superficialidades enganosas e muitas profissões de fé falsas de pessoas que ignoram o custo do discipulado. Ora, é precisamente a vida de arrependimento, de suportar a cruz, de santidade sob pressão e alegria na dor — a vida, em outras palavras, de seguir Jesus em seus próprios termos — que Deus

reaviva. (...) É bom que nos perguntemos se isso é algo com o qual já nos conformamos até agora.[86]

Os cristãos de hoje realmente *anseiam* por reavivamento e despertamento? Estamos prontos para esse "viver do arrependimento"? Há um custo. Ele é diferente para cada pessoa e para cada comunidade da igreja. Mas, para todos nós, o arrependimento significa que algo tem de morrer.

---

[86] PACKER, J. I. The Glory of God and the Reviving of Religion. *Desiring God National Conference*, 2003, 11 out. 2003. Disponível em: <https://www.desiringgod.org/messages/the-glory-of-god-and-the-reviving-of-religion>. Acesso em: 06 fev. 2025.

O CRISTIANISMO CULTURAL ESTÁ MORTO

> Pouco a pouco, a igreja perde o controle sobre as coisas essenciais, torna-se um clube social, adormece ou sai pela tangente. Em todo o mundo, encontramos igrejas adormecidas, e ao redor delas estão as massas famintas pelo evangelho. Em vez de realizar a primeira coisa importante, evangelizar as massas, elas estão engajadas em uma variedade desconcertante de passatempos — qualquer coisa, menos a coisa real.
>
> J. Edwin Orr

A·CUL·TU·RA·ÇÃO

substantivo feminino

1. Fenômeno pelo qual um indivíduo ou um grupo humano de uma cultura definida entra em contato permanente com uma cultura diferente e se adapta a ela ou dela retira elementos culturais.
2. Processo através do qual um indivíduo adquire ou se adapta à cultura de determinada sociedade.

Dicionário Priberam de Língua Portuguesa.

Em outubro de 1967, quando os hippies radicais de Haight-Ashbury, em São Francisco, realizaram seu "funeral hippie" simulado, não se tratava apenas de um evento descolado ou de um golpe de relações públicas. Os hippies não gostavam muito de relações públicas. O funeral foi uma rejeição irônica à comercialização que havia tomado conta do movimento que antes não era adulterado. No início, as pessoas estavam se reunindo para abraçar valores hippies profundamente arraigados. Agora, tudo havia se transformado em um circo. Ônibus de turismo percorriam o Haight; turistas de meia-idade tiravam fotos com suas Kodaks e compravam equipamentos hippies.

Descontentes com esse consumismo, os organizadores do funeral hippie também queriam dissuadir os jovens que estavam procurando tardiamente a experiência de São Francisco como forma de entrar no movimento hippie. "Queríamos sinalizar que esse era o fim de tudo, para ficarem onde estavam, *levarem a revolução para onde vocês moram*", explicou um dos organizadores do funeral.[87]

Não é uma analogia perfeita — e é *apenas* uma analogia — mas, meio século depois, talvez seja hora de os cristãos realizarem um funeral semelhante. Seria um sepultamento do que poderíamos chamar de cristianismo "aculturado", uma mistura de valores comerciais e de consumo com o evangelho que um dia abraçamos pelo que era em si mesmo. Talvez seja hora de trazer o Movimento de Jesus de volta para onde vivemos. Os hippies de 1967 embalaram seu caixão falso com adereços como bongos, miçangas e incenso. Os caixões falsos para o funeral do cristianismo aculturado provavelmente teriam conteúdos diferentes.

Talvez devêssemos realizar cultos especiais e carregar solenemente caixões pelos corredores de nossas igrejas, ou colocá-los nos palcos de nossos centros de adoração, e enchê-los com todas as coisas que inconscientemente anexamos à nossa compreensão e prática do cristianismo,

---

[87] AMERICAN EXPERIENCE — Summer of Love. DVD. Dirigido por Vicente Franco. Arlington, VA: PBS, 2007. Transcrição disponível em <http://www.pbs.org/wgbh/amex/love/filmmore/pt.html>. Acesso em: 06 fev. 2025. Ênfase adicionada

coisas que simplesmente não fazem parte do evangelho. Pode haver coisas físicas das quais precisamos abrir mão, coisas às quais nos tornamos viciados. Talvez haja alguns bongos, ou remédios controlados, ou álcool, ou comida, ou pornografia.

Mas a maior parte do espaço do caixão feio seria necessária para atitudes e hábitos do coração. Pode ser um conjunto de preconceitos raciais ou étnicos inconscientes que absorvemos de nossa educação, preconceitos que não têm nada a ver com as realidades radicais que Jesus ensinou e demonstrou. Para outros de nós, pode ser a suposição de que Deus ajuda aqueles que se ajudam e que o cristianismo consiste em nos erguermos por nossas próprias pernas para conquistar posição e sucesso — o bom e velho individualismo americano que julga e exclui os fracos. Pode ser uma atitude condenatória em relação aos forasteiros, àqueles que não são "iguais a nós". Pode ser a suposição de que Deus quer que sejamos materialmente ricos, saudáveis, seguros e confortáveis. Pode ser uma suposição de longa data de que Deus é de direita. Ou de esquerda. Ou um "isentão".

A questão é que cada um de nós tem ídolos diferentes que vêm sutilmente da cultura ao nosso redor, ídolos que nós aperfeiçoamos e polimos para que pudéssemos incorporá-los à nossa agradável experiência religiosa. Um "ídolo" é qualquer pessoa ou coisa que toma o lugar de Deus em nossa vida. Jogar fora essas coisas tem sido uma luta para os crentes desde o início.

Nos tempos antigos, os novos crentes costumavam trazer seus ídolos domésticos e outros objetos que faziam parte de sua vida pré-Cristo e jogá-los em grandes fogueiras. Nos vilarejos rurais da Ásia e da África, os novos crentes ainda fazem o mesmo hoje. Mesmo em nossa cultura sofisticada — *especialmente* em nossa cultura sofisticada — o mundo, a carne e o diabo se apoderam de nossas mentes e afeições com muita facilidade. E, quando nos damos conta, já descobrimos uma maneira de acomodar a influência deles. Quando isso acontece, é hora de uma nova revolução.

Como seriam os funerais do cristianismo aculturado? As respostas são tão variadas quanto as centenas de milhares de igrejas nos Estados Unidos. A ideia não tem a intenção de ser prescritiva; é simplesmente uma pergunta para as comunidades corporativas de seguidores de Cristo responderem conforme a convicção do Espírito Santo. Certamente não é uma mensagem nova o fato de que o estilo de vida americano tem uma maneira insidiosa de corromper a pureza de nossa compreensão e prática do evangelho.

Nas décadas de 1950 e 1960, muitas igrejas precisaram se arrepender de atitudes racistas impulsivas. É nossa tendência humana sermos idiotas, portanto não é surpresa que alguns de nós precisem fazer o mesmo hoje. Na igreja de Chuck Smith, em Costa Mesa, em 1970, seus congregantes tiveram de enterrar seu preconceito contra os hippies que tinham aparência e cheiro diferentes. Hoje, isso pode significar que alguns de nós precisam enterrar seu preconceito contra vários grupos étnicos, migrantes, refugiados, viciados... todos os tipos de pessoas necessitadas.

Há regiões em que a fé se torna "igrejismo", entrelaçada com posição social, herança familiar e expectativas culturais. Há uma fé politizada de esquerda ou direita de todo tipo, que embaça e distorce a compreensão bíblica dos reinos deste mundo e dos caminhos misteriosos e transcendentes do reino de Deus. Em algumas megaigrejas atuais, tem havido uma fácil tendência à forma em detrimento do conteúdo, em que apetrechos como máquinas de fumaça, produções sofisticadas, cafés com leite no saguão e sermões projetados para períodos curtos de atenção têm precedência sobre o poder transformador da Palavra de Deus.

É diabolicamente fácil as preferências do mercado moldarem a própria mensagem, sublimando as características radicais, absolutas e antigas que fazem da igreja a Igreja. Há também a tendência, tanto nas igrejas grandes quanto nas pequenas, de buscar o crescimento pelo crescimento. Isso pode resultar na prioridade de manter um prédio ou um complexo, de modo que um determinado orçamento de capital deve ser cumprido a todo custo, também conhecido como "alimentar o elefante". É muito fácil reduzir nossos padrões para ampliar nosso alcance.

Se produzirmos consumidores em vez de comungantes, acabaremos com clientes em vez de discípulos. Isso pode criar uma categoria totalmente nova de pessoas: não-crentes evangelizados, ou pessoas que pensam que são cristãs quando não são. Elas viveram em uma igreja tão acomodada que o evangelho foi comprometido, e as pessoas se tornaram endurecidas à verdade que poderia transformar e revolucionar suas vidas.

A aculturação não é uma ameaça nova. Ela tem sido o inimigo sutil da igreja desde o início. O apóstolo Paulo pediu aos primeiros seguidores de Cristo que renunciassem aos preconceitos culturais, ao amor ao dinheiro, às acomodações sexuais e ao amor ao poder. Precisamos continuar a ser diligentes 2 mil anos depois, vigilantes e sempre prontos para enterrar os suspeitos de sempre.

O que há em seu caixão?

REAVIVAMENTO PURO E SIMPLES

Continuo sonhando e orando por um reavivamento da santidade em nossos dias, que avance na missão e crie uma comunidade autêntica na qual cada pessoa possa ser liberada por meio da capacitação do Espírito para cumprir as intenções criativas de Deus.

John Wesley

John Wesley sonhava e orava por um renascimento da santidade em sua época, em meados de 1700. Quer estejamos no século XVIII, no primeiro século ou nos dias de cão do século XXI, os tempos são difíceis e todos nós precisamos de Jesus para nos reavivar.

Ainda assim, é difícil imaginar um novo Movimento de Jesus varrendo os EUA (ou outro país ocidental) hoje. Vivemos em uma época de grande cinismo na mídia, polarizações grosseiras no debate político nacional e a falta de um discurso civil que já caracterizou a experiência americana. Setenta por cento dos americanos acreditam que o país está tão dividido hoje quanto estava durante a época caótica da Guerra do Vietnã. A mesma porcentagem diz que a política do país atingiu um ponto baixo perigoso, e a maioria acredita que a situação é um "novo normal" e não temporária.[88]

---

88 WAGNER, J.; CLEMENT, S. "It's just messed up": most think political divisions as bad as Vietnam era, new poll shows. *Washington Post*, 28 out. 2017.

Esse cinismo não ajuda em nada em um mundo de violência, terror, incerteza, corrupção e medo. Relatos de terrorismo no exterior ou em nosso país enchem nossos *feeds* de notícias toda semana. O tráfico sexual e a escravidão humana são o flagelo não apenas de bordéis e campos de trabalho longínquos, mas dos EUA suburbano. As drogas não eram uma ameaça apenas nos anos 1960 e 1970; as crises atuais de dependência, tráfico de narcóticos e epidemias de opiáceos e outras são mais sombrias do que nunca.

A tão alardeada revolução sexual dos anos 1960 parece estranha em um mundo em que as principais plataformas, como o Facebook, oferecem quatro ou cinco dúzias de opções de gênero diferentes para você escolher a fim de se identificar. Ou você pode criar uma opção personalizada se sua preferência não estiver na lista do Facebook. As redefinições do casamento, da sexualidade e do próprio gênero estão pressionando para a normalização em todas as áreas — e logo estarão disponíveis nas pré--escolas perto de você. A celebração atual da diversidade e da tolerância tolera qualquer coisa, exceto uma reivindicação exclusiva da verdade. A placa do Movimento de Jesus — com uma mão apontando que a fé em Jesus é o único caminho para o céu — seria ridicularizada por alguns como um discurso de ódio ofensivo nos dias de hoje, com a galera de Jesus sendo levada para a cadeia ou para oficinas de serviço comunitário e treinamento de sensibilidade.

Ainda assim, não vamos nos preocupar com as guerras culturais ou com a crescente marginalização do cristianismo bíblico. Esta é uma época, como todas as épocas em nosso planeta, de grandes oportunidades. A agitação, na verdade, combina uma estranha mistura de cinismo e anseio, feiura e beleza, desespero e esperança. E uma coisa sabemos: Jesus olha para o nosso mundo e ama seu povo. Sua santa afeição se derrama sobre todos, cada tribo, nação e indivíduo nesta bola terrestre... e ele chama aqueles que o seguem para serem a manifestação visível de seu amor e de sua verdade. Esse é um desafio que não podemos enfrentar sem humildade, arrependimento pessoal e coletivo e o vento fresco e o poder de seu Espírito Santo.

Como seria uma nova revolução de Jesus hoje? Tudo o que sabemos é que ela seria assustadora, estimulante, confusa, apaixonada e surpreendente. Não devemos orar por um reavivamento a menos que estejamos prontos para sermos virados de cabeça para baixo, com nossas cabeças, nossos bolsos e nossas vidas sacudidos. Durante os períodos de renascimento, o poder transcendente de Deus é liberado nos seres humanos — e quando o divino é derramado no humano, podemos esperar que os seres humanos ajam de maneiras incomuns.

Um novo reavivamento pode muito bem começar, como aconteceu com o Movimento de Jesus, entre as pessoas menos prováveis. Mas seja o que for que Deus decida fazer, sabemos algumas coisas sobre o que acontece quando o renascimento vem, independentemente de seu período de tempo ou contexto cultural.[89]

Primeiro, Deus desce. O peso de sua presença é inconfundível. O reavivamento não é um esforço humano. É um encontro eletrizante com o Outro — o Eterno que vive de eternidade a eternidade, o Deus que está além de nossas dimensões — que traz a convicção do pecado. Assim como no Pentecostes, quando o apóstolo Pedro pregou e seus ouvintes foram "tocados no coração", eles responderam perguntando o que poderiam fazer para se livrar de sua culpa. "Arrependam-se, pois", disse Pedro, "e

---

[89] PACKER, J. I. The Glory of God and the Reviving of Religion. *Desiring God National Conference*, 2003, 11 out. 2003. Disponível em: <https://www.desiringgod.org/messages/the-glory-of-god-and-the-reviving-of-religion>. Acesso em: 06 fev. 2025.

voltem-se para Deus, para que os seus pecados sejam apagados, para que venham tempos de descanso da parte do Senhor" (At. 3:19-20). Não há refrigério sem a convicção, a confissão e o perdão do pecado.

A Palavra de Deus penetra no coração humano. O ensino e a proclamação da própria Bíblia são fundamentais, pois o reavivamento é uma síntese divina da mente e do coração, mais do que apenas uma experiência emocional e mais do que apenas afirmações cognitivas.

As vidas mudam. No verdadeiro reavivamenrto há uma renúncia total ao pecado e a seus padrões. As pessoas vivem de modo diferente do que viviam antes, para dizer o mínimo. Quando todas essas coisas acontecem, há uma inconfundível inundação de amor que preenche a comunidade local de cristãos, tanto novos quanto antigos. Por exemplo, Jonathan Edwards escreveu que sua cidade colonial "parecia estar cheia da presença de Deus; nunca esteve tão cheia de amor, nem de alegria (...) como naquela época. Havia sinais notáveis da presença de Deus em quase todas as casas".[90] Houve um derramamento extravagante de cuidado, alcance e generosidade que caracterizou a igreja do início do Novo Testamento.

A inundação do renascimento também traz a irmã do amor: a alegria. "Nas condições de renascimento do primeiro século", afirma J. I. Packer, "a alegria inexprimível em Cristo era praticamente uma experiência padrão e universal entre os crentes cristãos".[91]

Quando as igrejas transbordam de amor, alegria e todas as demais características que mencionamos, há outra consequência orgânica: os

---

90 EDWARDS, J. A Faithful Narrative of the Surprising Works of God. [S.l.]: Revival Press, 2016. p. 16
91 PACKER, J. I. The Glory of God and the Reviving of Religion. *Desiring God National Conference*, 2003, 11 out. 2003.

incrédulos são atraídos para a comunidade de fé e se convertem. Uma pessoa de Jesus compartilha sua fé, e outra vem a Cristo. Ele dá o evangelho a mais dois, que contam a quatro, que contam a oito; essa "boa infecção", como C. S. Lewis a chamou, foi uma das marcas registradas do Movimento de Jesus.

Outra observação sobre os reavivamentos: Satanás, o inimigo das almas humanas, tenta corrompê-los e falsificá-los. O Dr. Packer observa que, em tempos de avivamento, Satanás tenta usar o falso fogo do fanatismo, o falso zelo de mestres errantes e as falsas estratégias de ortodoxos exagerados e de incendiários divisores que se especializam em detalhes para desacreditar e demolir o que Deus está construindo. Certamente esse foi o caso do Movimento de Jesus. Ele gerou seitas e líderes orgulhosos que seguiram seus próprios caminhos. Os críticos atacaram e perderam bênçãos que, de outra forma, poderiam ter desfrutado. Os reavivamentos são desorganizados, bagunçados e repletos de riscos para aqueles que não estão usando toda a armadura de Deus.

E os renascimentos também desaparecem.

O despertar espiritual que abalou a "igrejinha do interior" chamada Calvary Chapel está agora no espelho retrovisor. Mas o despertar nunca teve a ver com a Calvary. Tampouco foi sobre Chuck Smith, Lonnie Frisbee, Greg Laurie ou qualquer outra pessoa, igreja ou denominação.

Foi sobre Jesus agindo pelo poder de seu Espírito Santo em vidas humanas comuns.

Ansiamos pelos antigos dias de reavivamento não porque somos nostálgicos, tentando recuperar a mesma experiência que tivemos no passado. Se fizermos isso, nossas afeições estão tristemente deslocadas. Não, desejamos que o Espírito Santo caia sobre nós, nossas comunidades e nossa nação de uma maneira nova, para que o próprio Deus seja glorificado por meio do fruto e do amor de vidas humanas transformadas.

Como seria se Jesus nos reanimasse hoje? Não precisa ter um rótulo, como um movimento entre uma determinada denominação ou tradição, ou entre os crentes de uma determinada visão escatológica. Não precisa se limitar a cristãos de megaigrejas ou mini-igrejas, nem aos que falam em línguas ou aos que não falam. Não precisa ser a experiência apenas dos descolados ou dos mais velhos, ou apenas daqueles que mergulham ou daqueles que aspergem. Será onde, quando e com quem Deus escolher. Será uma bela bagunça — e vamos apenas orar para que aconteça novamente. E logo.

Poderia ser algo que chamaríamos de "reavivamento puro e simples". Durante a Segunda Guerra Mundial, C. S. Lewis deu uma série de palestras radiofônicas que se tornaram o pequeno volume *Cristianismo puro e simples*. Esse livro clássico foi fundamental para a conversão de inúmeras pessoas e está nas listas de best-sellers desde que foi lançado no final da década de 1940. Nele, Lewis comparou o cristianismo a uma casa grande com muitos cômodos. A ideia é que, quando chegamos à fé em Jesus Cristo, entramos na casa; estamos no grande corredor central com outros membros do corpo de Cristo, ou a igreja universal... todos os seres humanos que, por fim, adorarão juntos no Céu por toda a eternidade.

É um salão gloriosamente grande. Mas, nesta vida, os cristãos individuais se tornam parte de comunidades locais. A igreja particular: a *ekklesia*, reuniões visíveis de pessoas que adoram e crescem em Cristo de forma comunitária. Para usar a analogia de Lewis, quando estamos na casa de Deus, escolhemos entrar em um cômodo ou em outro. Encontramos um grupo específico de crentes com o qual nos conectamos e nos tornamos parte ativa e funcional de uma igreja local. Adoramos e crescemos com irmãos e irmãs que têm tradições, liturgia ou doutrinas comuns.

Mas cada ser humano na casa, sob o mesmo teto, entra pelo grande salão e concorda com os princípios essenciais que os seguidores de Jesus têm defendido desde que ele construiu sua igreja no primeiro século. Lewis chamou esses elementos essenciais — o corredor — de "puro e simples" cristianismo.

No mesmo sentido, será que este não é um bom momento para que os fiéis das igrejas e comunidades de toda a América orem fervorosamente por algo grande, algo essencial, algo em que todos concordemos, algo que poderíamos chamar de "puro e simples reavivamento"?

Se Deus atender a esse anseio, coisas extraordinárias acontecerão... mas não oramos por reavivamentos por causa de suas consequências, por mais empolgantes que sejam. Oramos por avivamentos hoje como um meio para a glória ampliada de Deus, agora e na eternidade vindoura.

Oramos para que cada vez mais pessoas conheçam Aquele que as criou, que as ama, que morreu para pagar a pena justa por seus pecados e que ressuscitou dos mortos para que aqueles que acreditam Nele possam um dia ressuscitar para glorificá-Lo ao redor de seu trono, para se deleitarem em Seu amor e desfrutá-Lo para sempre.

EPÍLOGO: MERGULHANDO (DE NOVO)

Você está de volta ao Google Earth, dando um zoom no sul da Califórnia, em Corona del Mar. Lá está a praia mais uma vez, com seu afloramento de penhascos que formam um anfiteatro natural perto da boca do porto. Ela realmente não mudou muito desde 1970.

À medida que você se aproxima, percebe que há uma enorme multidão aglomerada na área. As pessoas estão empoleiradas sobre as rochas, sentadas na areia, em pé na parte rasa da água corrente. Elas estão de braços dados umas com as outras. Estão cantando algo como "You're a good, good Father", de um cara chamado Chris Tomlin, e "This is amazing grace", escrito por Phil Wickham, filho de dois hippies convertidos que se casaram no início dos anos 1970.

O sol está se pondo. O cenário pareceria uma cena de batismo do Novo Testamento, exceto pelos iPhones que estão por toda parte, registrando o evento para o Instagram e outras redes sociais. Há uma fileira de pastores de pé até a cintura no Pacífico, e novos crentes estão caminhando até eles para serem batizados. Alguns dos novos cristãos são adolescentes, alguns são de meia-idade, e quase todos estão vertendo lágrimas de alegria, com sorrisos enormes e brilhantes.

Há um garoto adolescente. Vamos chamá-lo de Steven. Ele tem dezessete anos. Ele é mais quieto e reservado do que os outros, como se ainda carregasse o fardo de seus becos sem saída passados de uso de drogas, promiscuidade sexual e desespero cínico. Mas ele acabou de entregar seu coração a Cristo em um evento evangelístico no Angel Stadium, onde um cara mais velho estava pregava o evangelho. E Steven começou a frequentar sua igreja e se inscreveu para ser batizado. Steven entra na água. Há um pastor esperando por ele. Espere, é o cara mais velho que pregou na cruzada.

Greg Laurie sorri para Steven.

— Eu pedi por você — ele diz. — Pedi para poder batizá-lo, porque eu tinha dezessete anos quando recebi Cristo e fui batizado bem aqui, neste mesmo lugar. Deus me conduziu por todos os tipos de coisas, boas e ruins, ao longo dos anos, e ele fará o mesmo por você.

— Obrigado — disse Steven. — Estou cansado das coisas antigas. Agora quero viver para Jesus.

Eles conversam um pouco mais, depois Greg mergulha cuidadosamente o jovem na água fria por um longo momento. É como se ele tivesse sido enterrado. Então Greg levanta Steven e ele sai do mar, com água escorrendo de seu rosto, cabelo e ombros. Ele não consegue esconder a emoção, e começa a chorar. De alegria. Libertação. Liberdade.

Greg também está chorando. Talvez Deus *traga* um reavivamento para uma nova geração. E talvez — apenas talvez — ele consiga ver outra revolução de Jesus antes de morrer.

A IGREJA DO AMANHÃ

Encontrando seu propósito hoje

SKYE JETHANI

sanktō

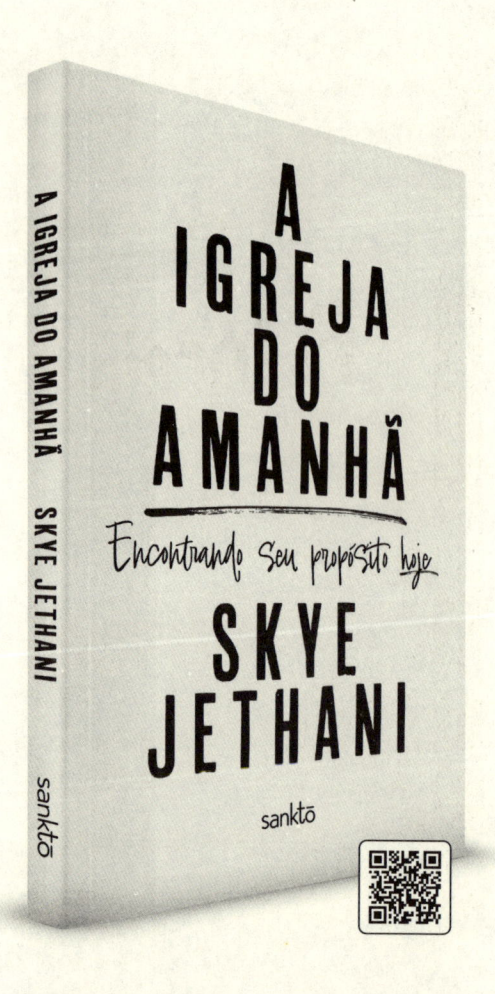

O que acreditamos sobre o amanhã determina como vivemos o hoje.

Skye Jethani explora como uma visão bíblica do futuro pode transformar nosso trabalho com propósito e dignidade. Ele argumenta que as ideias cristãs populares sobre o futuro, em vez de orientar, muitas vezes desvalorizam o trabalho fora do ministério, o que afasta jovens da igreja e leva uma cultura sedenta de significado a rejeitar nossa mensagem. Em *A Igreja do Amanhã*, Jethani oferece uma visão inspiradora para cultivar ordem, beleza e abundância, refletindo o coração de Deus para o mundo e incentivando um envolvimento fiel e significativo.

Obra histórica e fundamental para entender a Reforma Protestante

Em um tempo de inquisição, as ideias de *A Igreja* ecoaram até a fogueira onde Jan Hus foi queimado por heresia. Contudo, sua morte fortaleceu seu legado, tornando-o precursor da Reforma Protestante.

O teólogo desafiou a corrupção da Igreja Católica e defendeu o retorno à pureza dos ensinamentos de Cristo. Sua obra e martírio inspiraram Martinho Lutero, que o reconheceu como um reformador antes de seu tempo, utilizando muitos de seus pensamentos em seus próprios escritos que transformariam a Europa, o cristianismo e a história intelectual no século XVI.

Esta obra foi composta por Maquinaria Sankto Editorial nas famílias tipográficas Alternate Gothic, Archer Pro e Utopia. Impresso pela gráfica Plena Print em abril de 2025.